九州

缥缈录

NOVOLAND EAGLE FLAG

铁甲依然在

江南 著

贰

苍云古齿

人民文学出版社

目录

第一章 枪 …… 001
第二章 剑 …… 095

第一章 枪

一

胤喜帝五年十月。

锁河山南麓的巨鹿原，迷乱的楠木香烟中，神巫在头顶拍掌而歌，围绕火堆起舞。胤朝诸侯们则高冠广袖，迤逦而前，以八拜之礼奉上青圭白璧，而端坐在军帐正中的人以七拜回礼，这就完成了称霸的“纳璧之礼”。

这是“锁河会盟”上的场景。惨烈的“锁河血战”以这场诸侯公卿的盛会为结束，此时细雪翻飞，却掩不住巨鹿原战场上来不及埋葬的累累尸骨。

胤朝立国七百年后，终于迎来了第一个称霸的诸侯，离国侯嬴无翳排众而出，以威震诸国的强兵劲旅为依托，将帝朝的权柄狠狠地掌握在手中，宣告了一个新的时代。

尽管从后世的人眼中看去，这头东陆雄狮咆哮纵横的时代不过是流星般的瞬间，不过这颗流星却彻底终结了蔷薇皇朝的生命。从此不祥的狼烟在东陆的大地上此息彼起，诸侯中的强者纷纷视神圣的帝都天启为口中的肥腴，而昔日伟大皇帝的子孙再也没有一人能真正掌握这片浩瀚的国土。

这是“二十年乱世”的开始。

胤喜帝六年四月，春暖花开。

“锁河血战”中败北的联盟诸侯们或许还在各自的宫殿中扼腕长叹的时候，一匹翩然的白马如飞般驰入了宛州南淮城的城门。

而帝王的种子，正在最阴暗的角落，悄悄萌芽。

二

“这不是试手，而是对决，你们都要全力以赴。退出圈子者败，兵刃脱手者败，开始！”

中年男人低喝着将手中的钱币抛起，随着它叮的一声落在园中的石墁地上，古枫下的空气仿佛骤然冷去。

持枪者侧身躬腰，做出“猫形”，四根手指缓缓地掠过枪身，猛地一紧。

那是一杆七尺七寸的长枪，黑色的刃在阳光侧照下泛起淡淡的乌金色，像是古铜色的星辰。没有花哨的枪缨，扭曲的魑虎缠绕在枪颈，九寸的枪锋有如半截利剑。精炼的熟铁一直包裹了枪杆前方近两尺五寸，余下部分才露出枪杆的紫檀色。这是一柄形制特别的枪，凝重、森严，仿佛一只沉静的虎。

猛虎啸牙枪，这是它传世的名字。以无数鲜血洗砺的武器，钢质、长度和重心都完美无缺，足以在一刺中轻易地洞穿三重铁铠。放眼九州诸族，只有人类的设计配合河洛无法比拟的铸造工艺，才能在一块顽铁上凝聚出如此深邃的杀机。

持剑的对手清楚枪的威力，保持着极度的谨慎。他缓慢地变换着位置，两尺七寸的古剑收在鞘中不动，捏着剑柄的手却不断变化姿势，令人无法察觉他进攻的意图。他留下的无数脚印中渐渐有庞大而有规则的圈子成形，这是“大齐之剑”的“虎蹊之步”，是爆发前的蓄势。

仲裁的中年人微微后退了一步，似乎被这片平静中即将爆裂的不安压迫了。

“唧唧，唧，唧唧。”鸟鸣声忽然打破了寂静。

翠羽黄尾的鹦鹉落在了枪剑之间，唧唧地叫着，笨拙地扭头，瞪着一双乌黑滚圆的眼睛左顾右盼。这种家养的鸟儿没有野禽敏锐，全然不怕人，更没有察觉到平静中极度的不安。

持剑者的眼神微有变化。只是一瞬间，他极快地瞟了鹦鹉一眼，心里一寒，立刻收回了视线。

可是一瞬间已经足够，猛虎的咆哮声扑面而来。持枪者在短短的一瞬间发出的唯一的一枪，没有后势也没有变化，只是一记直刺。

却是必杀的直刺!

空气从枪颈上猛虎的口中钻入，自虎耳流出，啸声仿佛虎咆。虎头上以黑金嵌成的双眼闪动如电。持剑者的“虎蹊步”彻底崩溃，他的剑拔到一半，手已经失去了拔剑的力量，要闪要退，已经没有余地。

鹦鹉惊飞而起，乌金色的寒芒刺破了下午的阳光。一片落叶被枪刃破成了两半，枪锋直指持剑者的胸口。

急促的清鸣响过，随之是噗的一声，长枪落在了地下。

与长枪一起落下的，是腊金色的一枚钱币。持枪者猛地要闪身退后，因为他失去武器，已经彻底暴露在对手的面前。持剑者却不给他这个机会，大喜中猛一蹬地，拔剑出鞘。

他这时拔剑的速度也如疾电，丝毫没有多余的动作。他的武术并不弱，只是在对手可怕的枪势下，像是被掐住了喉咙无法施展。可是对手手里已经失去了武器，他手中古剑斜斜飞刺，挑向对方的肩膀，这一招最大地利用了剑的长度，而且他手上留了余力，对方若是侧肩，他就立刻平挥，至少可以划中胸口。

几乎必胜的挑刺却随着对手猛地低头全然落空，持剑者剑上走空，不由自主地平挥，却只是在空气中剑光一闪。他的空门全部都露了出来。

“喝啊！”

吼声从地下传来，低头的对手单腿为轴在地下打旋，而后飞腿背踢起来，持剑者的手腕被踢中。一股大力带着古剑直升上天，持剑者也失去平衡啪地坐在地下。

古剑砸在石墁地上叮叮当当的声音不绝，持枪者猛地退后一步，脚尖挑起了落地的古剑。战枪沉重无法挑起，他侧身倒翻一把抄在手里。两件武器都落到了他手中，他这才冷冷地转眼看了对手一眼，他的眸子在阳光中似有一道寒芒，仔细看去竟是漆黑如墨的。

“我赢了！”他低低地说，声音是不合年纪的低哑。

双方竟然都是少年，持枪者十二三岁，只是长得身材颇高，持剑者不过十一二而已。

“你！你耍赖！分明是你的武器先脱手的！”持剑的少年眼睛是淡褐色，清秀可爱，回过神来嘴角撇了撇，使劲指着对手，“是你输！”

“我赢了的，”黑瞳的孩子低哑地重复了一次，“我的枪不是自己脱手的。”

他把猛虎啸牙枪抱在怀里，捂住了自己的手腕，一缕血丝从牛皮护腕里滑下，他的手腕竟然受了伤。他有些不屑地瞟了瞟地下的那枚钱币，又看向一旁的中年人，紧抿着嘴唇。

褐瞳的孩子哑口无言了，只能恨恨地哼了一声，扭过头去。那杆枪是被旁边中年人用一枚金铢打落的，大胤的金铢入手沉重，近距离打出去不啻一件武器。而以黑瞳少年枪上的力道和速度，褐瞳少年本来绝没有机会反击。

中年人挥了挥手：“是你赢了。输赢我自然知道，你练枪比弟弟多出两年，练的又是猛烈易成的毒龙势，赢了没有什么可高兴，输了才不应该。”

“父亲！”褐瞳的少年这时候想到刚才那一枪的危险，心里发寒，又被父亲说输了对决，心里委屈，眼泪就在眶里打转。

“谦谦君子，当以沉毅为本，少悲喜，多静思。”父亲对褐瞳少年温言劝慰，引用先贤的训导，让儿子不要轻易哭泣。

父亲转向长子，神色又冷峻起来，“你知道我为何要打掉你的枪？”

“怕我伤了昌夜，”黑瞳的少年瞟了弟弟一眼，“我不会伤到他，那一枪再刺几分，我自然收得住。”

“收得住？”父亲怒极反笑，“野儿野儿，我教你枪术，那么多年，何曾见过你收过枪？一味知道蛮刺，我不打掉你的枪，你就要刺到自己弟弟身上去了！”

黑瞳的少年全然不在意父亲的愤怒，只是攥着自己的手腕：“我手腕不伤，就能让你们看！那样的枪势，我早就能收住了！”

“嘴硬！”父亲低低地呵斥。

他也有些怀疑，长子在枪术上确实有过人的天赋，若说还有什么人真的能控制住那杆不祥的枪，也只有他了。

“可是昌夜那一剑，我不踢掉，他能收住么？”

父亲哑了一下。

“我也能收住！”褐瞳的孩子不服气地喊了起来，“你能收住，我难道收不住？”

“你？算了吧，”黑瞳少年冷冷地回道，“我也不在乎你收得住收不住，就你的剑术，伤不到我。父亲不救我，我也不要他救。”

“放肆！”父亲吼道，“兄弟之间骨肉之情，我看待你和你弟弟一般无二，只有你这样的歹毒性子，才会如此刻薄，我们姬氏的家风，你都继承了什么？”

黑瞳少年静静地不回答，园子里一下安静起来。褐瞳的少年扯着父亲的腰带缩在他身后，对哥哥比了个鬼脸。

父亲怒气未消，上去劈手夺下长子手中的古剑，转身拉起幼子要走，却忽然听见长子在背后低低地似乎是自语：“你也就一枚金铢，扔出去了，又拿什么来救我？”

还是那略显嘶哑的声音，冷冷的不带感情的腔调，父亲的心里却忽地有些涩涩发酸，回头一顾，看见长子侧着头梗着脖子侧对阳光，似是什么都没说，那两条黑得如墨，剑指到额边的长眉忽然令他想起在帝都的那个女人。

父亲的心里忽地软了下来，瞥了长子一眼：“别的不说。你刚才那一枪错误太多，犯了战法的忌讳。即使是毒龙势，也不该猛烈过度，如果你第一击不能成功，空门必露，怎么闪避敌人的反击？”

“若是那一枪就可以杀了敌人，他根本就没有反击的机会。”

“如果你枪法弱于敌人呢？没能杀掉他呢？”父亲的不悦又泛了起来，却克制着没有表现在脸上。

“那我就输了，全力以赴还是杀不了他，就是留有余地我也赢不了。”

“荒唐！”父亲低喝一声，“你这个刻毒的心性不改，迟早害死自己。你才十二岁，杀性就这么重。昌夜比武不该走神，可是看见鸟儿心动，少年人都会如此。你却只有一个‘杀’字在心里。圣人说修身最重要的是天性自然，你才多大，长大岂不是要变成妖魔？”

“我不知道什么圣人，”黑瞳少年冷冷地看着父亲，“弟弟读过书，我没有；弟弟要出将封侯，我不能；就算上阵，弟弟坐在军帐里，我要上前线拼杀。圣人能救我么？圣人上过战场么？要是上过，他早就被杀掉了。”

“冥顽不灵，冥顽不灵！”父亲终于失去了耐心，再不愿多说一句，起身挽起了幼子的手，头也不回地离去。

古枫之下空荡荡的只剩下黑瞳的少年。他好似没看到父亲和弟弟的离去，只默默地对着阳光。直到父亲和弟弟的身影消失在远处，再也无人能看见他了，他才缓缓地坐了下来。

他放开手，牛皮护腕里的血点点滴落到草里。他咬着牙，扯开护腕，里面竟是一层铁腕，再掰开铁腕，里面有一层短短的钝刺。那些钝刺扎在他的手腕里，伤不重，却痛得令人心寒。

他咬着布带默默地给自己捆扎，几片还绿的枫叶幽幽地飘落在他头顶。他仰头看着，呆呆地忽然就变作了石像。

三

煦暖的阳光从雕花窗外照了进来，照得书房内一片柔和，窗外潺潺的流水声分外悦耳。到了这里，人不由得就静下心来。

姬氏是文武世家，书房极其考究，笔墨纸砚分列，精美的雪梨木的书案靠在窗户边，比普通书案矮了一些，是父亲特意按照昌夜的身高定制。满壁都是书架，这些羊皮封面的古本书包罗万象、应有尽有，本就是一笔财富。

父亲从书架上抽下一本《五经注疏》，笑着说："练武修文，都是不可或缺的，你静静心，今天考《五经注疏》。"

"是，父亲。"昌夜极其乖巧，长揖之后，和父亲对坐。

南淮城是下唐国都，下唐则是宛州的大诸侯国。唐国本是天南的三大强国之首。可惜幽帝六年宫室裂变，王叔夺取了靠近中州的一半国土建立上唐国，下唐的兵势立刻就衰弱了。不过繁华的都市还都在，国库依旧殷实。宛州商会的势力支持着下唐宫廷，所以在纷乱的时局下，下唐却是少有的安定繁华局面，偃武尚文，用皇朝旧制取士，《五经注疏》是选贤的重要经典之一。

"《政典》曰：'先时者杀无赦，不及时者杀无赦。'何也？"

"帝柔怀天下，所以用杀者，非好杀，不能不杀，"昌夜朗声道，"用杀以吓天下，是帝德。"

"兵杀者，阴坚之气；治国者，阳合之道。以杀为德，不亦谬乎？"

"儿闻大鹏爱子，长而逐之，不许归巢。健者展雏翅而飞天，羸者落土而死，是以得传骨血。大鹏驱逐亲子，莫非酷耶？然非如此，何得唳天之材？父心拳拳也。帝以兵杀之气立威，而欲天下安睦，同此道也！”

“好一个父心拳拳！”父亲大笑，“果然果然，昌夜不负我的期望。仅这一段，就可以写就一篇文章。那些豪门子弟中怎会有我们姬氏这样的骏马，国主若是再取士，凭你这番见识就足够！”

“谢父亲！”昌夜躬身拜了一拜，又转着眼珠，“不过孩儿的剑术始终比不上哥哥……”

“笑话，”父亲摸着他的头，“你是栋梁之材，将来是要出将入相，难道真的亲手挥舞兵戈？你哥哥不过叫他陪你练武，强身健体而已。不过兵家固然用计，一点武术不通，也是不行。武术上你不要想着和哥哥争高下，市井中杀鸡屠狗的人也用得好刀，难道你也要与他们相比？”

昌夜微微愣了一下，笑了起来：“孩儿明白了！”

“来，就以刚才的话，为文一篇。誊好之后我再为你去几个世家的家主那里找一找门路，我们姬氏能否复兴，就要看你这匹骏马了。”

“是。”

书房里静悄悄的，昌夜笔下如走龙蛇，父亲欣慰地看着幼子，满心安乐，对来日期期然满是憧憬。一直过了半个时辰，他才悄悄开门出去，不愿打搅了幼子文思。

一出门，他就正对上那双漆黑如墨的眼睛。

长子怀里抱着那柄高出他自己一尺的猛虎啸牙枪，悄无声息地站在门口。看见父亲出来，长子退缩了一下，随即倔强地昂起头和父亲对视。视线两相一错，倒是父亲移开了眼神。

“你来这里干什么？”父亲皱着眉，“弟弟在读书。”

长子静了半晌，“我对读书没兴趣，我去练枪，刚好路过。”

他提着枪头也不回地离去，父亲盯着他的背影，重重地叹了口气。

父亲是姬氏的家主，名谦正。

姬氏是胤朝大族，先祖和胤帝有血缘的关系。到了姬谦正的时候，在喜帝即位的夺嗣之乱中被牵连，被逐出帝都天启，来到下唐安家。

在胤朝的贵族世家中，姬谦正为人低调，才华却颇为出众，马下是文臣，马上是武将，投掷金铢伤人的技法也是一绝。原本姬谦正自负才学，以为可以在下唐谋得官职，重振姬氏的威名。可惜下唐朝廷风气与众不同，喜欢任用少年，姬谦正自荐不成，只好转而把希望寄托在儿子的身上。

他有两个儿子，长子姬野是侧室生的，幼子昌夜才是正妻的孩子。虽然更喜欢嫡出的昌夜，不过起初姬谦正也并不讨厌姬野。他已经记不得是什么时候开始讨厌姬野了，也许是他性格太强，也许是他寡言少语，不会讨人喜欢，不过还有一个特殊的原因，是姬谦正讨厌他的眼睛。

无论是东陆的人还是北陆的蛮族，眼睛都不是纯黑的，只有殇州古老雪山中的夸父才有纯黑的眼睛，姬野的眼睛却比一个夸父还要黑。那种纯正的黑色使姬野的眼睛看起来极其的深。当别人看他的时候，姬野不像普通的孩子那样会低下头去，而是以一种冷冷的目光和对方对视。结果通常是成人也被姬野的目光吓退。

“眼神可恶！”姬谦正私下里悄悄对妻子说。

看着姬野的时候，姬谦正很难有一种自己生养了这个孩子的感觉。这种渐渐浓烈的厌弃在举家迁到南淮之后达到了登峰造极的地步。那场天启城的变乱后世称为“哀喜夺嗣之乱”，不知道多少公卿横死在皇室之乱的屠刀下，姬谦正也是仓皇出逃才得以活命。可是侧室带着姬野，却在半路上失散了，最初姬谦正尚有些悲伤，不过妻子温顺昌夜乖巧，渐渐地就淡忘了。

直到那场变故之后两年的一个冬天，当他打开园子的大门，惊异地看见寒风中那个衣衫褴褛的少年。他低着头静静地站在那里，什么都不看，任凭凛冽的风拉扯着他狂乱的头发，瘦得见骨的手紧紧地攥住那杆比他长出许多的虎牙枪，仿佛那就是他的命。

当姬野缓缓地抬起头，姬谦正的心里一片寒透。再次看见那双眼睛的时候，他觉得自己根本就是在看一头受伤的野兽。

姬野就是这样不可思议地找到了南淮城的家，侧室却没有能跟回来。谁也不知道姬野是如何从帝都一个人来到千里之外的下唐，但是从脚上那双已经没有底的麻鞋看来，他竟然是用双腿生生走过了这千里的路。

隐隐地，姬谦正觉得在过去的两年中一定有什么事发生在姬野身上。从此这个儿子真的是完全改变了，他心底某种东西彻底压过了孩子的心性，让他深邃得不可猜测。

姬野从不提到那两年间的事情，所有时间都花在时刻不离身的猛虎啸牙枪上，这更令姬谦正有种彻骨的不安。

猛虎啸牙枪是姬氏家传的象征，有着不为人知的来历，姬谦正当然更想传给幼子昌夜。可是事实上姬谦正自己也不敢动那杆枪，他只记得自己的父亲还偶有操练，但是却禁止自己去碰那杆枪。这杆枪的历史似乎是父亲也不愿提起的，偶尔听到的口风是“噬魂之枪”或者“不祥之枪”。

阴冷的天气中，没有风，姬谦正却曾亲眼看见那枪在静室中恶虎一样咆哮。

一次父亲曾在酒后开着玩笑一样说：“想用那枪？就用血魂去换，换得干干净净，九州大地上就再无人是你的对手！”

这似乎只是荒诞不稽的传说，可是这杆枪在姬谦正心底的阴影却是如此的真实可怕，只是他的父亲那夜说起这话的时候，脸色青了一青，自悔失言，不安地看着窗外，像是害怕着什么。

难道姬野真的拿血魂去跟那柄诡异的枪换了些什么？

这是姬谦正心里一直难解的结子。

从此他再也不愿意花心思在长子身上，甚至有意无意地避开他，盼望这个人从自己的眼前消失。

四

姬野缓缓地抱枪在怀。

他不满意刚才的最后几刺，手腕上的刺痛令他无法全力以赴。他天生力量就比同龄的孩子大，可是二十四斤的虎牙枪即使对于成人还是过于沉重。他有时候也会想到底是什么样的人曾经使用这柄可怕的枪，像是把一团火焰驾驭在掌中。

慢慢调整着呼吸，姬野目光忽地一闪，漆黑的眼睛转向后面的松林。他有种野兽般的敏锐，直觉上有什么东西压迫到了他，令他不安起来。回气的速度，他比普通人都要快得多，仅仅是略为调整呼吸，力量就回到了他的双臂中。

四指扫过枪身，虎牙被拉开在双臂中。他的身体好像一张绷紧的硬弓，弓上搭着一支森然的巨箭。

姬野没有动，低声道："谁在树背后？"

虎牙指定了松林的一点，一触即发。

那种难以言喻的压力让他的心跳加速了。他并不是真的看见那边有什么人影，不过强烈的感觉仿佛针扎在背后，有人的目光能把他整个洞穿似的。

低低传来的竟是笑声。

"如果你想让枪变得更快，一刺的力量更猛烈，光爆发力量是没有用的。关键要调整手臂的位置，让小臂和枪身贯成一线，在吐气的一瞬间把全部力量送出去，当你的整个臂长都用尽之后，枪尖应该正好到达敌人的心脏。如果早了一点，你的全部力量还来不及吐出，晚了，则你的身体会阻碍枪的威力。"老人缓步走出了树林，根本不在意姬野手中危险的武器。

那种被窥视的不安感瞬间就消失了，老人的笑容带来的是友好的感觉。

姬野收回了枪势，诧异地看着他。那是一个与众不同的人，他牵着一匹背鬃垂到膝盖的翩然白马，白色轻质的大氅裹住他的全身，头发也是一色的雪白，他像是冰雪中走出的一个纯白的影子，耀眼得令人自惭。

而他手里挽着的白衣小女孩，更像是一团轻盈的雪绒，只是眸子清亮得宛如宝石。

“你姓姬么？”老人微笑着问。

“我叫姬野……你怎么知道我的名字？”

“我不认识你，”老人的目光凝聚在虎牙枪上，“可是我一生都无法忘记这柄猛虎啸牙枪。”

姬野迟疑地看着自己的枪，他对枪的来历全然不知。

“我可以看一看它么？”老人轻声道。

无法拒绝他的声音和神情，姬野的手一滑，送出了虎牙。老人苍老的手轻轻在枪上抚摩着，从枪刺的脊一直到枪杆上的刀痕，他的表情超乎了认真，看起来虔诚，又有一丝悲戚。

最后他摸到了枪刺下那个小小的图腾之徽。

“你懂它的意思么？”

姬野摇了摇头。

“那个印章是麻木尔杜斯戈里亚，河洛的文字，这是只在三百年前的火山河洛群中的古河洛文。猛虎之牙撕裂卑怯者的灵魂，这是它的意思，”老人的声音里充满敬畏，“再次见到它，就像见到朋友，还能听见它的呼吸，感觉到它的意志。”

他把面颊侧贴在枪锋上，声音仿佛低沉的音乐：“我们都没有死！”

“谢谢。”他把枪递还给姬野。

老人的身后有一只长形的包袱，用雪白的绫子包裹着，八尺多的长度，超过了老人本已经惊人的七尺身高。姬野的眼睛盯在了老人的包裹上。

“也是枪么？”姬野指着老人背后的包袱。

老人有些惊奇：“你怎么会知道？”

“如果我有你那么高，那个长度是最适合的枪长，而且我觉得你说得很对，那你一定是一个用枪的武士，怎么会不带枪呢？”

“看，”老人拉了拉身边的小女孩，“下唐也有这样聪明的小武士。”

被称作武士让姬野很惊奇，小女孩的笑容让姬野更惊奇，她笑的时候，那对宝石般的眼睛璀璨生辉，竟是深邃的玫瑰红色，是姬野从没有见过的。

“孩子，我要见你的父亲，”老人褪下了右手的一枚铁指套，“给他看这个。”

那是姬野第一次看见这个指套，那时候他不知所措地捏在掌心，觉得它冷得像冰，却没有想过有一天它会燃烧。

五

指套在姬谦正的掌心里沁出微青的铁光，只是一个很朴实的指套，却像是块火炭一样烫着他的手。环的大小刚好可以把拇指套进去，还有些空隙，指肚的一面磨得如镜，背面则是一个叼着星辰的鹰头。姬谦正的手指触摸到了指套内侧细微的铭文。

“北辰之神，浩瀚之主，泛乎苍溟，以极其游。”

不意自己此生还能见到这枚指环，相隔近百年之后，苍溟之鹰的指套竟然找上了姬氏的家门。不祥的儿子，带来了不祥的客人，姬谦正却无力去愤怒，彻骨的寒意笼罩了他。

终于还是逃不过这一日。

“你出去，”姬谦正努力地定了定神对姬野道，“请客人在前厅中等候。”

姬野离去，姬谦正呆坐了许久，转进了后房。家传的铁匣依旧密封在墙壁中，满是灰尘。打开来，一枚几乎完全相同的铁指套静静地躺在其中。从很小的时候他就畏惧着这枚指套，他觉得它是活的，有生命，会思考。指套只是在沉睡，而且一定会苏醒。

他轻轻地抚摩着内侧的铭文：

“北辰之神，苍青之君，广兮长空，以翱以翔。”

不知道多少年这两枚指套不曾被摆在一处，青君之鹰和苍溟之鹰的相逢，到底是种什么不祥的预示呢？

“铁甲依然在！”姬谦正一步踏进前厅，略微颤抖着念出了这句话。这是他一生中第一次念这句话，那声音似乎不是属于自己的。

“依然在！”老人静静地看着他，低声道。

“野儿，你出去吧。”

老人摸了摸小女孩的头：“羽然，你也出去玩一会。”

姬野惊讶地看着父亲手指间同样闪烁着一枚铁指套，而他方才交给父亲的一枚被放置在父亲手中的托盘上。而老人一双眼睛如鹰一样盯着父亲拇指上的指套，如此的执着不舍。

“我们出去玩吧。”一个清丽如莺啭的声音。

他回过头，对上那双瑰丽深红的眼睛。羽然伸出手来拉他，姬野却忽然闪了一下。羽然愣了一下，看着对面那个不安的黑眼睛的孩子，像只不安的小野兽一般转着眼睛。

许久，姬野把手心在自己的胸口上擦了一下，伸出去，羽然握住了。

他们握了手，于是第一个人和第二个人就此相逢。霸业或者宿命，都由此开始。很多年以后羽然说起他们初次相逢时候姬野的窘迫，总是当作一个笑话来说。

但是姬野并不笑，姬野说：“小时候，我以为我的手比别人的脏。”

“为什么呢？”

“因为很少有人愿意拉我的手，除了你。”

前厅的门紧紧锁了起来，孩子们不安却又无所事事地候在外面。

“从青州来？”姬野破天荒地坐在院子里的假山上和羽然说话，他很少会主动和别人说话。可是青州太神秘了，令他很是向往。那里是片苍青色的古老森林，在密林的深处有羽族古老的神殿，朝阳下的少女振动背上的羽翼，如一片羽毛那样腾入云空。对于一个十二岁的孩子，青州远得好像人一生一世翻山越岭都无法到达那样。

“是啊。”羽然点了点头。

“那里的人真的会飞么？”

“会啊，可惜每年只有一度，可以无所顾忌地飞啊飞，若是逢到雨日，飞起来真是被淋成落汤鸡了。”羽然有点得意，落汤鸡这个词是她经过东陆才学到的。

“人那么重，飞起来……很累吧？”

女孩儿看了看他，却没有直接回答，狡猾地笑了起来：“你又飞不起来，问这个做什么？”

“我……”姬野呆了一下，“我想，高高地飞在天上，该有多好啊！”

“其实第一次飞起来，当然是很好的，不过渐渐地也就那样了。放眼都是森林，你飞得再高，也不过是看见更远处的森林，再远处的森林，”羽然嘟着嘴，“其实我还是喜欢你们东陆，哪里都有好玩的东西。”

“你都去过哪里？”

“我们还经过了瀚州和中州，一路南下，去了好多的地方，你去过哪里？”

姬野沉默了一下，“我家以前在中州住，后来就搬到南淮来了。”

他摇了摇头似乎想甩开这个话题：“我没去过别的地方，不过我以后九州大陆每一个地方都会去的，连夸父和河洛的地方我也会去，要是有船，我就去海上找鲛人和龙。”

“听说龙在很远很远的大海里呢，河洛的领地特别的热，找夸父又要翻过很多的大山，北方的冰雪，一万年都不化的，”羽然笑，“你不是在骗人的吧？”

“我不骗你！”姬野涨红了脸，“我不怕热，翻山也算不了什么，就算龙在很远很远的大海里，我也可以找羽人帮我造最大的海船出海。”

他说完这些脸才真的红了。不知道为什么，他觉得自己是想说些话来引起这个红色眼眸女孩儿的注意。他强硬地梗起脖子、绷起脸来，不露出一丝怯意。

羽然被他的严肃打动了，心底有些相信这个神气的孩子也许真的能去很远的地方，她有些懊恼起来：“要是我也能去就好了，可是爷爷一定不让。在瀚州的草原上，遍地都是马群，一眼望不到边，人人都可以骑马，他们在马背上翻滚，双手放空也不怕摔下来，几十个人骑马叼狼，我想死去骑马了。可是爷爷就是不让，更别说让我去看不到边的海上看龙了。”

瀚州的景色又是姬野不曾想过的，他神往着，却没有表现出来，只踢了踢脚下的山石，“那我以后出海的时候把龙的样子画回来给你看。”

“好啊！”羽然使劲点头，“不过，你会画画么？”

姬野愣了一下。他慢慢低下头去，一言不发。

羽然没有注意他的神色，目光被步出前厅的姬谦正和老人吸引了。

“看啊！”羽然看出了异样，急忙拉身边的姬野。

姬谦正腰间多了一柄长剑，长三尺余，宽近寸半，剑脊出奇的厚。而老人本来背负的长枪已经从绫子中解了出来。

姬野脸色微微改变，他知道父亲所配的是战剑，不同于寻常的佩剑，战剑厚重，剑锋虽不锐利，却韧实，足以劈开对方的铠甲和武器而不翻卷。因为崇尚雅致和婉约，整个下唐国的剑师都很少铸造这种威力惊人的战剑，父亲配这样战场上的重剑，竟是要试手的模样。而老人的枪完全是姬野虎牙枪的制式，只不过一色的银白，在夕阳中光芒惨烈。

“昌夜，野儿，你们带客人闪开。”姬谦正缓缓拔出重剑。

姬昌夜早已被外面的人声惊动，在一边好奇地观看。他对父亲的剑术本极有信心，并不担心，却侧过头去偷看姬野身边那个精致的小女孩。

读过书的姬昌夜不同于姬野，知道贵族人家要知礼，贸然注视陌生的女孩自然是失礼的。可是他又忍不住不看，长这么大，他从未想过世上会有这样明净如玉的女孩，肌肤晶莹得像是敷了粉，可是敷粉之后却没有那样柔和自然的嫩红，眉宇清晰得有如画出，一缕细细的淡金色头发从她雪白的帽兜中不老实地钻了出来，在面颊边淘气地卷起来，一颤一颤。

昌夜的心也随着那个细细的发卷起伏，他侧着眼睛，咬了咬嘴唇。

羽然觉察了姬昌夜闪烁的目光，于是她微微点头对他笑了一下。刹那间的容光让年仅十岁的昌夜也有些赧然，他害怕露出什么马脚一般急忙扭过了头去，装作漠不关心的模样。

羽然忽地有些恼怒，她不高兴昌夜的做作。昌夜回过眼神，一会儿心里又痒痒的想去看，这一次一斜眼，却触到了羽然瞪大的眼神，隔着远远的像只恼怒的小野猫那样瞪了他一眼，而后缩身闪在了姬野身边。

姬野瘦高的身形完全隔绝了昌夜的视线，昌夜掐着自己的手指，暗地里恼怒起来。

六

姬谦正的姿势极其恭敬，防御却滴水不漏，他对面的老人长枪直指天空，洒然地笑笑，只是随意地站着，身上宽大的白衣在风中鼓振。

一片片落叶横扫过石墁地，刮得地面沙沙作响。

老人笑了一下，他的长枪像是被风吹得倾斜了，可是并不倒下，微微一侧，飘飘的起了变化。不同于毒龙势的暴烈，惨烈的银光在风中轻轻地翻舞，不带出一丝声音。

姬谦正心里惊惧，他并不清楚老人在那个组织中的地位，心里也在猜疑对方是否真的是“苍溟之鹰”的持有者。可是面对这样根本无法揣测的进攻，最后一丝疑虑也被驱散。

他凝然竖起了重剑。无力进攻，他只能以静止对抗老人的变化。

老人没有看姬谦正，他的目光始终在地面上飘移，枪在流水一样的运动中打破了对峙，简单的一枪缓慢地推送过去，直刺姬谦正握剑的手。

姬野忽地站了起来，在假山上立起，瞪圆了眼睛。看似软弱的攻击却令他忍不住战栗。老人的双手松松地空握枪杆，枪锋也在不定地轻颤。

可是姬谦正不敢动，可以看出来他的身体在衣衫下绷得铁硬，似乎老人一手推出的是一片无从闪避的死亡。

枪锋距离姬谦正的手只剩下三尺，老人的攻势几乎用尽，姬谦正动了剑。他一旦动起来，声势像是开山碎石，大喝上步，剑直接劈向了长枪的中段。对于枪术高手，凝聚在枪尖的力量极其巨大，砸向枪锋便如砸向蛇头，一旦失手就被咬住。而枪尾稳重有力，也不是剑的长度可以达到的。他劈的位置，正是长枪最脆弱的地方。

像是打蛇，要打在蛇的七寸。

“好啊！”昌夜挥舞着手臂大喊。

这么短的距离，枪长剑短，剑占尽了优势。老人根本无法闪避，剑准确地劈中枪杆。姬谦正手上一轻，忽然发现自己的力量彻底走空了。

冷汗立刻布满了额头，他察觉到枪上完全没有力量！除了轻轻的一震，就像是在水流中划过。

枪锋上银色的光芒忽地跃动起来，像是一只银色的蝴蝶展开了翅膀。长枪借着剑击的力量悄无声息地翻转，双方轻擦而过。姬谦正失去了平衡，老人松开了左手，他单手握枪，微微地拨动食指，长枪以一个不可思议的角度翻到了姬谦正的右手小臂上，斜斜削下。

“阿爹小心！”姬昌夜不禁大喊出声。

姬谦正已经无法闪避，也无从格挡。沉重的战剑不但不能保护他，反而是一种累赘，他放手弃剑，拼着受伤退后。但是没有用，老人的枪锋像是缠在他手臂上的蛇，紧跟着推进，毒芯已经擦到了他的皮肤上。

猛虎的咆哮声响彻了园子，席卷而来，仿佛来自古老的深山。

“喂，姬野！你做什么？”女孩子的声音一瞬间就被虎啸吞没了。

姬野在老人的背后。他的突进带起了翻滚的落叶，收拢肩膀，小臂和枪杆保持在一条直线上，正是老人所说的攒刺——完美的攒刺。

他踏前了三步，推出了他的枪。全身的力量像是水流一样贯注到枪身中，在第三步的最后，冲前的势头配合推枪的力量，达到了巅峰。在手臂完全舒展的瞬间，虎牙将从背后正好点中老人的心脏！

“住手！”

姬谦正惊恐地怒吼。他宁愿失去一条胳膊，也不愿这个老人死在自己的家中。他无数次地听过古老的传说，那个可怕的组织是不能冒犯的，叛逆者从来都面临着无情的惩罚，何况杀死苍溟之鹰。

老人的笑声逼退了虎咆。

他在绝无可能的情况下飞跃而起，在空中从容转身。昌夜有种错觉，老人像是跃起在空中后悬停了一瞬。而后银色长枪劈出，在场的人再也看不出老人手里是枪还是什么别的，那只是一片银光在溅射，翻飞如蝴蝶，变化如鬼魅，虎牙的枪锋上叮叮当当，撞击声短暂而急促，沛莫能御的攒刺就失去了方向。

白色的衣角在姬野面前消失。缠住虎牙的银光也不见了，姬野一惊，才发现虎牙对准的是自己父亲的胸口。可是他已经停不住，像是有人推动着他的双肩，毒龙势本就是最猛烈的攒刺。

姬谦正不由自主地挥手去格挡，忽地发现手里是空的！刚才的一瞬间，为了闪避老人的枪刺，他抛掉了自己的剑。

“爷爷！”羽然惊惶地大喊。

银光猛地灭去，枪锋静静地指在姬野的后脑。老人跃过他的头顶，安然站在他的背后。姬谦正呆呆地站在那里，许久，才清楚地感觉到一滴汗慢慢地从颊边滚落，凉得刺骨。姬野的枪刺笔直地对着他的眉心，是杀伐之性狂烈的毒龙势，只差一寸。老人避开了虎牙枪，把攻势引到了姬谦正面前。

在最后一刻，姬野真的收住了枪。可是姬谦正依然觉得心口一阵冷痛，像是被什么刺伤了，枪尖的锐风？或是儿子出枪时候冷厉的眼神。

“你看清我刚才出了多少枪？”老人笑笑。

姬野摇了摇头。

“一百三十二。”

姬野吐出一口气，疲惫地坐在地上。

老人收回了枪，点点头：“很聪明的孩子。但是还不是最好的攒刺。”

姬野扭过头来。

“最好的攒刺，”老人望着天边的火烧云，似乎在回味着什么，“是收不回的，那是天授之枪啊，是武神的手刺出来的。”

“先生……”姬谦正犹豫着。

老人挥手打断了他，上去轻轻拍了拍姬野的胳膊：“有力的臂膀，不过，你是不是还不明白为什么我能够把枪用得那么快？不明白为什么我教给你攒刺的方法，却用这样变化不定的枪术？不知道什么样的枪术才是最好的？”

姬野点点头。

“聪明的孩子，我奖励你一个机会，”老人把自己银色的长枪递给姬野，“握一下我的枪。”

姬野看了他一眼，伸手握住了。他的脸色忽然变了，老人却已经微笑着收回了长枪。

“明白了么？”

姬野点了点头。

“你是个聪明的孩子。你的武器也很好，”老人指了指虎牙，“但是不要让它伤到你的心。”

“虎牙枪是一柄暴烈的枪，很多年前它就是，”老人转头对着姬谦正，“姬氏终于出现了继承它的人。这让我想起从前。”

老人拉起羽然的手走向了门外：“姬先生，我想你应该熔了那枚指套。这个使命不是随着血缘流传的，只有希望为此战斗的人才会成为武神真正的追随者。你也知道，很多人已经为此付出了一生的代价，如果你不想，不必勉强自己。”

姬谦正怔怔地站在那里。

“不过我来到这里的消息不要有别人知道了，”老人回头，意味深长地看了他一眼，“虽然你不再是我们的一员，但是作为指套的继承人，你应该知道组织的规则！”

“是！”姬谦正低下头去。

园子的大门砰的一声合上，姬野呆呆地站在那里很久，忽然忍不住撒腿要跟出去。

姬谦正一把扯住他的胳膊，“混账东西，去哪里？”

姬野像是没有听见他的话，挣扎着要甩开他的胳膊。姬谦正正在急怒中，忽然听见背后传来一声惨叫。他猛地回头，看见原本在后堂栽花的妻子听见动静奔了出来，对着石墁地上一只被踩死的青绿色鹦鹉大哭。

“才买的小哥儿啊，才买的啊！”

姬谦正忽然想起那只鹦鹉，姬野和昌夜试手的时候，攒刺一发有如风雷，那只呆呆的鹦鹉根本无暇闪避就被他一脚踏死了。难怪那只鹦鹉看着有几分眼熟，是喜欢莳花养鸟的妻子刚从外面买来的。

“阿娘，阿娘，”昌夜上去扯着母亲的手，“是姬野踩死的。”

姬谦正呆了一下，忽然放了手，狠狠地一巴掌甩在姬野的脸上：“要追着去就不要回来了！你这样的儿子我不敢要，去死了也罢了。”

姬野仰起头，抚着自己发红的脸，看着父亲三人的背影头也不回地消失在前堂的屋檐下。他也不跑了，呆呆地站着，阳光敛去，园子里慢慢地暗了下去。

老人挽着羽然的手站在门外，沉默地对着街上的人流。

羽然抬起头：“爷爷，你本来是准备杀了他么？”

“是的，我准备借他儿子的手杀掉他，”老人摸了摸羽然的头，“孩子，不要问了。这种肮脏和恶毒的事情，你是不该知道的。”

羽然牵住了他的手，“爷爷，不要杀他吧。杀了他，姬野就没有爸爸了。”

她低下头去：“没有爸爸，就像我一样……”

“可是他知道太多我们的事情。如果让他活着，把消息密报给诸侯，危险太大了……姬扬的孙子，还是不免懦弱和平庸啊，”老人叹息了一声，“不过也许你是对的，孩子是无辜的，都该有父亲。”

老人把她抱上了马背，“那么所有危险就由我们来背吧。既然天驱的意志再也没有人奉从了，那么就让我死去又如何呢？最后一个天驱，应该像先辈们一样死去。我等着诸侯的杀手们。”

七

夜深人静，万家都已经入眠。姬氏大宅的主房中还点着几支油烛，姬谦正坐在桌前，一声不吭地盯着那些烛泪一滴一滴地凝结起来。

“唉！早些睡吧，我说还是去通报给守备大人，”妻子一边摸索着为姬谦正除下青色的缎袍，一边埋怨，“到底是什么事情呢？难道我也不能说？你这一晚上都愁眉苦脸，若说真的是什么歹毒的人，这偌大的南淮城，几万人守着，难道还怕他行凶么？可是他要闹出事来牵扯到你，可不是连家也保不住了。”

“不要再问了，”姬谦正的声音少有的冷硬，“你也应该知道天下广大，有些事绝不是我们可以管得上的。他能够退去我已经很高兴了，再也不要提起这件事，也不要对任何人说！”

许久，他叹了口气，“你永远不会明白的。他们不是一个人，也不是十个人，也许他们会是千百人，列着队冲锋的时候，星辰会变化，连诸侯的大军也要退却。”

“他们是武神的使徒，”他的脸色在灯下说不出的怪异，“他们真的是！”

“武神？我看你是被吓破了胆，听昌夜说他倒是赏识姬野？”

“野儿在武术上确实有天赋，今天他刺杀那人的一枪到我胸口，本来我绝没有闪避的机会，已经有了必死的心，没想到他居然还能收住，”姬谦正叹息，“可是枪势太烈，终究都是个暴戾的性格。”

“都是你当初坚持要教他枪术，”妻子恨恨地，“他现在练了枪术，那双黑眼睛更凶，平时瞟我一眼也吓得我不轻。一个侍妾的儿子，你教得却比昌夜还好，难道如此厚此薄彼么？”

姬谦正长叹一声：“对于昌夜我才是花了心血的。野儿练习的毒龙势本来暴烈，不是中正平和的枪术，所以才会进境快过昌夜。我教昌夜的大齐剑术才是姬氏最高的武术，上手艰难，可是以后的成就一定超过野儿。而且昌夜学文练武，成就比野儿高十倍百倍也不难，武士不过抵挡几个敌人，昌夜却可以有统御一国的才华，不能比的。”

“那你何必又教姬野，他那种乖戾的性子，随他去好了。”妻子眉梢的神色缓和了几分，却还在埋怨。

“上阵亲兄弟，”姬谦正赔着笑，“野儿虽然不是可造之才，不过练成一点武术，将来昌夜成了大器，还可以保护昌夜，跟随他做一个参将什么的。对昌夜也好。”

“你就是想得周到。”妻子再也无话可说，挽着他的胳膊，一起钻在被子里。

里面的声音渐渐地低落下去，到后来只有吃吃的笑声，隐约中还是谈着什么将来的事情。

屋外，星月的光辉流泻下来，难得的静謐。万家房舍，屋顶仿佛都流淌着一层水银。

挑出很远的宽阔屋檐下，一个还显得单薄的黑影独自站在星月都照不到的黑暗里。

屋内细碎的声音再也听不清楚，姬野抬头凝视自己怀里的猛虎啸牙枪，枪锋寒得他心里颤抖。他看看屋后的小松林，又看看自己的北厢房，再是园子里满是青草的石墁地，却不知道自己该去哪里。

他转了一圈，抱着枪默默地走在园子里，连屋里的姬谦正也不曾发觉他的来去。姬野的脚步像一只潜行的猫，姬谦正总是说那不是磊落的脚步，不过其实猛虎的脚步和猫并没有区别，只不过姬谦正未曾见过猛虎。

走到了墙边，姬野左右看看，搬了几块大石，垒起了一个阶梯，悄无声息地爬上了墙头。他沿着墙头默默地走，无边的南淮城在他脚下沉睡。姬野只是这样走着，一遍又一遍地来回，他根本不知道自己要走到哪里去。

最后姬野坐在了自家的屋顶上，抱着自己的双腿，枕着自己的膝盖，好像要在微寒的夜风里睡着了。

“姬野，姬野……”一个细而轻的声音从背后飘来。

姬野猛地惊醒，回过头，看见一双玫瑰红色的眼睛在看他，花瓣一样的嘴唇边带着一丝玩闹的笑意。

“羽然？”他认出那是白日里来访的女孩，“你怎么会在这里？”

“爷爷和我住在那边的一个旅店里，我想出来看看，可是白日里出来总是不方便。”

“不方便？”

羽然瞪大眼睛，拈起脖子边那缕淡金色的头发：“看我眼睛的颜色，还有头发，你说我怎么敢白天出来呢？我一路上都戴着风帽，有的时候真恨不得把帽子扔了，骑在马上披着头发跑，可是爷爷不让。我恨死了。”

“我看了啊，”姬野认真地点点头，“挺好看的。”

羽然呆了一下，“人人都像你那么木头脑子就好了。”

姬野并不生气，“你回去吧，夜深人静，外面可不安全。”

“有什么不安全？在我们青州的森林里，你若是旅行，经常会有我们羽族的村落。到了月光最好的夜晚，我们都会穿着白纱一样的衣裙，在月光下面拉着手行走。我们也不点火，月光照在裙子上，像是透明的，像是蜻蜓的翅膀。传说女孩子这样走，月神的光辉就会都照在最轻盈的那个女孩身上，她就会在所有人的目光里飞上天空，去神的宫殿，可惜我没有见过，不过，”羽然叹了口气，“那时候真是很美的，大家都很美。”

姬野看着她拈起白裙的裙角，站在屋脊的尽头，微风吹起她金色长发上的白绸飘带，整个人像是虚幻的。他忽然注意到羽然是赤脚的，半是透明的脚轻轻地踏在青灰色的瓦片上，盈盈地踮起来，像是随时就会飞走。

他默默地站起来，羽然歪着头看他，许久许久。

姬野明白过来，窘迫地抓了抓脖子，“你还是回去吧，这里不是青州，是南淮。夜里会有贼的，他们拿着刀在街上抢劫，听说很多地方都在闹饥荒。那些人跑到宛州来，还是吃不上饭，就只有做贼。”

“喂，木头，你那么丧气干什么？”羽然说，“你父亲对你很凶的样子，他后来又骂你了么？”

姬野摇头，“其实他也不常骂我的，他不管我的。你父亲管你么？”

“我没见过他，他就死了，你在这里坐着不冷么？”

“不冷，我不是很怕冷的。我刚才想去练枪，可是现在不想了，我又不想睡觉。”

“那我们说话玩吧，我要听关于龙的，”羽然说，“我偷偷跑出来，要等爷爷睡熟了才能回去，要不然就糟糕了。”

“我……也不太知道。”姬野讷讷的。

“别怕别怕。说错了也没事啊，你出海的时候画了龙回来给我看，我们就知道了。”

“画龙……”姬野低下头去，“我只是说说的。”

“什么啊？你不是答应的么？不能耍赖吧？你们东陆的人怎么是这样的？”

姬野忽然站了起来。他倔强地转过头去不看羽然，“我不会画龙给你看的，因为我根本不会画画。没有人教过我，我连字都不认识！”

羽然呆了一下：“你不识字啊？你阿爹没有教你么？我看你家里很多的书……”

“不会！”姬野猛地把头转回来，死死盯着羽然，“我就是不会！没有人教过我！我很笨的，学了也没有用，你为什么老是缠着我？我就想一个人坐在这里！你们走了我阿爹就打了我，我什么都没有做！”

羽然有些害怕，她想要逃开。可是她抬眼看见姬野的眼睛，却不觉得他真的生气了，他只是努力地在瞪大眼睛，那双明亮漆黑的眼睛。

“那你会不会写自己的名字？”

姬野摇头。

羽然犹豫了一下，上去拉了拉他的手，一根手指在他的手心里点了点：“那我教你，你们东陆的文字，其实哪有我们羽族的神使文那么难学。”

姬野感觉到了她掌心里的温暖，手抖了一下。他忽然把手整个抽了回去，掉头跑了。他看着深湛的夜空，满天都是星星在闪烁。他沿着那些勾连的墙壁拼命地奔跑，穿过院落的屋顶，他跑得飞快，像是怕被那个金发红眸的女孩追上来。

最后他停在凤凰池一片清澈的水边，站在那里呆了一下，双手拢在嘴边，对着湖对岸用尽了全身力气大喊起来。谁也听不懂他在喊什么，连他自己也不知道，月下钟楼巨大的影子投在他的身上，文庙的钟声响了起来，终于把他的喊声吞没了。

他站了许久回过头来，看见钟楼的屋脊上那双晶莹透明的赤裸的双足，女孩子站在那里，有些怯怯地望着他，她的裙带在风里轻轻地飘啊飘。

两个人默默地彼此看了许久。

“你真的教我识字么？”姬野狠狠地揉了一下鼻子，扬起了头，“我想学。”

八

喜帝八年三月。

由天启城守护使、离国公嬴无翳上书建议，皇帝传朱漆诏书，恢复武皇帝制定的《十一宗税法》。东陆诸侯，侯爵以上有封邑者，每年所收的绢谷之中，除去帝都的税赋，须再缴纳十成中的一成作为宗室特税。

诸侯震动，奏章雪片一样飞到帝都，离国的赤甲骑兵则高举帝都少府卿的旗帜，直逼诸侯国都收取宗税。淳国公敖太泉性格激烈，带三万风虎铁骑据守当阳谷，抗拒离国征税的使节。

四月，离国公轻骑三千人北上，夜战斩杀敖太泉，降淳国为公国。敖太泉幼子被解送到天启关押，年仅十岁的侄儿敖之润即位。朝野感叹忠心勤王的诸侯又去一家。

税赋源源不断地流往离国公嬴无翳的手中，越州饥荒。

是年，夔羽烈王十二岁。

南淮城地处南方的宛州，春秋绵长，温润宜人。

姬野背靠着假山躺在园子里，在树荫下翻了一页过去。他在看书。虽然姬谦正没有直说过，不过书房却只是给昌夜用的。于是姬野半步都没有踏进去过。

姬谦正一身宽松的绨袍，从花架后过，透过满是葡萄藤的格子，迷惑地看着长子。他总觉得长子性格孤戾，一直不乐意教他读书，甚至连武术也不愿他练得太高。可是最近儿子练枪没有以前勤快，却喜欢看书了，每次悄无声息地出去，总从书坊里抱些书回来。

起初姬谦正以为他不过是羡慕弟弟读书。既然自己不愿意教，他也不介意长子自己学，心想他试试知道读书终不能无师自通，也就会知难而退了。可是姬野一捧起书本，就捧了大半年。他本来就不怎么和人说话，除去在外面撒野，在家的时候不是练枪就是读书，俨然左文右武的样子。可惜《九原将略》和《五经注疏》这样的经典姬野是不读的，姬谦正偶尔翻他的书堆，净是些《蔷薇纵横录》《四州长战史》《惊龙全传》一类的野史轶闻。对着这些书，姬谦正简直恨不得遮起眼睛，只觉得看一眼都脏了双目。

"长公子，用早饭。"

侍女隔得远远的喊一声，转身就离开了。宅子里上上下下的人都有些畏惧这个冷漠的长公子，何况长公子不得宠爱早就无人不知，下人们也对他随便。

姬野早就习以为常，眉梢都不见动，充耳不闻地看着书。

姬谦正皱了皱眉头，心里窝着的一团火又腾了起来。不过他却来不及训斥姬野，国主最近又要取士，姬谦正赶着趁晨猎的时候去拜访公卿。若是能拿到一封荐书，昌夜出仕的事情就易如反掌。姬谦正一直等待的复兴姬氏，也就不再是梦了。

他重重地哼了一下，扭头出门。

直到翻完了剩下的几页，姬野才把书掖在怀里，一声不吭地走进前厅。昌夜跷着腿，正在桌前悠然地饮茶，桌上的碗碟里只剩下残羹了。

姬野还没有坐下，昌夜忽然挥挥手，"撤了。"

"长公子还没有……"侍女犹豫着。

"圣人教化，一举一动，一丝一线，都有规矩。什么时候用饭，什么时候撤饭，都有法度，我们姬家是士族，就有士族的规矩，"昌夜竭力摆出严正的模样，"现在是用饭的时候么？"

侍女手脚轻快地收拾起来，姬野站在门口，一声不吭地看着他们。侍女摞起盘子回身的时候，目光对上了他的眼睛，忍不住手一抖，稀里哗啦的盘子碎了一地。

"你怎么搞的？笨手笨脚的东西！"昌夜的绢裤上满是吃剩的残汤剩水，大声喊着从桌边跳了起来。

姬野看着蹦跳的昌夜和惶恐不安的侍女，静悄悄地转身出门，仰头看见了天空瓦蓝的一色，白云中一只鲜艳有如烈火的风筝飘着两条长尾高飞。

他静静地望着，忽然拔腿奔跑起来，敏捷地越过了门边的石礅。昌夜斜着眼睛看过去，哥哥的背影在一段半豁的墙边闪了一下，不见了。

“嗨，嗨，你们笨不笨啊！不要用蛮力啊，蛮力拉它就栽下来了！”

女孩子一身淡青色的裙子，摇晃着双腿坐在起伏的树枝上，修长得像一尾青羽的雀儿。她拢着嘴对那些拉着风筝线的孩子大喊，竖起眉毛似乎有些生气的样子。

一片草青色的平地上，三个孩子努力地扯着，可是那只巨大的风筝不好操纵。高空里一点小小的风向变化都扯得它颤颤的要倒栽下来，三个孩子争着去拉，谁也不让谁。

“笨！”羽然终于忍不住跳了下来。

她轻飘飘地着地，上去自己把风筝线抢在手里：“笨蛋笨蛋笨蛋，还没有姬野会放呢。”

三个男孩围着她，看她高高地扬起手，扯着风筝小跑，在草地上轻盈地左闪右闪。羽人像是风的儿子，无论风向怎么变化，风筝在羽然的手里都是稳稳地越飞越高。羽然手里的线几乎放完了，高空中有力的风吹在大风筝上，她轻得像是要凌空飞起来。

“我拉着你。”一个胖胖的男孩犹豫了好久，在衣襟上擦擦手，伸出去要拉羽然。

“不要你拉！”羽然啪的一声打落了他的手，她转着眼睛，“你蹲下来。”

男孩蹲了下去。羽然忽然蹦了起来，轻轻地在他肩上一踏。风势一鼓，羽然轻飘飘地被引了起来，所有人的目光追着她青色的裙子在天空上。她起了几乎一丈，高得越过了姬家大宅的墙顶。

“姬野！姬野！出来放风筝啦！”她的声音清脆，有如在天地之间回响。

应着她的话音，姬野从墙顶上鹰一样掠出，一声不吭地奔了过来。男孩们似乎有些害怕他，不由自主地退了开去，姬野从羽然手里接过了线。他在草地上飞跑，孩子们追着他。

姬野放完了最后的线，只剩下一个线头在手里。他把线头拴在一块石头上扔在那里，自己放平了身子躺在一个树丫上，对着蓝天发呆。红色的风筝在天空里起落着，他的目光就追着那风筝。

"姬野，"羽然在树下喊他，"去文庙么？今天去文庙吧，那边的铺子在卖好多小东西，都是商会从河洛那边运来的，你肯定想都想不到的。"

"我不想去，反正我们又没有钱买，"姬野摇头，"听说河洛一生也做不出几件东西，运来？是商会的武士抢来的吧？"

"又不是抢你，也不是我们去抢啊。"羽然扁了扁嘴。她穿了裙子爬树不方便，够不到姬野，就从树下拾隔年的松球去扔他。

姬野也不管那些砸在身上的松球："我还想学看书。"

"看书看书，我们看了很多天书了。我陪你看了那么多天的书，你总应该陪我去玩啊。"羽然气鼓鼓的。

姬野犹豫了一下，指着另外三个男孩，"我不想去文庙，让他们跟你去吧。"

羽然朝天翻了翻白眼，"我不带笨蛋。"

"谁是笨蛋啊？"一个男孩嘟嘟哝哝的。

羽然恶狠狠地瞪大眼睛，"风筝都放不起来，还不笨蛋？"

"看，看！风筝落下来了！"另一个男孩喊了起来。

羽然跳了起来，提着她的裙子飞跑过去，孩子们追在她身后。姬野犹豫了一下，还是跟了过去。

火鸟风筝的线被扯在神气的少年手里，他斜着眼睛瞥着恼怒的羽然和三个男孩，带着慵慵懒懒的腔调："这片地方我家全部都买了下来，没有事可不要随便进出。"

"放放风筝还不行啊？"一个男孩也愤愤的。

他家里是商户，虽则不是那样巨富之家，可是也有几间联营的店铺，平时很是倨傲。可是他认识这个姬家的二公子，听父亲说起过这家本是帝都的大族，昌夜身上那股和商人不同的贵气让他有点儿自惭形秽，声音也高不起来。

“这片宅子你们知道叫什么名字么？”昌夜指着身后的家，“叫作‘读易栋’，是静心读书的地方，你们这样大吵大闹的，别人怎么读圣贤之书？放风筝还是小事。”

羽然忽然踏上一步，在他肩头推了一把：“喂！你是找碴吧？你还说读书，你这样子和街头堵路收钱的有什么不一样？买下了了不起啊？”

几个男孩忽然来了精神，把昌夜半围起来：“你想怎么样吧？”

昌夜忽然局促起来，他真的没有见识过这种街头孩子的蛮横，也没有料到这个初来南淮时候雪绒花一样的羽人女孩也可以变得咄咄逼人。

“我让他们在这里放风筝的，怎么样？”姬野低沉的声音忽然从后面响起，“我不喜欢读书，喜欢放风筝！”

“早就知道你会跳出来！父亲说了不许跟她家来往的！”昌夜指着哥哥的鼻子。

“来往不来往干你什么事？现在说放风筝的事情。”

“风筝的事情我说过了！”

“喂！那么霸道啊？你也是这家的，他也是这家的，你说话就算数啊？”羽然直凑到昌夜面前，她的肌肤在阳光下是奶白的，淡淡的有木香传来，昌夜的脸隐隐地有些红，他出来找这个麻烦，大半是为了在墙头上看见这个女孩。

“这是我们的家事。”昌夜很不高兴她这么帮姬野说话，他上前一步想把羽然拨到一边去。

羽然露出戒备的神色，一把打落了昌夜的手，除了很熟悉的人，她最讨厌的事情就是被别人碰到身体。

姬野闪到了她前面，把羽然拦在背后，抓住昌夜的手，“你敢动她？”

“哼！”羽然趴在姬野背后对昌夜做了个鬼脸。

昌夜的手像是被钳住了，他羞怒起来，指着姬野的脸，“你凭什么护着她，你跟她算什么？也不要脸，以为别人多看重你么？”

姬野愣住了，退了一步。

“偷着跟叛贼家里来往还敢出来说话？这地这房子这里的一切，都不是你的，是父亲的，你有什么本事帮她说话。指望人家感你的情，将来还嫁给我们姬大公子啊？”昌夜得意于自己藏而不露的恶毒。

“她……”姬野的神色忽然变了，他紧紧握着羽然的手，反逼上一步，“她就是我的！又怎么样？”

所有人都愣住了，羽然被他抓着，脸上血色翻涌着，男孩们的目光都落在她的脸上，她终于无法忍受这种场面了，狠狠地一把打落姬野的手：“谁是你的？”

她转身，头也不回地跑掉了。几个男孩也追了过去。

“哈哈哈哈哈哈。”呆了一下，昌夜放声大笑起来，一边笑一边跌跌撞撞地跑了。

姬野站在那里，默默地看着自己被打落的手。

姬谦正终于请用了家传的竹鞭。

他并非一个好动武力的父亲，可是听了昌夜的告发后，已经平息的对那个老者的敬畏又开始困扰姬氏的家主。他觉得长子简直是个不祥的人。

竹鞭一再地抽打在姬野的背上，伴随着姬谦正的喝骂：“你可知道他们究竟是什么人？养你简直是我姬氏一门的不幸！将来如果我们姬氏亡在我之后，一定是你这个孽子的罪过……”

姬野一动不动地靠在桌子上，静静地凝视着父亲。他的目光不像是愤恨或者畏惧，却更像是不屑，冷冰冰的没有一点感情。

大怒的姬谦正足足打了一个时辰，喝令所有人离去，只留下姬野一个人在前厅里。

冷月清风，一片寂静，就像很久以前的那个晚上，姬野抱着双腿静静地坐在屋顶上。

“姬野，姬野……”好像还有人在背后小声呼唤他。

迟疑了很久，姬野还是回头去看了，那双深玫瑰红的眼睛竟然真的又在他背后。

“有人……打你了……”羽然吃惊地看见姬野脸上被竹鞭抽出的血痕。

“没有关系，”姬野拨开了羽然摸到他脸上的手，“过几天就好了，你怎么来了？”

“我……只是出来玩。”羽然不好意思说她跑出来看姬野。和她猜的一点不差，姬野就在他们第一次夜遇的屋顶上坐着。她挪动着屁股，不知道是不是该跟姬野坐得近一点，可是姬野一点动静都没有，她也不好意思，于是鼓着腮帮子生闷气。

“对不起，是我不好。”

羽然愣了一下。

“你再也不要理我了，我不像你想的那样，我其实没什么用……我知道我什么都没有，昌夜说得对啊，”姬野低低地说，“昌夜说得对啊，我会读书写字，还是你教给我的。”

“你说什么啊？”羽然恼怒起来，这是第一次她觉得姬野有时候也会那么婆婆妈妈的。

犹豫了一会，姬野小声说：“对不起……我不是故意那么说的……我只是不小心就说了……”

“没什么了，”羽然说，“你和我去湖边看彩船吧。”

“夜深了，彩船也没有灯了。”

“那看湖水也可以啊。”

“夜里有点冷，”姬野说，“你还是早点回去睡觉吧。”

“我不觉得冷啊。”

“可是……我有点困了，我想去睡觉了。”姬野站了起来。

羽然的耐心终于到头了。小女孩恼怒地跳了起来，指着姬野的鼻子说：“你怎么那么小气啊？我就是跑掉了一下你就不理我，我夜里偷偷跑出来看你呢！”

姬野用他黑而深的眼睛看着羽然噘起了嘴巴。

终于，羽然在姬野的目光下让步了，她拉了拉姬野的手说：“好了好了，我就是你的，可以了吧，就是你的好了。”

姬野呆呆地看着羽然，好像完全没有反应。

“这都不行啊？”羽然急了起来，“你到底要怎么样嘛？”

“我都算是你的了，你还要怎么样啊？你最蠢，最小气，最没礼貌，还当众让我丢人，你把我的蝴蝶风筝踩烂了，你还弄丢了我喜欢的那支簪子，你把我们偷的枣子都一个人吃光了……你……可是我还是深更半夜的跑出来看你啊，我要是被爷爷发现了，会挨骂的！你就这样对我啊？”羽然觉得自己很委屈，“你就是个傻瓜、犟驴，一根又粗又笨的柴火！”

她挥舞着胳膊，在屋顶上跳起来，落下去，几乎踩碎了瓦片。

可是无论她怎么闹，怎么喊，怎么挥舞胳膊，姬野都没有说话。这个孩子安安静静地看着她，漆黑的眼睛里映着星光。

羽然最后也安静下来，两个人默默地相对，不知道为什么，看着他，羽然有种要哭的冲动。

姬野没有再提过那次的窘迫，而后二十年过去有如瞬间的流水。

直到大燮神武六年，羽烈王高坐在太清阁的临风处宴饮，对“燮初八柱国”之一的谢太傅说了这段往事。

帝王端着杯盏眺望远处，“那是我一生中，第一次知道这个茫茫的世界上，竟然可以有什么东西只属于我，而不属于昌夜。那一夜我都没有睡着，太阳升起来的时候，我下了决心。我不要做弟弟的副将，我要做自己的事。如果羽然会和我站在一起，那么漫天诸神也未必都只眷顾昌夜，我要这天下属于我的东西越来越多，我再也不要追随在别人的马后。我再也不要，追随在别人马后！”

太傅沉吟良久，苦笑着说 ：“这话可以流传下去么？”

帝王微笑，“太傅怎么想？”

太傅思索了良久，“八字而已。可敬可畏，可憎可怖。”

羽烈王点头，“既然是这样难得的可憎之言，那太傅为我笔录，就在青史上传下去。”

谢太傅辞世的时候，这段笔录公之于世。史官录入了《羽烈帝起居注》。

那时正是敬德帝姬昌夜在位。皇帝阅稿后勃然作色，三个月里斩了史官十七人。可是第十八位长史依旧把这段话入了《羽烈帝起居注》呈上。

“爱卿不怕死么？”敬德王问长史。

“是非公论，史官只取真实而载录，”长史道，“先帝和陛下是亲兄弟，先帝是什么样的人，陛下比臣子们更清楚。这段话的真伪陛下心里知道，臣能活多久？可是史官代代，下笔如刻金铁，不漏言，不妄语，世代家风，不能毁在臣手里。臣不改，陛下杀了臣吧。”

敬德帝沉默良久，伸手比刀形，在史官的脖子上虚砍一记，而后负手离去。最后这段话和羽烈王的其他手稿一起被印行，公然陈列在古镜宫的书架上。

“他的余威犹烈啊！”又很多年以后，敬德帝对那个史官说，“你们没有错，这话是他特意留给我听的。从很小的时候他就是这样，愤怒不甘，冷眼对人，可是谁会知道，这样的人最终可以一统天下呢？”

没有人会知道，因为他总是低着头，所以无人看见他眼底的孤独。

此时此刻，遥远的中州高原上，沉默的骑军打着豹子的旗帜迤逦前进。

一泓圆月在旗帜间隐现，十岁的少年揭开车上挡风的皮帘子，默默地看着月色。年老的女奴急忙上来抢着合上了帘子：“世子啊，天气还凉，你身体也不好，可不要被寒气吹到了。”

“不会的，”少年笑笑，他的脸色苍白，“原来东陆的月亮，和我们草原的，是一样的。真的是一样的呢。”

女奴赔着笑，“唉，月亮还能不一样？盘韃天神只造了一个月亮给我们啊。”

“一样的就好，”少年低低地说，“这样就能和阿爸阿妈，永远都看一样的月亮。”

车轮碾压地面的吱呀吱呀声吞掉了他的话，驿路烟尘，命运中的第三个人正踏着千里的长路，从草原之国去向下唐的南淮城。

九

姬谦正对长子终于还是无能为力。

姬野被家法竹鞭狠狠地责打了一顿，足足半个月身上的青痕才消退。可是那个女孩子的身影还是三天两头地出现在姬家大宅的旁边，每次墙外响起竹哨或者呼唤的声音，姬野无论在做什么事，都会飞跳起来从后墙上翻出去，姬谦正追也追不上。

起初他还想过要用竹鞭来威吓儿子，可是每当他举起竹鞭，姬野就会退后一步，屏足气息，用劲道灌满全身的肌肉，准备硬接父亲的鞭打。而后父子二人一个高举竹鞭，一个准备挨打。这样的情形总是以姬谦正长叹一声摔门而去告终。

姬谦正悄悄地尾随了两次，这才稍稍放心。羽然和姬野两个人就只是玩，偷果子，捉蜻蜓，看烟火，斗蟋蟀，再不就是百无聊赖在墙头上走来走去。很偶尔的，羽然会教姬野识字，这是姬野最安静的时候。姬谦正想都不敢想，长子竟然能够安心地坐几个时辰，听别人说那么多的话。

不过，只要姬野不和那个神秘的老人有来往，姬谦正担心的事情就不会发生。虽然不是他们的成员，可是姬谦正深深知道这个组织的力量和铁一般的规则。

此外，他还有更关心的事情不能分神。

南淮城外，阳泉酒肆。

阳泉在南淮的西面，是个乡下镇子，起这个名字的酒肆也不大，在城郊的一片桦林外，是进出林子打猎的猎人晚上回城喝一口粗酒的地方。不到落日的时候就总是空荡荡的，往往一个人也没有。

一身黑透的长衣，一条白色的腰带，唯一的客人坐在向阳最好的一个位置上饮酒，就着一碟卤汁豆干和一碟盐水花生。

掌柜端上一碟粗盐腌菜，堆了点笑容，“再坐一坐，家传的腌菜，下酒最好，不收钱。”

黑衣的客人看了一眼，“都是大盐粒子，难不成被咸死？”

掌柜笑笑，“还有碟子水呢，白水洗了吃，不咸。”

他转身退了下去，客人在下午绵软的阳光中好奇地夹了一条腌菜，在水碟里涮了涮放进嘴里，嚼着嚼着，他嘴角不由自主地浮起了笑意。他扬了扬手，“再来一瓶冰沁的葫芦酒，下这个好腌菜。”

掌柜笑得更欢，捧了一只白瓷的瓶子上去，任客人自己斟饮。他退下来的时候，正碰见帘子一扬，帮佣的伙计匆匆地冲了进来。

“教过你做事要有个小心，赶着下葬么？”掌柜猛一瞪眼。

“大主顾，可是富贵的大家，”伙计把窗户上的竹帘掀起一线，“可是人家不进来，却叫我把这张名刺呈进来。我们这小店，哪能接人家的名刺啊？”

酒肆门外只是一条简单的乡间黄土道，这时候道上却停了一顶精致的竹坐辇，一个青色华服的儒士带着四个家奴，一动不动地长揖，也不知已经站了多久。家奴手中的精致匣子似乎是礼物，烫着真金的花纹。

“一边去，”掌柜推了伙计一把，“这是送给我们的名刺么？白长那么大的个子，却不知道长眼。”

他把名刺放在一只木盘里，捧到了黑衣客人的桌边，低着头小心翼翼地奉上。客人嚼着一条腌菜，嚼了许久，低低地叹息一声，接了名刺打开，低声读了出来：“故帝都大鸿胪卿姬澜之子，前帝都少府副使姬谦正，谨拜御殿羽将军息先生阁下安康……”

他摇摇头，自己揭开旁边窗户的竹帘，“姬先生？请进来说话。”

姬谦正步伐轻捷，站在客人的桌边，恭恭敬敬地整理袍袖，正要拜见。客人却递过了一条长凳，“姬先生不必多礼了，乡野店铺，没有什么好桌椅，招待本就不周到，礼节也免了吧。如果不觉得野酒太粗劣，就喝一杯，这里的腌菜，倒是一绝。”

姬谦正不敢怠慢，侧身坐下，清了清嗓子，“后学姬谦正，久闻息将军威名，惜无缘拜会。今天能在这里遇见息将军，不胜之喜。”

被称为将军的客人随意地摆摆手，“姬先生年纪和出仕的资历都远远胜过我，御殿羽将军只是一个虚衔，既然我和姬先生是在野店相遇，那么不必拘礼。有什么事情，还请姬先生直说吧，姬家历朝栋梁，我能力所及，不会推托。”

姬谦正微微愣了一下，随即大喜，他来之前，远没有想到这个身份尊贵的人物这样好说话。

“在下是听说国主又要甄选少年良将的事情……”

息将军自斟自饮，“是。这次是为了蛮族盟国青阳的世子到访，为了扬我下唐的国威，国主准备以少年武士七人和蛮族世子的随从比武。作为奖励，彩头是宫用的九两黄金菊花一朵，最后胜出的还奖一个副将的头衔。”

“不知道七名少年武士可有人选？”

“国主自己有一封荐书送到我这里，推荐的是幽氏的孩子，名叫幽隐。太子东宫也有几个少年都有人送了荐书，此外息衍有个不成材的侄儿息辕，学过一些剑术和兵学，他倒是自荐。”

“正是这件事拜求，”姬谦正忽然起身，恭恭敬敬地大礼长拜下去，“我姬氏历朝世家，可惜颠覆于乱世，只存姬谦正一脉。可为国征战之心不曾片刻或忘。姬谦正有个不成器的儿子姬昌夜，学的是剑术，也通文理，极有报国的志向，可惜一直没有门路，恳请息将军施以臂助！”

息将军点点头，“姬氏凤凰材，在南淮城，我也有听说。这次也确实还缺两个武士，我这些日子收到不少拜帖，多半也是为这件事。姬先生来这个简陋的小店找我，想必期望很大。那么这封荐信，我可以自己写。不过姬先生可要想好，蛮族化外之族，嗜血好杀，对手虽然是孩子，也不能轻忽。比武中有什么损伤，难以预料，姬家凤凰之材，不怕受伤么？”

“为了报国，虽死也不退却，何况受伤？”

“那好，”息将军点头，“那么这封荐书我为姬先生写。”

姬谦正呆了，又要大拜下去，却被息将军一手托住了。

“不必了，姬先生太多礼，”他微微摇头，“姬先生喜欢喝酒么？”

姬谦正迟疑了一刻，摇了摇头，“父亲在世的时候，一直劝诫说酒要少饮，书要多读，谦正成年以来，就不再饮酒了。”

息将军笑笑，“那么也只好算了。本来我还想请姬先生坐下一起喝一杯这里的粗酒，不过姬先生不饮酒，也只好遗憾了。”

姬谦正愣了一下，随即明白了对方婉转送客的意思，急忙向着身后招了招手。姬家的仆役低头捧着匣子上来，姬谦正的手一按上锁扣，另一只手也按住了他的手。息将军微微笑着，眯着眼睛看了姬谦正一会儿。

“这个，就不必打开了，”他摇摇头，“我敬重姬氏祖上的威名，这份敬重，就算这里堆满了箱子也买不来。”

姬谦正不敢造次，捧回了箱子。

“那么我就不送了。”息将军安然坐回了椅子上。

姬谦正的脸上微有些红。他世家之后，三十岁以前一直是帝都的贵胄，从来没有以礼物奉承巴结人的经验。虽然现在落魄了，可是息将军拒绝礼物的时候，话里的冷漠还是让他心里难过。他不敢再说什么，长揖之后小步倒退了出去。一转身揭开了酒肆门口的帘子。

“姬先生，”息将军的声音忽然从背后传来，“有件事情我不太明白。”

姬谦正急忙转身，“将军请问。”

“姬先生的名刺上写明是帝都大鸿胪卿姬澜之子，可是姬氏祖上，官位最高的却不是令尊，而是令祖姬扬啊。真武侯淳国三军都指挥使，曾在风炎铁旅北征时，带三千步卒深入北陆，在金帐国五万大军追击下一直打到蛮族的圣地彤云大山，铸铁为碑，烧山祭天。连风炎皇帝、苏瑾深和李凌心两位将军都不曾深入北陆这么远，为什么却没有写上他的名字呢？”

姬谦正犹豫了一下，“因为……因为……”

“是因为他后来以乱党之名在毕止城被拉杀么？”

“是。其实祖父并没有背叛帝朝，只是……”

“天驱，令祖是天驱的武士。”

“是的。”

息将军低低地叹息一声，低头从腰间摸出一只小小的皮囊，从里面掏了些烟丝出来实实地塞满了细长的乌木烟杆。他就着一旁的灯点上火，深深地吸了一口，而后微笑，“看来人一生正是不能错的，错了一次，连子孙后代都要蒙羞。不过……令祖姬扬的武器虎牙之枪号称东陆第一名枪，曾在帝都太清阁下演武，劈断过四十五把长刀，不知道能否有幸在比武中见到？”

姬谦正踌躇片刻，“将军，昌夜却是以剑为武器。若是说虎牙枪，在在下的长子姬野手中，可惜他枪术虽强，但是性格顽劣，我也不敢贸然……”

“枪术虽强？”息将军考虑了一会儿，“那么我也为姬野少公子写一封荐信，补足七人的名额。”

“将军……”

“传说中曾经一枪击杀巨龙的神枪啊，”息将军淡淡地说，“我是想看一看的。”

姬谦正一行人去得很远了，天色也渐渐地有些阴了。酒肆的掌柜小心地上去张了一眼，黑衣的客人安安静静地坐在那里喝酒，指间的烟杆上一点红火一亮一暗。他心里有些惴惴不安，总觉得这个老客虽然还是在喝酒，不过有什么东西不一样了。

客人忽地起身，把几枚金铢抛在桌上。他跟掌柜擦肩而过的时候拍了拍他的肩背：“从今往后，我不来了，这个月喝酒的账，一次都清了吧。”

“客……客……客人……”掌柜结结巴巴的，“是酒不好么？窖里还有……还有……”

“算了，”客人摇头，“你的酒从来都不好，就那咸菜，还有一点味道……是你出卖我的。否则，一般人又怎么会知道我每天下午在这里喝一点酒？”

掌柜的呆呆地站在那里，再不敢说什么。他低头看了一眼客人腰剑那柄修长凝重的古剑，黝黑的毫无装饰。就是从这剑上他猜出了这个客人的身份，十个金铢卖了这个消息给刚才来的中年文士。

客人走到门口，伸手在外面探了探，“下起雨了……”

伙计捧了一把伞上去，他赏了一个银毫，把伞打了起来。

“这世界虽大，可还有多少地方是留给我们这种人的呢？”临出门的时候，掌柜的听见低低的一声喟叹。

他想起来追到门口的时候，客人一袭黑衣的身影已经远在去向南淮城里的小道尽头了。他有点懊悔，知道自己也许一生都再见不到这个客人了。

十

姬野把左手从枪杆上撤了回来，高高地举起，“我只用一只手，你攻过来。”

“受伤了你可别后悔！”昌夜握着剑柄的手法缓缓地变化着，他绕着姬野慢慢地转动，不愿让他看出自己进攻的方位。

“我可没你后悔得多。”姬野冷冷地看着他。

还是那双讨厌的黑眼睛，昌夜微微低头去看他握枪的右手，避开了和他对视。虎牙枪指向天空，姬野一手握住它中段偏下的地方，稳稳的没有颤动。但是昌夜知道那柄枪的分量，一个人力气再大，这么握枪时间长了也支持不住。他并不急于进攻。

“这样比也没有意思,我们打个赌。谁输了,就输掉这个月的零花钱。”昌夜说着，还是缓步地移动着，到了姬野的背后。

姬野并没有转身，“你也不缺零花的钱，赌这个也没什么意思。”

虽说每个月兄弟两人都有父亲给的两个银毫零花钱，可是昌夜还有从母亲屋里拿的钱，远远不止两个银毫那么一点。

昌夜笑，“你懂不懂啊？不过是个彩头，要赌个东西，输不起，我到时候还给你就是了。”

姬野的声音冷冷的，“我不懂，不过你要等我手酸了，还得再等好久。你来不来？不来就算了。”

昌夜被他的话噎了一下，心思被看穿了。他有些恼怒，却还不敢直冲上去，哥哥虽然是背对他的，但是全身上下没有一丝的颤动，稳固得像块石头。

兄弟两人沉默起来，天越来越阴沉了，昌夜几次想扔了剑回屋了，可是哥哥不动，他也不敢动。这些日子跟哥哥试手他别说取胜，往往连一击都抵挡不住。哥哥背对着他，他却觉得自己的剑鞘上有条蛇一样，静静地窥伺着，拔剑斩蛇自然是不敢，可是弃剑，也不敢。他觉得浑身的关节渐渐地有些虚软了，可是他再想迈开步子移动，却不敢打破对峙中的安静。

虎牙依然指着天空，一动不动。

天空中隐隐地有一声轰响，沙沙地下起雨来。冰冷的雨一泼打在昌夜的头顶，他浑身打了一个哆嗦，似乎觉得哥哥的身子也颤了一下。

他忽然踏前一步，半侧身子，带着旋腰的力量拔剑了。一旦冲出去，他全身的酸软都消失了，他在旋转中滑步，一剑拦腰劈斩出去。姬野在几乎同一瞬间转身，乌金色的枪刺带着呼啸的风声劈斩下去。他只用了一只手，枪刺在剑刃上一弹，却抵不住昌夜双手正面攻击的力道。姬野在退步中把弹起的枪锋压住，刺出，昌夜在大惊中撤回了剑，横封在胸前。枪尖嵌入了重剑的血槽中。

一进一退的局面忽然间重新变为静止。昌夜要发力，可是发不出，他看见哥哥单手托枪，枪杆夹在腋下。姬野像一只高踞在岩石上等待扑击的虎，微微地沉下身形。

随着他大吼，排山倒海的力量爆发出去。昌夜的双臂根本抵挡不了这样可怕的冲刺，剑面沉重地撞击在他的胸口上。他还想吸一口气稳住，可是更大的力量还是肆无忌惮地推了过来，他横封着重剑，被推着不断地后退。他的全身都被冷汗布满了，所有力气和胆量都和冷汗一起流走，他只能咬着牙狠狠地推着自己的剑，全靠剑上那条浅浅的血槽封住了枪锋，否则被洞穿的，就是昌夜的胸口。

姬野在剧烈推进的势头中猛地转身，侧腿飞起。昌夜感觉到一股自下而上的力量加在自己的剑上，剑尖啸着飞起来，被姬野一把抄住，昌夜倒在泥泞的地上。

"说好的！两个银毫，输了不要赖账！"

"哼！"昌夜愤怒地跳起来，从腰带里摸出两个银毫来狠狠地扔向远处，"我知道你要钱是要去跟那个女孩买东西！你讨好人家又有什么用？你还以为她真的会喜欢你？你在她眼里根本不算什么东西，好多人买东西送给她的！"

"你知道？你知道个屁！"姬野的声音冷冰冰的。

"你……你说粗话！"

"你知道个屁！"姬野左手剑右手枪，直上一步。

昌夜畏惧了，他小退了一步，忽然转身跑进屋里去了，大喊着："阿娘，阿娘！”

姬野走到枫树下，把刚才昌夜扔出去的两枚银毫抠了出来，就着雨水洗了洗。他走到门边，刚刚拉开门，看见撑着雨伞急匆匆跑进来的父亲。

“昌夜昌夜！开门了！”姬谦正半身湿了，嘴里不清不楚地叫门，直到看清是长子，才愣了一下，收了伞，整了整衣衫。

姬野从来不会像昌夜那样乖巧地应门的。

姬野扭头想要出门，被父亲一把拉住，“心都玩野了，有大事情！叫上你弟弟都跟我到书房来。”

“坐下！”

姬野愣了一下，转身坐在桌前，和昌夜并排。

“看看这封荐书！”姬谦正把一封信在桌上摊开，“夫人也来看看。”

昌夜的母亲拿起信略略一扫，脸上骤然绽开了笑容，声音都抖了，“这……这息将军的荐书，真的管用？”

“当然管用！”姬谦正也是掩不住的得意，“息衍将军是我们下唐军界第一的人物，三军统帅拓拔山月还在他之下。又是皇帝封的侯爵，御殿羽将军，别说鸿胪卿光禄卿，就算是国主也要卖息将军面子的！”

他转向了儿子们，“你们听好，下个月北陆金帐国的使节会到达南淮，拜见国主。下唐和青阳部交好，即将签订盟约。青阳部派遣七位少年武士护送金帐国少主吕归尘来南淮作为质子。蛮族粗野暴烈，有尚武之风，国主为了展示我们东陆诸国的雄风，已经下令甄选少年武士于八月十五和蛮族的七个少年比试，如果武艺得到国主的赏识，至少也会授予副将的官职！”

“那么如果孩儿能够入选，不是扬我姬氏威风的好机会么？”昌夜听懂了父亲的意思。

“不错！可是要想上场，七个名额谈何容易，多少世家子弟想这个出人头地的机会都得不到，不过我这次得到了禁军息将军的荐书，十拿九稳的事情。剩下就看你们的武艺了！”

“蛮人？”姬野冷冷的，“让太子东宫的武士杀败他们不就可以了？那些人整天都在街上打架。”

“小小年纪懂什么？”姬谦正骂道，“蛮人血勇，体质和我们东陆人不同，尤其是选出来护卫少主的武士，不可以轻视。当年你曾祖以绝世的枪术，力战蛮族，也是且战且走，与其说是杀到了彤云山下，不如说是逃到了彤云山下。”

“那让弟弟去吧，试试大齐剑法的威力。”姬野说。

他知道这种事情都轮不到他，他约了羽然，口袋里又有两个银毫，还是想着出去玩。

“你练了那么久的毒龙势，难道没有一点为家里争光的念头么？”姬谦正有了怒色，“枉费我推荐你那一番口舌。”

姬野愣住了，不敢相信似的看着父亲，“怎么……我也可以去么？”

“你们两个都要去！”姬谦正拍着桌子，“来！从今日起我日日教导你们武术，我们姬家扬眉吐气的日子不远了！”

昌夜雀跃着去房里取佩剑，才想起剑还留在雨地里，也不打伞就跑了出去。姬谦正也不阻拦，只是笑，拍了拍姬野的肩膀，“就在雨地里习武吧，雄鹰展翅飞天，一点小雨算什么？”

出去的时候，他忽地听见姬野在背后说：“谢谢父亲。”

他以为自己听错了，一回头，姬野已经走进了雨里。

园子里，父子三人成三角而立。

“听着！”姬谦正拔出了重剑，“我们和蛮族各出七名武士，胜者守擂，直到一方再也没有可以交战的武士。蛮族中据说有两个武士是名将之后，要千万小心。我们派出的武士有三个从太子东宫的伴读中选出，一个是息将军的侄儿，还有一个是国主亲族里的少年，深得国主器重。”

“那如果我们胜了，功劳不是都被他抢走了么？”昌夜急忙问。

“不错，我也估计到了，”姬谦正笑道，“所以不是光要你们和蛮族战平，你们必须想尽办法，不让国主亲族的那个少年武士上场！”

“不让他上场？”

“简单，”姬野冷冷地说，“只要一直打败蛮族排在最后的那个武士，我们就赢了，什么国主亲族的武士，没有也一样！”

“说得好！”姬谦正难得地赞美长子，“除了息将军的侄儿第一个出场，第二的是野儿，第三的是昌夜，太子和国主选拔的武士排在后面。”

“三个人对七个怎么打得赢？”昌夜脸色有些难看。

“我不知道息将军的侄儿武功怎么样，”姬野说，“不过等到我上场，我要把剩下的蛮人都打趴下。”

“这话虽然骄狂，但还算有点气概，”姬谦正勉励儿子，“息将军的侄儿是南淮城中有名的少年武士，我觉得至少可以击败两个蛮人，野儿你武功高于弟弟，至少也要击败三个。”

姬谦正扶着幼子的肩膀道：“剩下的两个人，昌夜一定要取胜，这样昌夜就是下唐少年武士中最后的胜者，副将的职位也就是昌夜的了。”

“可是毕竟是三对七，”昌夜的母亲忧心忡忡，“昌夜才十岁，怎么抵得过两个蛮人，何况姬野要是接不下三个对手，昌夜只怕危险。”

“呵呵，”姬谦正笑声朗朗，“我教出的武士，当然有自己的信心。若是没有野儿，昌夜自然会吃亏，不过有了野儿，我越想越觉得这一招是绝妙。东宫武士排在后面，以为可以占到便宜，可是他们却没有想到会有野儿这样的枪术为昌夜突前。”

“姬野？”妻子小心地看了姬野一眼，“靠得住么？”

夫妻两个人你来我往地讨论，却没有注意到姬野脸上难得显露的一点笑容渐渐地退去了，他怔怔地站在那里看着一腔抱负的父亲。锐烈的目光好像忽然黯淡了。

“野儿，”姬谦正察觉了姬野的神色，“你也不要懊丧，你保着昌夜夺取副将的官位，以后昌夜荣升，他自当推荐你接替他副将的位置。”

姬野怔了一下，竟然点了点头，“好！”

姬谦正惊奇于长子此次竟然如此顺服，想来他也是被副将的官位打动了，不禁觉得欣慰。下唐少年武将不少，练武的孩子无不羡慕，姬野知道羡慕，那么也算是有一点出息了。

“来！今日练到日落。”姬谦正雄心勃勃地说。

姬野提着枪走到了昌夜的对面，他低着头，姬谦正看不见他的眼睛。

羽然晃着双腿坐在屋脊上，百无聊赖地看着远处灯火星星的凤凰池。姬野坐在她身边，托着腮跟她看向同一个方向，可是羽然觉得他根本不是在看凤凰池，而是什么都没在看。她很想姬野再跟她出去在晚上安静的巷子里面闲逛，可是姬野沉默了半个晚上，她也没有办法。

最后她实在受不了了，开始哼着歌儿踮着脚尖在周围的瓦片上踩来踩去，摇摇晃晃地站在屋檐最尖端的地方。她的歌谁也听不懂，充满着悠长的呼吸，像是风里传来的远处的歌。

可是姬野还是不理她，一声不吭地望着远处。

她在姬野背后转来转去地兜圈子，狡猾的小猫一样。最后她扑上去一把捂住他的眼睛，“猜我是谁，猜我是谁。”

姬野呆了一下，“是一头小猪吧？”

羽然咯咯地笑了起来，左右甩着她淡金色的长头发，抱着膝盖坐回了姬野身边。

羽然到了东陆之后才学会的这种游戏，她就乐此不疲地玩。开始姬野总是很老实地说：“羽然。”除了羽然也没有别人会和他玩。

后来姬野开始不耐烦，就摔开她的手说：“不要闹了。”于是羽然就很不高兴。

再后来姬野为了让羽然开心，就会瞎猜一点东西，“是一头小猪吧？”“是一条毛毛虫。”于是羽然就会咯咯地笑着蹦开，姬野也很开心。

不过这一次姬野回答得有些漫不经心。

羽然抓着他的胳膊晃了晃，“喂，姬野姬野，我马上就要过生日了。”

“生日？”姬野有点诧异。

东陆华族是礼仪之邦，家里有女孩，很少会把生日告诉别人，即使从小订婚的夫妇也只有在看见婚帖的时候才真的清楚对方的生日。

“是啊！”羽然很认真地瞪大眼睛，“在我们青州，生日的时候都会收到礼物，你可要记得送东西给我。”

她换了个语气恶狠狠地说：“不准忘记！”

姬野抓了抓头，“那你们羽族送些什么呢？”

“不一定啊，”羽然晃着头，“那一年我姐姐生日的时候，我们城邦最漂亮的男孩去很深的山里为她采了一大筐星星兰，用了银丝编成长发上的花链。男孩生日的时候，我姐姐问那个男孩借了他的长弓。他还不知道为什么，我姐姐用桑皮揉成细线，和金丝一起揉成络子把他的弓密密地缠起来，在生日那天还给他。每个人看我姐姐的手工都看呆了。”

她有些黯然：“可是现在他们都死了……”

她转过头来，诧异地发现姬野正一动不动地盯着她。

“你……你看着我干什么？我不是要你去采星星兰，你们东陆是没有这种花的。”

姬野摇头，“我知道没有星星兰。可是有一朵很漂亮的金菊花，我想我把它抢来送给你。”

羽然愣了一下，笑了起来，“你可不要许那么贵的东西，不然到时候送我别的，我就不要了。”

姬野站了起来，他看着远处，语气安静而认真，“我不骗人，我一定要把它抢来，送给你！”

十一

喜帝八年，八月十四。

夜，万籁俱寂。

姬野赤裸着上身，从园子里的溪水中打起了沉重的一瓦罐水，把水浇在一块巨大的青石上。磨光的青石在月光下镜子一样的反光，姬野把虎牙的枪锋搁在了上面，用力地磨着它的锋刃。这柄枪的枪锋很少会钝，磨砺起来也格外的艰难，他用上了全身的力道，全身的肌肉纠结起来，像一只蹲伏的小豹子。

一点一点地，沉郁的乌金色再次从枪锋边显露出来。姬野擦了擦头上的汗，把枪锋浸在溪水里，让流水把上面的污迹洗去。它在水中仿佛是折断的，光芒却更加锋锐，闪闪的，像是星星的碎片。

姬野松开手，整根枪刺毫不费力地刺进溪水下的沙石地里。他转过身，看着朦胧夜色里自己家大屋漆黑的影子，没有一丝灯光。父亲和大娘早已经入睡了，父亲特意嘱咐昌夜睡在夫妇两个屋外的暖笼里，因为明天就是大柳营演武的日子。这些天姬谦正很累，日夜指点两个儿子习武。儿子们也都努力，一直孤僻的大儿子似乎也被从军的前程吸引了，练枪尤其用心，姬谦正觉得儿子这是开了窍，心里大喜，神色也缓和了许多。

那个北陆金帐国来的世子前几日已经大张旗鼓地进了南淮城，羽然也拉着姬野去看了。鸿胪寺几百匹纯色的白马打着旗帜引路，整个紫梁街都封了，平民一律不得行走。而蛮族骏马缓缓行来的时候，才真的惊吓了南淮城的人们。他们有的一生都没有见过那么雄骏高大的战马，比东陆的马高出了两个马头，胸也要宽一半，全身没有一丝多余的肥膘。一匹足有东陆马两匹重，看起来不像马，倒像什么凶猛的怪物。有好事的人去量那些马的蹄印，最小的也有盖碗大小。而那些炎炎夏日还披着皮甲装饰了毛皮的北蛮武士更是可怕，他们抬头高望远方，目光偶尔低垂，都吓得人们慌忙扭头。

但是姬谦正还是很高兴，说蛮族的武士虽然粗壮力大，但是未必灵活，昌夜的大齐之剑就是以巧制胜，绝不会吃亏。

姬野想起父亲说这话时候的笑容。他仰头看着星空，忽然间就觉得自己那么想羽然，想她就在自己身边。

身后的水哗啦一响，他猛地回过头去。溪水上有一圈圈涟漪，静静的没有人，只有那柄古老的枪静静地插在水中。

“我知道，是你在那里，”姬野小声地说，“我们明天一起去大柳营，我们一定赢。”

涟漪一圈一圈地散开，水波折射，蒙蒙的似乎有个影子踏着水站在枪边。影子低着头，看水中枪的倒影。

“没有人希望我能打赢他们，其实我能的，”姬野一步一步地走向虎牙，“我说给别人听，他们都不会信的，可是你会相信我。你是我的武器，我们总是在一起，我没有告诉过任何人，连羽然我都没有说。我明天和你一起去打蛮人，将来我们上阵，也在一起。”

他踏进溪水里，水波晃动，那个虚无的影子消失了。姬野一手抚摩着枪杆，一手从口袋里摸索着取出了铁青色的指套，一只叼着星辰的飞鹰用阴纹刻在表面上。他在自己的腰带上擦了擦指套，缓缓套在了自己的拇指上，感觉到它冰一样的冷意。

这是姬氏家传的指套，姬谦正本准备熔掉它，可是封在炉子里煅烧了十日都没有软化的迹象。一个夜晚，姬野悄悄地取了出来，用一点灰锡投入了熔炉。第二天早晨，姬谦正发现了烧结成球的灰锡，大喜，把整个熔炉封了起来，远远地运到城外的山上丢弃了。

他没有想到这枚指套就在和他相隔不远的北厢房里，那古老沉重的宿命也远没有离开他。

姬野盯着那个冷傲的鹰头，他的目光像是被指套反射的冷光点燃了。他从腰带里摸出一枚铜锢，高高抛起在空中。他闪电一样拔出枪，带着水花射出小溪，转身、蓄力、出枪，在短瞬间一气呵成，长枪在空中激起低沉的虎吼声。

“毒龙势”的“转身刺”，这是枪术中最难的一种刺击。要在转身的一瞬间把枪推出去，以旋转带动长枪，发力的距离几乎是零，是绝境时候反败为胜的刺击。而最后需要准确地击中铜钿大小的目标，才算是完美的转身刺击。

铜钿翻滚着落下，叮当一声打在了枪颈的虎头上。

姬野默默地站在那里，知道自己还是不能完美地刺出这一枪。就像姬谦正说的，他的枪，依旧是太烈了。他偷偷去看过那些蛮族少年的武术，远远的看不清，只觉得他们的力量很大，速度也快，并没有东陆武术的浮华。他想过要想克制蛮人的力量，就只有更快的速度和更准确的刺击，但是时间太少了，他的“转身刺”始终都不成熟。

他呆了一会儿，忽然想起什么，猛地跳了起来，从围墙的缺口翻了出去。

羽然站在门前最高的那棵榉树顶，闭着眼睛，任凭流水一样的星光投射在她身上。

这样的夜晚她喜欢白色的衣服，纯净得像是青州古森林里月夜拉着手歌唱的女孩们，姬野总是不明白她这样是为了什么，可是看着这样的羽然的时候，他就特别执着地想着遥远的青州到底是什么样子的。羽然说那里的森林一抹无边的青灰色，森林最深处的山谷中坐落着“古代之座”，羽人口中的泰格里斯神殿。那里的台阶是用星星的碎片照亮的，永远都是满月的夜晚，神的使女们在不会凋谢的花圃里面围着圈子静坐，她们白色的裙子是用云裁成的。

“羽然。”他大着胆子喊了一声。

羽然低头，看见树下那个拖着长长枪杆的少年对她挥舞着胳膊。她鸟儿一样轻灵地缘着树枝攀了下去，姬野总也想不通羽然怎么会那么轻灵。有时候羽然会骑在他后脖子上放风筝，也不是那样的轻飘。

“有什么好玩的东西？有什么好玩的东西？”羽然高兴地拍着手。

月光下的冥想是她的功课，可是她实在不喜欢这样的功课。这时候她脑袋里塞满的都是湖上的游船、街边叫卖的小贩、书馆里雷鸣一样的掌声，脑袋里像上演着一幕大戏。

“你爷爷在么？”姬野说，“我想见你爷爷。”

“你找他干什么？”羽然愣了一下。

“我想问他一些关于枪术的事。”

“好吧。”羽然无奈地点了点头，她看出了姬野的认真。

老人端坐在台阶上，面前煮着一壶热茶，怀里抱着一张老旧的箜篌。

“羽然，你还是去做你的功课吧，”他听了来意只是笑笑，“我和年轻的武士谈谈。”

羽然不情不愿地走了，姬野觉得心里有些忐忑，其实从那次之后他再也没有见过老人。

“姬野，对么？这是你的名字，”老人说，“羽然说你明天就要去代表下唐国比武了。”

“是的。”

“我也知道你为什么来这里，可惜我不能教你。”

“为什么？”姬野并没有料到自己会被拒绝，毕竟第一次老人直接把枪术的精华传授给了他。

“你的进步太快了，我的孩子，再往下走，你可能接触到力量的真髓。可是力量是北辰之神的赐予，他在天地开辟的时候把这件礼物赐给大地上的生灵，让我们用它去迎战一切邪恶。获得它，你要经过许许多多的考验。让平凡的人得到力量的真髓是对武神的亵渎，最终的奥秘只属于最坚强和勇敢的战士，他必须为了一个目标而战斗，”老人摇头，“你父亲的武术对于他的理想来说已经过于强大了，好在他没有滥用你们姬氏流传的武术。”

姬野沉默了一会儿，扭过头去，“可是你不知道我在想什么，你不知道我的理想。”

“你多大？十四岁？十四岁的孩子说理想还太早了，”老人的眼神变得锋利起来，“枪术的奥秘我必须选择最合适的继承者，你总是这样无礼地直接要求别人么？”

姬野咬了咬自己的嘴唇，回头就走，“那我不求你。”

“倔强。”老人冷笑。

姬野大踏步地走到门边。

“停下！”老人的声音从背后传来，“你手指上的是什么？”

姬野有些慌张地捂住了自己的手，“是我们家的，你不要管。”

“我叫你父亲熔了它的，”老人的声音咄咄逼人，“他那种人不配再保留天驱武士的指套。”

“是我自己要留下的，”姬野奋力去反驳，“我们家的东西，你凭什么管？”

“你自己要留下的？”老人微微眯起了眼睛，“是你从父亲那里……偷的？”

“反正它是我的。”姬野的心思被洞穿，只能顽强地抵赖。

“为什么要偷它？”

“我……我喜欢。”

老人挑了挑眉毛，“喜欢？喜欢偷窃，还是喜欢指套？”

“谁喜欢偷东西？”

“那么你是喜欢那枚指套了，”看了姬野许久，老人的声音柔和下来，“孩子，你过来。”

姬野警惕地走到了老人的面前。

老人眯起的海蓝色眼睛中含着一道锐光，和一种难以描述的神情，就像看见了久违的朋友。一点火焰在他的眸子里燃烧，烧热了衰老之身的血。

“孩子，你是真的喜欢这枚指套么？”

姬野低下头去抚摩着指套上的鹰图，“嗯”了一声，“我老是想，原来戴它的人一定是一个很强很强的武士吧？父亲怕它，弟弟也不喜欢。

可是如果一个人能把武术练得那么强，直到死以后很多年都有人害怕他，那么他一定是个不平凡的人。如果不是比别人受更多的伤，流更多的血，谁也练不出最强的武术。我不怕流血，我也不怕受伤，可我明天一定要打赢。我戴它，就要像以前戴它的那个人一样！”

他攥紧了拳头，手背上的青筋跳了起来。他的拳头在抖，嘴唇也在抖，他后悔把这个心底的秘密轻易就说了出去。可是他忍不住，他紧紧攥着拳，让指套死死地扣进肉里。

老人忽地笑了，他伸出手，让姬野看他自己的指套，“北辰之神，浩瀚之主，泛乎苍溟，以极其游。我这一枚，是苍溟之鹰的指套。”

“北辰之神，苍青之君，广兮长空，以翱以翔。”他握住姬野的手，“你这一枚，是青君之鹰。”

他站了起来，拉着姬野的手，“孩子，我本来是不愿意教你的。你的心里有太多的火焰，也许有一天，你会被自己心里的火烧死。可在这个净是懦夫的时代，难得听见猛虎的声音，既然你已经是麻木尔杜斯戈里亚的主人……”

“我们的主宰，我们不曾忘记您的光辉照在我们双肩的时候，让我们勇敢，让我们无畏。可是那么多年无声的等待啊，”老人叉手在胸前，对着苍茫的星空俯拜下去，“我们的主宰，苍青色的君主，您的精神还未离去。孩子是新的火种，他听见了您的声音么？”

姬野抬头看见老人所仰望的星辰，七颗铁青色的星辰正从东方尽头缓缓升起。

“决战前的夜里戴上天驱的指套，”老人幽幽地说，“很古老的习惯了。传说已经不再继续，很多年不曾听说有人喜欢它了，连天驱的传统都被遗忘。这些指套，都很寂寞了吧？”

他抓起了脚下的枪，“孩子，你很像你的曾祖，而且越来越像了。”

“你愿意教我枪术了么？我可以学那种枪术的，对不对？我一定可以的！”姬野的神色急切。他感觉到他和老人之间有什么奇怪的东西在共鸣，在虚空中发出金属才有的嗡嗡鸣响。

老人没有立刻回答。他直直地站在那里，以自己的脚跟为轴，枪锋指地旋转，一个径围丈余的完美的圆被他画在地上。

他踏一步，走进了圈子，“这是枪之圆，孩子，走进来。”

姬野轻轻地踏入，和老人相对。

“一个夜晚也许不够使你领略枪术的极致，不过作为姬扬的曾孙，你至少应该看一次百年前屠杀巨龙的枪术。这是极烈之枪，枪术中的皇帝。”

老人缓缓地把枪杆压在肩上，“铁甲依然在！”

他对一个少年用了最古老的礼节。

“依然在！”

回忆起那日父亲和老人的问答，这五个字让姬野浑身的血为之奔涌。他觉得那像是某种咒语，里面有神圣的灯油在燃烧沸腾。

老少在肃杀的气氛中彼此退开，同样制式的两柄长枪在冷月微风中同时发出一声清利的鸣响。

十二

喜帝六年，八月十五日。

南淮城郊，大柳营。

营寨的戒备森严，枪锋的冷光从木城楼上投射下来，间或有士兵虚引弓弦的嘭嘭声。三三五五的人聚在远处眺望，却不敢接近。南淮城里都知道了，这是国主迎接金帐国贵宾设下的演武，又有少年武士的比试。人们好奇地围聚过来是想看金帐国少主的仪仗，几十年没有真的和蛮族接触了，蛮武凶残的蛮族铁骑都只能从书里的记载看到。

“落栅！”

长呼声里，巨大的闸门缓缓落下，要把大柳营和外界完全隔开。

快马如飞而来，马上满头大汗的少年死死地勒住马匹，勉强地刹在了门口。

“让我进去！”少年大喊着，“我要和蛮族比武！”

“放肆！比武的武士已经进去了，什么人敢在大柳营前嚣张？”管闸门的战士难得威风一次。

“让我进去！”姬野急躁地兜着马匹在闸门前转圈，“我就是要和蛮族比武的人。”

“这是什么地方？是你来的么？再敢撒野，就拿下了！”战士大吼。

姬野满身的衣衫湿透了，一头长发湿漉漉地贴在额头，确实不像一个世家武士。下唐又是帝朝旧习最浓的地域之一，世家的孩子一言一行都与众不同。

“让我进去！”姬野只好放声大喊起来。

虽然只有十四岁，可是姬野的身材却像十六七岁的人，他的喊声响亮，战士们唯恐惊动了里面的贵宾，急忙把长枪并成枪列，死死地挡住了他。姬野满心都是火，不住地提着缰绳，马扬着蹄子，躁动不安。

“等一等。”忽然有人慢条斯理地说。

姬野回头，一匹黑色的骏马上坐着黑铠的将军。他异常鲜明地配着黑鞘重剑和黑色披风，甚至马缰都是纯黑的。可将军的脸色和双手却比姬野看见过的任何武将都白净，让他看起来淡雅得像一个文臣。

“息将军！”战士们急忙行礼。

“你有一杆很好的枪，”息将军对姬野说，“也许你真的是来比武的武士，你叫什么名字？”

“姬野！荒野的野。”

息将军笑了。姬野的回答很没有礼貌，既然是士族武士相遇，息将军又是名倾东陆的名将，姬野应该把姓氏家传和上辈的爵位一起报出来的，更不该直挺挺地端坐在马背上回答。

“我知道了，你是姬谦正先生的长子吧？你的名字确实在名单上。”

息将军微微颔首，“国主亲自主持的比武，你怎么迟到了？”

“将军小心，”一个战士提醒，“也许他在说谎。”

“不会，”息将军微笑着摇手，“虎牙枪在手，当然是姬氏的后人。”

“你认识我的枪？”

“麻木尔杜斯戈里亚，猛虎之牙撕裂卑怯者的灵魂，”息将军淡淡地笑着，“我听说过你的枪。”

“我在练枪，所以来晚了，”姬野说，“晚得也不多，还算赶上了，为什么不让我进去？”

“战机不等人，”息将军摇头，“何况练枪应该趁早。”

姬野有点理亏，可很快他就昂起了头，“反正只要让我进去，我就能打败蛮人。”

“练了一夜枪？你还有体力么？”

“将来也许要打三天三夜的仗呢，练一夜枪算什么？”

“呵呵，”息将军大笑，“要是连杀三天三夜，夸父那样的身体也垮了，真是孩子话。”

姬野正发愣的时候，息将军挥了挥手，“开闸，放我和这位小英雄进去。”

“将军……”战士犹豫着。

息将军也不理睬战士的脸色，对姬野比了个手势，“让人找一套小号的禁军铠甲给你穿戴。衣冠不整的样子，给北陆蛮族的首领看见，还以为我们下唐贫困。”

姬野点了点头，来不及道谢，纵马率先冲了进去。

“将军……”守门的军士想说什么，声音还是低了下去。

“很神气的孩子啊，是不是？”息将军低头看着那个嘟哝的军士，懒洋洋地笑了起来。

大柳营中无数的旌旗几乎遮蔽了整个天空，金帐国的剑齿豹和下唐的金色菊旗帜在风中纠缠在一起，呼啦啦地作响。激昂的军鼓越来越激烈，演武场里兵刃的交击尖锐刺耳。下唐尚紫，一色紫衣的下唐国公卿们围绕着高坐的国主，另一侧的贵宾席上蛮族武士团团围坐，中间的中年武士手腕上缠着白色的豹裘。

息将军一步踏进营门，正逢蛮族武士中的首领低头下来。两个人的目光隔着重重的人群碰了一下，不约而同地侧头回避了。

绯衣的紫寰宫内监小步迎上了来，“哟，将军，将军，可等到将军的大驾了。国主让卑下在这里等候将军，还担心将军不来呢。”

“息辕的胜负怎么样？”

“已经胜了第一场，究竟是将军家里将门的子侄。照这么看，这一名对手也能拿下。”

息将军停了一步，转向演武场中。身披下唐禁军黑色皮铠的少年正占据了上风，他右手重剑，左手铜盾，攻势凌厉。铜盾也被他用作了武器，双手左右挥舞，每一击都用足了力量。对手的武器是两柄锥枪，本来是直刺的武器，可是完全被他大开大阖的攻击压住，根本没有刺击的机会，只能一步一步后退。

“倒是有精神，”息将军笑了笑，“可是他叔叔何时教过他拿剑当大锤挥舞的战术呢？”

息将军不再停留，跟着内监上台拜见国主。国主还没有下令，内监们已经机灵地搬来了椅子，放在国主的位置旁，侍候息将军坐下。

“将军的侄儿果然勇猛，怎么以前从未听将军提起？”国主赞叹，“将军何不送他进东宫伴读？将来跟随煜儿征战，为你们息氏再添一员名将，可不能就此埋没了英才。”

息将军笑笑，“这一次他是自荐，鸿胪卿看我的面子准他下场，我也不阻拦。不过他的心性，终究还是不够沉稳。国主的好意臣下心领了，如果他真是英才，任谁也埋不住他的光辉，谢谢国主的关心。”

国主点头，遥遥地指着不远处端坐的一群蛮族武士，“那边居中的就是北陆金帐国的世子了，上次金帐国的天师出使，将军也是见过的。”

息将军注视了一刻，“旁边那个，是青阳部九王吕豹隐厄鲁吧？两年前北陆七部中真颜部被整个灭族，就是他的手笔，见之令人心冷，金帐国也有这样的名将。”

国主的心思却并不在九王身上，“将军为我看看，那个金帐国少主到底是真是假呢？我总觉得有些奇怪，这群人里，他反倒不像个北蛮的样子。金帐国的世子，竟是这么孱弱的么？”

吕归尘抬头看着天边的雁，演武场里的呼喝声离他耳边似乎很远。他不喜欢这么多人，低头看着这黑压压的人群，觉得像是被压得喘不过气来。只有这里的天空还是跟北陆一样的，瓦蓝瓦蓝的，有白色的云，失群的大雁在天空穿过，就像是大草原上独自骑马奔驰的牧人，想到哪里去，就到哪里去，无拘无束。

“世子，这场演武是特为你准备的，该看的还是要看，不要失了礼数。”叔父低沉有力的声音从旁边传来。

“是。”吕归尘收回了目光。

他转眼扫了一下不远处下唐国的紫衣公卿们恭敬地侍立在旌旗下，只觉得有些敬畏。他心里动了一下，忽然觉得有人是在看他的。仔细看过去的时候，就在华服高冠的国主身边，一个黑铠的将军正遥遥地注视着他。两人的目光一碰，将军冲着他微微一笑。吕归尘愣了一下，也笑了笑，各自转开了视线。

息将军收回了目光，“恭喜国主，货真价实的金帐国少主。”

“将军这么肯定？”

息将军笑着点了点头，“身体不好，可能是天生，人的眼神，却难以掩饰。他一个十岁的孩子，在这样的场面下没有丝毫慌乱，说明他心里安静。他不在意比武，目光游移，大概是在金帐国，有比这激烈得多的比试，引不起他的兴趣。不过臣可以确信他确实是金帐国的世子。还有他的眼神，如果不是出身在极富极贵中，见过太多的奢华，装是装不出这样淡定厌倦的眼神来的。”

国主点了点头，“有将军这么说，我算是放心多了。”

“拓拔将军带世子一路从北陆归来，应该查实过世子的身份吧？”

“拓拔，毕竟还是外族，”国主觉得自己失言了，顿了一下，“他虽是忠于我们下唐，但是我们自己也要小心才好。”

他又遥指着演武场边一名挎剑巡行的少年武士，“将军看，幽隐年纪大了几岁，气度也沉稳了。如今东宫里面已经没有他的对手，本公觉得是一代名将之才啊。将军以为呢？”

息将军的眉梢微微一挑，笑了。名叫幽隐的少年也不过十三四岁，身形魁梧，体格也矫健，脸色青冷。他每一步踏出都是尺半，静静地在演武场边巡视，几个也是东宫的伴读少年跟在他左近，却不敢贴上，低头在一旁。幽隐的目光只在场上的息辕身上，看也不看那些同伴一眼。

“面临大战，脸红是血勇，脸白是骨勇，脸青则是气勇，”息将军点头，“幽隐是气勇，气概勇毅，是可造之材。”

“那我就放心了，”国主捻须微笑，“那么幽隐压阵，这一战该不会给我们下唐丢脸吧？”

息将军却静了一下没有回答，他的目光扫到东宫少年们不远处的两个年轻人，那日在阳泉酒肆相遇的姬氏家主正围着年幼的那个忙碌着，为他整理护臂，擦去皮盔下的汗水。而另一个独自站在没有人的一片地方，抱着他的枪，看着演武场里，他的汗水一样从皮盔里流下，可是他像是感觉不到，他不看谁，也听不见周围的鼓点和喧哗。静静的一个人，像是一块倔强的石头。

他怀里的枪指着天空，枪刃上变幻着凄惨的乌金色。

演武场里，息辕已经把对手逼到了演武场的边缘。

"喝啊！"息辕猛然高举重剑，用足力量全身扑上。

他这一扑用尽了最后的力量。剑术上息辕从小就是叔叔教授，息将军号称"东陆步战三十年内第一人"，不会教出没用的学生。可是息辕已经胜过一场，体力接不上来，第二个蛮族少年用一双破盾的短锥枪，步伐灵活，不断地游走闪避。息辕知道对手在等什么，他把胜负都赌在这一剑上，身体的重量和剑一起压上。对手没有后退的余地，心里一定会紧张，就难以闪避正面而来的快捷劈斩。

蛮族少年果然选择了格挡，重剑的力道带着他退后一步，他背靠在演武场旁边的木桩上，勉强撑住了息辕的剑。

"唉！"国主也惋惜起来，息辕那一剑，再加几分力道也许就能让对手的锥枪脱手。

"放开！"息辕忽然大吼了一声！

蛮族少年忽然觉得剑上的力量成倍地增加，息辕竟然还能憋住一口气在完全静止中发力。锥枪被那股大力远远地震了出去，息辕高喊着再次举剑，下唐君臣的座席上已经是一片欢呼。

国主正要称赞，却听见旁边低低的一声叹息。

"是静岳之剑，可惜还少了一点变通。"息将军摇了摇头。

人们静下来仔细去看的时候，才发现息辕的剑并没有斩下去，而是凝在了空中。蛮族少年一支锥枪脱手，另一支锥枪已经乘着空隙全力刺出，洞穿了息辕左手轻盾的铜皮！两人都愣了一下，息辕猛地放开了盾退后，还想再找机会。已经迟了，蛮族少年的锥枪上套着铜盾，整个铜盾被他甩手抛了出去，正砸中息辕的胸口。

息辕的重剑脱手，已经全无兵器，蛮族少年一脚踏瘪了落地的铜盾，锥枪笔直刺出。锣声震耳，息将军猛地站了起来。息辕已经失去了平衡，这一刺，他左右都避不开了。

金属的震鸣声针一样刺耳，第二柄锥枪贴着地面滑了出去。蛮族少年跌跌撞撞地退了几步，息辕一屁股坐到地上。多数人都看不清楚那瞬间的变化，只看见隔开息辕和蛮族少年的是一柄沉重古旧的长枪，穿着禁军服色的少年站在了演武场的旁边。

息辕抬头看着这个陌生的孩子，知道是他投出了长枪为自己格开了锥枪的追击。

“多谢你，”他拍了拍身上的灰站了起来，“我叫息辕。”

孩子黑沉沉的眼睛看了他一瞬，转而去看那个蛮族少年，“我叫姬野。”

“第二场，金帐国武士哈勒扎胜！”司仪的教官高呼了起来，冲上去狠狠地扯了姬野，“下去！不懂演武的规矩么？可没叫你的名字！”

“真是没教养的孩子，”国主皱着眉摇了摇头，“金帐国王爷的面前，那么不懂规矩。”

姬谦正远远看着国主的神色，脸色有些苍白。长子又给他惹祸了，本来已经来得晚了，又冒失地出手。金帐国座席那边的九王却神色安详，举起酒杯遥遥地向着国主敬酒，“孩子们的武艺都很好。”

国主一愣，也举起杯子回敬。两边座席上都响起几声温和的低笑。

息将军起身，“国主，都是真武器，若是真的伤了人，伤了两国的体面，也惊吓观看的贵人。还是臣下去做个仲裁吧。”

“最好！最好！”国主点头。

姬野看着那个黑色衣甲的将军远远地从国主身边走下，低了头有点忐忑。

“将军，这个小子……”教官指了指姬野。

将军摆了摆手，从腰间摸出小小的皮囊，给自己的烟杆里满满地塞上烟草，这才抬头去看姬野，“从军，最重要的就是守令。不是人人都是将军，也就不能任意妄为，而且就算你是将军，也还是不能不守令。你今天还未轮到你就擅自上场，已经违令了。”

“是。”

将军转头去看那个蛮族少年，“双手兵器，必要的时候放弃一手，以求杀敌，是一个很好的战术。息辕输在你手下，不亏。不过你若是能把双手锥枪加长，就能全攻全守，否则一开始也不会被息辕的重剑压住。”

蛮族少年却不回答，也不抬头，他死死地盯着那杆插在地上的战枪，露出戒惧的神色。

“是杆好枪啊，”将军点头，“可惜东陆还能认得它的人，已经不多了。”

他猛地在姬野的背上一击，把他推进场里，“既然违令，就要将功赎罪。你能胜几人，就胜给我看看！”

他转身抓起锣锤大挥一记，锣声震耳，下一场已经开始。

姬野抓起了虎牙，乌金色的枪锋点在地上，他单手托着枪尾，笔直地站着。蛮族少年退出几步，跟他拉开距离，两人侧眼彼此看着，久久都不见动作。周围的座席上略微有些骚动，前两场都是干净利落，并没有这样枯燥的等待。

蛮族少年点了点头。他再退一步，左手用力，只有两尺七寸长的左手锥枪中忽然弹出了锋锐的长钢刺，锥枪凭着钢刺增加到五尺多长。他双手旋转，把右手的短枪换成了反手。

“全攻全守？好！”息将军含笑点头，“金帐国一样有这样聪明的机括和武士。”

姬野也退了一步，缓缓地拉开了长枪。依旧是静到了极点，可是这一次座席上却无人出声，锥枪的长刺和姬野拉枪的姿势，无不杀气腾腾，公卿们也见过演武，可是少有这样绷人心弦的感觉。

“司马公觉得这场我们下唐的胜负如何？”

“以长破短，以不动击怠兵，我方是生力，对方已打了一场，胜数该有八成。”

“司马公还是乐天得很，我看上一轮那个北蛮根本未尽全力，否则他放出左手长枪，何至于刚才左右支撑？两短破一长，这可不是在马背上，双手兵器占优啊。”

“两短破一长，这也得近身啊。”

“近身还不容易？他一手短锥格住，上前一步，长锥就可以杀到近身，那时候，长枪也撤不回来了。”

息将军听着席上断断续续的议论，只是笑。

蛮族少年忽然动了，短锥护胸，长锥突前，刺向姬野面目的只有一道疾闪的铁光。

长枪也同时挑起，“放开！”

虎牙在空气中震动着发出咆哮。多年军旅的将军们也只看见一道乌金色的痕迹，蛮族武士短锥一格，浑厚的力量冲得他胳膊几乎失去知觉。他在大惊中收回了进攻的长锥，压在短锥上。虎牙被格住了一刻，蛮族少年获得片刻的喘息，长锥立刻松动，闪电一样缘着枪杆削向姬野的手。

“放开！”

姬野大喝着震动枪杆，暴烈的圈劲从枪杆上激发出去。人们只听见两声有力的空震，蛮族少年跌跌撞撞地倒栽出去，仰面坐到地上，两根锥枪呼啸着冲上天空。

所有人的目光都仰对天空，直到两锥并排落下，砰，几乎在同一瞬间扎进了土里，正在下唐国主的座席面前，锥尾还在飞快地振动着。短暂的寂静后，一个观礼的妃子惊叫了起来，整个座席上的人都惊得面无人色。紫寰宫的武士们慌张地冲上座席左顾右盼，可是只有两柄扎在地上的锥枪，他们彷徨四顾，很多人还不明白发生了什么。

国主的呼吸急促，脸上血色都褪了。百里氏重文轻武，几十年太平君主当下来，还不曾有这样利刃从天而降的危险。那边座席上的青阳九王脸色却忽地阴沉了，冷冷瞟着自己手下几个目瞪口呆的伴当。全场一片死寂，所有人都呆了，本来觉得是场恶战，居然过手那么一瞬，就定了胜负。

一记响亮的锣声惊回了人们的心神，息将军含笑看着那个蛮族少年，“可要空手一搏？”

蛮族少年呆呆地看着自己的双手，终于摇了摇头，“不比了，我输了。”

“第三场，下唐国，姬野胜！”

十三

“第四场，下唐国，姬野胜！”

“第五场，下唐国，姬野胜！”

锣声一再地响，下唐的捷报频频传来。金帐国的座席上，蛮族武士们抿紧了嘴唇，九王也变得面色冷峻；而下唐的座席上，君臣也没有谈笑风生，一场场下来赢得实在太过顺利。演武本来也没有敌意，最后无论胜负，都无伤大雅，可是如今已经连下三场，都是几枪就崩掉了对手的武器。金帐国王爷的神色，公卿们也是看在眼里的，本来演武完毕就在城外的青玄古城宾主畅饮，可是这么赢下去……

哈勒扎垂着头被带到了九王的座席边，他不敢看九王，小心地瞥了吕归尘一眼。

九王压低了声音，“这是怎么回事？哈勒扎，你父亲是我们北都城有名的双枪手，这次让你跟着世子来东陆，连几个大汗王都推荐了你，可是你难道连东陆人的一枪都接不住么？”

哈勒扎摇了摇头，“九王爷，我……他力气太大……”

“九王爷，”一个伴当凑过来，“也怪不得哈勒扎，我们再上的人，也一样几下子就被夺了武器。这演武，是不是下唐国特地安排的？”

“愚蠢！”九王低喝了一声，“再怎么安排他也就是个十几岁的孩子，同样年纪，我们青阳的武士杀不过人家，难道特地安排的我们就不丢脸了么？”

场上再次传来了惊呼，九王猛地一推哈勒扎放眼看去，眼睁睁地看着锋利的刺剑从天而降，刺进土里。演武场里的蛮族少年躺在地上喘着粗气，黑色犀牛皮铠的下唐少年以枪锋压在对手喉前不过一寸的地方，让蛮族少年想抬头都没有机会。

前后只是几个来回，又一人败下，青阳部的七名精锐少年就只剩下两人了。

“没用！”九王压低了声音。

高瘦的少年从旁边缓缓站了起来，他的面色仿佛紫铜，胸前悬挂一面厚实的铁镜，身挎蛮族擅用的漆合角弓。

“铁叶，你去吧，”吕归尘看着自己的伴当，“你的刀是他们都比不过的，可不要输给东陆人。”

“不会让主子失望了！”铁益的儿子铁叶摘下了角弓，拍了拍腰间的马刀。

“等等！”一旁的哥哥铁颜解下自己的佩刀递了过去，“带我的刀去，他的枪好！”

铁叶掂了掂哥哥沉重的战刀，大步下场。

姬野喘息着，连续击败四人，他的体力再充沛也支撑不住，只能借对手下场的间隙恢复。可是他的心里满是狂喜，没有半点要退却的念头。

他根本没有想到自己惊吓了国主。他一生中第一次遇见真正可以和自己对抗的人，以前自己在枪术中领会的东西全部被打散了又再次组合，老者展示的雷霆一刺开始在脑海中成形。这些勇武的蛮族少年让姬野发现世界上有如此多和他相似的人。不断模仿这些蛮族武士的武技，复杂的攻击和防御渐渐地汇集到他的枪术中。最终的目的却是凝结为唯一的一枪。

极烈之枪。

背后隐约的议论声又传来了。

“司马公，想不到还是个悍将，你说他这一阵撑不撑得过？”

“国主运筹帷幄，这是要给金帐国的蛮人立威啊！不过连赢了四场，也太驳人面子，不管撑得住撑不住，我看他这一轮会认输。”

“他若是退了，剩下的能胜否？”

“就剩两个蛮子，车轮战也胜了，蛮子虽勇，奈何脑袋里一包都是马粪而已。”

隐隐的笑声传来，演武场边的息衍却微微动容，“每一枪都不一样。他在进步……到底……”

下唐第一名将的眼里，这个少年第一枪崩飞哈勒扎的双锥还是靠着蛮力，可是渐渐地，凌厉可怖的枪术越来越纯熟起来。姬野说自己一定会赢的时候，息衍只是喜欢他的直率和勇气，直到现在息衍才相信这个孩子或许能把神话变成真的。姬野就像一个从来没有和人对枪的人，第一次在别人的武技中开发出了宝藏，他的武术随着每一次出枪而完善起来，渐渐地连息衍都难以找到明显的破绽。

可是如果姬野真的不曾和杰出的武士对抗，他的枪术底子是从何而来的呢？

“第七场，金帐国铁叶，下唐国姬野。”

息将军再次击锣，高而瘦削的蛮族少年一步步缓缓踏下演武场。

“我就是铁叶，铁叶 · 巴扎，你的枪很好！”上台的少年竟然高出了姬野一个头。蛮族的身高通常要稍微矮于东陆的人，可是这个少年竟然可以比高大的姬野更高。铁叶手中隐晦无光的战刀映着太阳，骤然有一道锐利的反光，随着他手腕一振，他面对的一队战士虽然在台下都不由去遮挡眼睛。

姬野心里第一次闪过冷冷的警惕，铁叶手里的刀非同寻常，能拥有这柄刀的不会是普通的武士。他完全是自然地开始了防御。

“我的刀也很好！”和东陆人的谦虚不同，铁叶直截了当地赞美自己的战刀。

“它是仿制影月的刀，我哥哥的刀，”铁叶昂然道，“我们比一比。”

“来！”姬野把虎牙架在自己左臂上缓缓拉开。手臂上的酸痛让他的动作有些艰难，姬野咬了咬牙，把痛楚压了下去，又深深地吸气来充满发闷的胸口。

“如果你体力不行了,我们就不要比,”铁叶觉察了姬野沉重的呼吸声,“你的枪术好，我不想伤你。”

“如果我不行了，就是我弟弟接替我了，”姬野盯着敌人，“所以我是不会不行的！”

台下的姬谦正听见了这句话，没有料到长子如此遵从自己的意愿，他呆了一瞬。他看出了铁叶的武术确实不是昌夜可以抵抗的，铁叶是两个始终站在金帐国少主背后的人之一，他和其他那些武士是不同的。现下唯一的希望只是姬野能够消磨铁叶的力量，昌夜才会有机会。他伸手握住小儿子的手，感觉到了自己手心里的冷汗。

“想把机会留给你弟弟？”铁叶不屑地瞥了瞥姬野，“凭哥哥打败敌人算什么英雄？你们东陆人总是耍这种把戏！”

草原上的武士向来不屑于东陆军队的诡计，铁叶也是如此。可是出乎他的预料，姬野只是摇头，他的声音沉重低哑，“不是这样的！我们东陆也有真正的武士！”

乌金色的光芒倏忽闪灭，铁叶的长刀在刹那间斩在枪口荡开了长枪。双方都被对方猛烈的力量震击，在成人这或许还不算什么，可对于十三四岁的少年，反震的力量已经足以隔着武器震伤他们的胳膊。没有任何的退缩，两个人几乎是在同一时刻开始了下一轮攻击。完全没有防御，以攻对攻。凶蛮的拼杀让东宫选拔的少年们胆战心惊，从没有见过蛮族的少年们是第一次目睹这样近乎残酷的搏杀，他们脸色难看，聚集在一起低声议论，不约而同地产生了一个念头——这个无名的平民孩子一定要撑住。

只有那种同样的猛虎般的凶猛才可以抵抗蛮人的凶悍。

“真正的武士？”息衍摇了摇头，“可惜越来越少了。”

五十七次对击，武器的轰鸣声令场边的人心神不宁。

双方都把致胜的机会赌在了速度和力量的拼搏上。武术上几乎是势均力敌的，毒龙势中所有组合突进的枪术都被铁叶的战刀克制着，而铁叶也不敢全力使用杀手。双方的速度不相上下，都是纯粹的进攻再进攻，如果双方真的把攻势推进到最后，结果只能是两败俱伤，甚至对穿胸膛。演武场里似乎卷着猩风，带着战场的铁血黄沙气味。

息衍看见金帐国座席上的少主不再东张西望了，他的拳头攥得紧紧的，紧盯着场内的动静。他背后魁梧高大的少年有力地按了按他的肩膀，示意他不必担心。

“转狼锋！”

铁叶的咆哮扯回了息衍的视线。他听过这个名字，游历到草原的时候，放牧的汉子赞叹地说着北都将军木犁的狼锋刀，言下是恨不得追随他作战的畅想。铁叶终于动用自己最强的杀手，他冒险迎着姬野的一记直刺，闪到了姬野身边三尺内。在姬野的长枪走空的刹那，他获得了一个完整的进击机会。

长刀被他翻身的腰劲带动，画出一个径长四尺的闪亮的圆。木犁在传授的时候说过，和一般的狼锋刀不同，这是完全无需冲刺发力的劈斩法，只需要一次强有力的旋转。铁叶已经算准了姬野唯有用还在手中的枪尾去格挡，他相信自己有能力在一刀中砍断虎牙枪的枪尾，进而直接砍中姬野的腰。

铁叶是不能输的，不能丢了世子伴当的名誉。下了狠心的铁叶毫不留情。

听见这一刀的名字，姬野明白自己陷在何等的危险之中。这是一个失误，已经来不及挽回，从来没有和杰出武士对敌的姬野无法揣测狼锋刀这招凝聚了草原上十几代人战斗经验的杀手。

枪锋已经撤不回来了，枪尾的木柄阻挡得住铁叶的刀么？他放弃了格挡，整个人扑了上去。谁也没有想到他采取了这样的应对，这样根本无法闪避长刀的扫劈。

铁叶的刀如愿地斩中了姬野的腰，鲜血飞溅的刹那，人们惊讶地看见受伤了的姬野就像铁叶一样旋转起来。刀切着他的腰留下深而长的伤口，他反持长枪，枪尾鞭击出去。长枪在近战的时候不如刀，也无法发力，可是姬野还是做到了。在铁叶愕然的瞬间，他完完全全地模仿了铁叶的杀手，不需要距离就可以发力的“转狼锋”。

轰然有金属迸裂的巨响。

枪尾如一条铁鞭一样鞭击在铁叶的护胸铁镜上，铁叶不敢相信自己的眼睛，两个少年死死地贴在一处，瞪着对方的眼睛。瞬间的凝固，而后铁叶拼命推在姬野的肩上，两人向着相反的方向退开，一齐坐到了地上。姬野按住了腰口的伤，铁叶木然地看着手中的刀。就是姬野舍身的扑近导致了这个结果，因为贴得太近，刀口末端才砍击在姬野的腰上。末端在旋转中最慢，而且也是刀身最钝的地方。

两人间的地面上稀疏地洒了几滴血，姬野按住腰的指缝间沁出红色。

东宫太子吓得捂住了眼睛，百里景洪也惊惶不安。一场孩子间的较量，两国亲密的表示，却再现了蛮族和华族的残酷战场。大臣贵胄们没有想到仅是少年的争斗就可以激烈到鲜血飞溅的地步。

“转狼锋？”姬野点了点头，“我记住了。”

“是！”铁叶的脸色显得煞白，虽然看上去他全无受伤。

“起来！起来！”他的哥哥铁颜在座席上挥舞着胳膊大喊。

铁叶站起身来，拄着长刀瞪视姬野，姬野也强撑着站了起来。息衍犹豫着是否应该阻止这场演武，毕竟没有人希望看见这场上有一人横尸在血泊里，而姬野已经受伤，撑下去他能否破解第二次转狼锋的攻势？

“服你了！这你都学得会！”铁叶苦笑着摇摇头。

他忽然向着对手扔出了手里的刀，一个趔趄栽倒在地。这是以蛮族的方式表示服输，金帐国的座席上，少年们冲下去扶起了铁叶，才发现他胸口那面光明的铁镜已经碎裂，尖锐的边角反刺到他的胸口里去了。铁叶受的伤远比姬野重。

“你赢了！”铁叶被抬下去的时候路过姬野身边，“我不如你……不过要是换了我哥哥你赢不了，哥哥从小和我比刀，就没有输过。”

“那就……让你哥哥来！”姬野也向他点头。他拄着枪站在那里，却站不住，脚下一滑坐到地上。

“第七场，下唐国，姬野胜。”

息衍也犹豫起来。他是战场上轻轻挥旗、指引千军决胜的大将，可是此时他不知道是否应该让昌夜上场。

“竟是两败俱伤的场面啊。”

“这场我们胜得名副其实，毕竟我们的武士连拼了几阵了。”

“只不知道后来的几个会不会丢尽颜面。”

“司马公怎么说长人威风自灭志气的丧气话？”

“丢了祖宗声威的事情，我们也做得不算少了，”少府的主事司马公叹息了一声，“何当重整风炎血，再起龙旗向阿山啊！”

议论声不绝于耳，场边姬谦正已经开始为幼子整束。显然姬野已经没有力量起身，人们都在等待下面的少年下场。可是姬野坐在地上瞪着息衍，不知道是不愿意说还是痛得已经说不出话来。可是息衍在那双墨黑的眼睛里看见了固执得可怕的意志，分明在阻止他让昌夜上场。

“昌夜！”姬谦正不知道息衍在犹豫什么，推着幼子来到场边，拍了拍他的肩膀。

“昌夜上场吧，只剩一个了，打赢了副将的职位非你莫属。”他感觉到儿子背上传来抗拒的阻力，于是鼓励起儿子来。

息衍摇了摇头，举起鼓槌。

“不要上来！”姬野忽然站了起来。他腰上的伤口因此裂开了，他摇摇欲坠地站在自己的一摊血里。姬谦正又一次看见了他最讨厌的眼神，不由得愣了一下。

“你不要上来！”姬野的声音已经嘶哑了，“我打败了他们，我能打赢他们所有人！”

“野儿你疯了么？”姬谦正脸色一变，压低了声音。

“副将谁都能当，”姬野咬着自己的嘴唇，“弟弟能，我也能！”

“亲兄弟，你想和弟弟抢么？你这顽劣的东西，存了什么心？”

姬野呆了一下，他用力地摇头，“我不跟他抢，我抢不过他。我只是抢我自己的！”

“为什么？”他的手在发抖，“为什么……为什么……为什么老是我跟在别人的马后面？”

“想……想不到我们姬家竟出了你这种自私自利的孽子！”姬谦正再也挂不住颜面。

看着父亲的眼神，听着他的呵斥，又看着他急切地把弟弟往擂台上推，姬野的目光忽然变了，变得很静。他凝视着姬谦正，慢慢地退后，一步步越退越远。这是姬谦正第一次看见儿子的黑眼睛那么静，很陌生的眼神。

“我们东陆的武士，绝不是只会耍诡计的人。”姬野退到了擂台中央，猛地回头，看着父亲和弟弟。

“我要打败你们，”姬野仰头，指着高处座席上金帐国的使团，“打败你们所有人。”

他感觉自己的胸口那么闷，像是被血塞住了，又像是堵着什么别的东西。他用力拍着自己的胸口，拍得胸口痛得麻痹起来，让那股痛楚把一切其他的东西都压了下去，“我一个人就够了！我一个人，打败你们所有人，你们所有人！”

他抄起了虎牙，长枪横扫过巨大的半圆，掠过几乎整个看台上的人。

息衍看着这个有些失控的孩子，看着他紧咬牙根，面目狰狞。息衍却没有喝止他，只是静静地看着。

“铁颜去了！”站在吕归尘身后的最后一人走上一步，半跪在主子的面前。

“铁颜你要为我们拿下这一战！”

“到了这样的地步，胜与不胜，我们都被下唐国的武士压了一头了。不过，铁颜不会让世子失望的！”

吕归尘愣了一下，点了点头。

武士站了起来，像是一座小山。他的身高不在弟弟之下，一身沉重的骑兵铁甲，胸前一样悬挂着通明的护心铁镜。蛮族武士中，能配铁镜的镜武士是荣耀的象征，蛮族的七个少年中，有五个都是铜盔，而铁氏的一对兄弟被大君授予镜武士的称号。铁颜的刀术远非弟弟可比，他已经是虎豹骑的百夫长，虎豹骑最年轻的百夫长。

他大步走到场边，看见了脸色惨白的昌夜。他留了一步，和姬谦正对视了一眼。这一眼最后击溃了姬谦正要把幼子推上台的决心，铁颜和弟弟不同，他看人时的神态已经完全不是孩子了，而是真正的蛮族武士。

息衍的鼓槌落了下去，“第八场，下唐国姬野，金帐国铁颜。”

十四

“你还能撑下去？”铁颜拾起弟弟留在场中的长刀。

他还不愿动手，除了自负武术，他也不知道该怎么对这个半身是血的对手下手，像是屠杀一样。

“不要小看我！我是一定要赢的！”姬野抬起眼睛瞪视着他，“你弟弟有转狼锋，我也有我的招数！”

“我不会输的……我还有……还有……”疲惫和失血已经让他产生了眩晕，他甚至看不清铁颜的刀。他不知道自己还能支持多久，最后的力量，也许足够支持他刺出一枪——完美的一记突刺。

“试一试！”他解开了拴住右手手甲的绳子，狠狠地攥住了下面的指套，“我们，试一试！”

“北辰之神，苍青之君，广兮长空，以翱以翔。”他一个字一个字地低声念诵这句话。他抬起头，天空都在旋转似的，但他不畏惧，他想着那只名为“青君”的大鹰，它的灵魂又苏醒了，应了他在心底的呼唤，张开巨大的席卷天空的羽翼，它所到之处日光为之遮蔽，凌驾在这所有人之上。别人都看不见，只有他能。它对着这里扑击下来了，带给他绝对的力量和勇气！

“枪之为道，在于长锋。”月光下，老者和姬野围绕一个无形的圆缓缓转动，正而逆，逆而正。

“所有武器都有一个圈子，剑有剑圈，枪也有枪圆，以武器的长度为径，敌人为中心，就是一个圆。敌人的反击范围，又是一个圆。你攻击后格挡的范围，还是一个圆。很多的圆在一场战斗中存在，每一个都关乎你的胜败。”

“可是怎么能计算到所有的圆呢？”

“那是变化之枪的内涵，”老者说，“我现在不会告诉你，但是世间有一种枪术，称为极烈之枪。”

“极烈之枪？”

“所谓极烈之枪，是超越诸圆的破圆之枪！”

老者的枪指向了姬野的眉心，“当你的枪极烈极快的时候，你会觉得时间甚至都停顿下来，你的枪会突破以上所有这些圆，在一刺之内结束战斗。时间停止的时候，世界上没有圆，只有一条线，把一切都贯穿！”

姬野的目光落到了自己的枪尖，世界上只剩下虎牙的枪尖。他瞄准了两丈外的铁颜。

“枪尖是一个点，用它划出破圆的直线。不要想太多，把所有精神贯注在枪尖的时候，你的身体自然会调整到最合适的出枪位置。”

身体细微的变化连姬野自己都无法觉察，手腕、手肘、腰和腿，全身开始逼近那个最完美的出枪姿势。

“要知道你为什么出枪，你的心里有闷烧的火，那是大地上燃烧的煤矿，它的火焰终有一天烧破地面去点燃天空。你会吼叫，因为你若是不吐出那火焰，它会烧穿你的胸膛，它像是愤怒，又像是高亢的歌，龙虎的吼声让时间停止。”

极烈之枪，破一切圆。

一线乌金色的光芒离开了姬野的掌心，虎牙在姬野手中突破了他自己速度的极限。长锋在前，姬野和他的枪一起化作了锐利的长牙。吼声和虎牙的风啸声一起激扬，先代的屠龙枪术里蕴藏着的霸道和血腥，在一记稚嫩的突刺中重现。

铁颜不敢动，像是被什么看不见的东西压制了。

吕归尘忽然站了起来。

仿佛有一千一万根长针在刺扎他的全身每一处，他觉得战栗，可是又激动。

他又一次嗅到了那一夜草原上群狼的气息、血腥的气息、杀戮的气息，随着姬野刺出那一枪，他在斩狼时那些模糊的感觉骤然清醒起来。

他几乎要挥舞着手臂去为他的敌人呐喊。

根本没有人能够看清那一枪的轨迹。

只是一瞬间，姬野闪到了铁颜的背后，枪擦着飞血扎入擂台，姬野摇晃了一下，倒在了铁颜的脚下。人们茫然四顾，还不知道发生了什么事。

“东陆第一名枪”、“劈断过四十五把长刀”、“屠杀巨龙的麻木尔杜斯戈里亚”，息衍看见了这全部的传说，骤然间都变成了真实。

虽然还无法和十年后在鹰旗下一手推出一条毒龙的“封断一枪”相比，可是姬野在这一击中完美地实现了他所能做的最强攻击。剧烈的一击完全抽走了他的力量，在最后一刻，他的枪走偏了，错过了铁颜的胸膛，堪堪擦过了铁颜的胳膊。

铁颜默默地摸了摸胳膊，一条细细的划痕，一手鲜红。

“铁颜！”九王在座席上拍案大喝。

铁颜猛地回过神来，他身上背着青阳的威名，而他在这里愣着回味对手的枪术。他急忙转身，高举战刀过顶。他的刀停止在那里，他触到了姬野的眼神。铁颜知道自己只要轻轻的一刀就可以结束战斗了，姬野已经完全失去了保护自己的力量，他的伤和强行使用无法掌握的枪术，这些都让他比一个婴儿还要脆弱。铁颜明白自己应该做什么，甚至杀了这个对手，只怕也不会有什么惩罚。

可是他的刀凝在那里，无比沉重。

所有人的目光都汇聚在铁颜的刀上，人们茫然不解地议论着这场战斗。

“你那一枪叫什么？”铁颜问。

“极烈之枪 · 摧城。”

铁颜点了点头，退后几步，把战刀远远地对着姬野投掷过去。战刀呼啸着扎进地面，距离姬野的面颊不过半尺。

“你赢了！”铁颜点了点头，他不善言辞，想了一会儿，“你说的，你真的打赢了我们所有人。”

他回头离开了演武场，所有人这才反应过来，铁颜投掷战刀和铁叶抛出战刀的意思是完全一样的，他交出了武器，认输了。

一片哗然中，铁颜登上看台，在座席边跪下，“世子，铁颜输了。”

“真的输了么？”

“我不知道为什么，不过，”铁颜弯腰叩头，“他本来可以杀了我的。”

“下唐国，姬野胜。”

人群又回复了安静。

大局已定，下唐不可思议地几乎完胜对手。是欢呼的时候了，不过下唐国的礼仪却依照古制，繁琐而严谨。所有目光都聚集在国主的座席上，等待着百里景洪首先喝彩，而百里景洪却没有时间去管这些，他不看姬野，只是看着远处金帐国座席上的九王。九王在一片令人难堪的沉默中终于无法按捺，不轻不重地拍了一下桌案，没有说任何话，起身离去。

百里景洪站起来伸手似乎想去挽留，却只能对着背影愣住。

息衍望着国主的神色，悄悄地摇头，又去看那个名为幽隐的少年。幽隐青色的脸上森森然地带着惨白。息衍最后去看姬野。

姬野拔出了枪，笔直地站在场地正中。他并非急于取回武器，而是没有枪的支撑，他已经站不稳了。铁叶的一刀不轻，血一直在流，姬野使劲按住自己的腰，否则那些鲜血已经渗透了他半边的战衣。他的体力早已经无法支持，那股一直撑住他的悍勇也在随着血缓缓流逝。姬野感到眩晕，疼痛渐渐不明显了。麻木的感觉笼罩了他，好像浑身被缠在重重的锦缎中，有一种周身被抽空的疲惫。

恍惚间又回到了他的幼年，弱小无依，而背后有人轻轻抱着他。那种静馨遥远的温暖。

"妈妈……"姬野低声说着，只是昏迷中的呓语。

全场也只有在擂台边的息衍听见了，息衍凝视姬野的眼睛。在少年武士黑色的瞳子里，息衍看见了属于一个孩子的眼神——只是个孩子。似乎是命运给了息衍一扇窗口去看见姬野内心深处，只是一瞬间。

谁也不曾注意，凝视姬野的时候，息衍的眼角微微跳了，好像是一种含着痛苦的抽搐。

这是胤朝喜帝九年八月，当姬野呼唤他的母亲的时候，这个二十年后被追封为光仪太后的女人已经死了。

姬野在等一声喝彩，等一声喝彩来承认他的胜利，他想站着迎接自己的胜利。

可是过了许久，只有一片衣衫抖动的声音，他这才意识到出了什么变故。他努力睁眼去看，国主带着内侍和群臣，急急忙忙地起身，就要离开。

“国主……副将尚未领赏受封……”长史提醒。

“快追九王的车驾！”国主低声喝道，“粗野的东西！不必提了。”

“传令禁军，大辇伺候！”长史无法再劝，只得喝令下臣。

所有人都拥向国主身后，包括东宫的少年们。周围护卫的大柳营战士快速撤离场地，迅速化成整齐的队列，夹道保护国主。姬野默默地看着所有人都离开了他，甚至包括他的父亲和弟弟。姬谦正在这种大场面下失尽了面子，羞怒之下根本不准备再管长子，拉着姬昌夜的手追随在群臣的队伍后，连头都不曾回一下。

获胜的少年像一个傻子般被丢在擂台上，好像瞬息间就再也无人记得他，姬野不知道自己该如何，他不能跟着这些人去，也不能倒下。血管中流淌的曾祖的悍勇让他依然站在场地中央。他把虎牙插进了擂台的地面，冷冷地看着所有离他而去的人。

一片匆忙的脚步声中,忽然有轻轻的掌声。姬野抬头看向掌声的方向，竟然是那个还未离开的金帐国少主。虽然只是一阵不和谐的掌声，可是少主鼓掌已经很用力了。人影闪动，隔开他们又留出空隙，两双眼睛在人群开合的间隙中对视了一下。

“世子,我们还是赶快跟上去,九王都走了。”婆子不停地催促吕归尘。

吕归尘点了点头。他摸着身上，想馈赠一件礼物给这个得胜的武士，蛮族试手都有彩头，他不明白这个获胜的下唐孩子为什么一个人却被扔在擂台上。可是他身边也并没有什么，只有胸前龙格真煌表哥赠予父亲的小佩刀“青鲨”。这是他珍视的东西，他很是犹豫。

婆子几乎是不由分说地拉着他追了上去，吕归尘并没有什么抗拒的余地。

这是乱世君王们的第一次相遇，那时候他们都在重重权力的压制下。未来的羽烈王和昭武公只是相隔相望，不曾互相说一句话。

周围都空了，百里景洪的仪仗也出了大柳营，只剩姬野一个人站在擂台上。

脚步声从背后渐渐接近，黑铠黑袍的将军微微笑着拍了拍姬野的肩膀，“我叫息衍，武殿都指挥使，虽然我无权授你副将的职位，不过如果你有投身军旅的雄心，有空来找我吧。”

“息……息衍！”姬野被这个名字惊呆了。

“麻木尔杜斯戈里亚，猛虎之牙，撕裂卑怯者的灵魂，”息衍在远处回头，“是天授之枪啊，我喜欢你的枪术。”

息衍踏出大柳营，对着正午的阳光深深吸了口气。国主六十四人扛的金装紫阑花大辇静静地放在营门前的土地上，在此迎候他的内侍立在辇下，对着他恭敬地长揖，比了一个手势。

他在大辇前行礼，登着台阶上去，掀开了帘子。宽阔的辇里，国主独自一人端坐，点了点头，把手中的茶碗放下。

“有劳国主等候臣下。”

“息将军安坐。将军独自留下，莫非和那个获胜的武士说话么？”国主转着小指上的翡翠指环，漫不经心地问。

“是。”息衍含着笑。

“将军秉性素来高傲，能入将军青眼的人寥若晨星，今天对那个孩子却很赏识啊。能得到息将军的欣赏，他在我们下唐也足以树立名声了。”

“英才难得，任谁也压不住他的光辉，臣下的赏识不过是为他锦上添花而已。”

“这句话，我今天已经是第二次听将军说了，”国主摇摇头，“这先不去说它。这次演武，本公的用意，别人或者不知道，将军应该清楚的吧？”

“是。我听说东宫的那个年轻武士幽隐和国主是血缘至亲，武术兵学也远远超过同辈，国主把他安排在压阵的位置，本来是觉得幽隐会取胜，拿下那个副将的军职吧？”

“不错。将军既然知道……”

"国主，"息衍打断了他，"若是要授军职，国主一纸手书，别说是副将，就算是参将军、牙将军，也都不是问题。为何国主偏要幽隐去夺这个副将的头衔呢？"

国主摇了摇头，"将军也知道我们下唐军威不振，现在嬴无翳猖狂，在帝都纵横叱咤，淳国公敖太泉新死在他手上，帝都的公卿可有一个站出来说话的？我们手中没有强兵，在这风云乱世就不能自保，本公有意提拔少年，正是为了让我的唐军脱胎换骨。如果我一纸手令授一个副将给幽隐，那和以往世家少年凭着祖上的功荫从军有什么区别？还是不能服众的。"

"臣愚昧。"

"愚昧？息将军为何这么说？"

息衍轻轻抚摩腰间古剑朴实的剑鞘，声音里带着金属般的脆硬，"臣不知道是否真的能如此服众。臣有一点薄名，但是臣从年少学剑，到现在已经在阵上亲手杀了数百人。这其中不知多少次臣也许就死在敌人的刀剑下，而臣今日方略能服众。国主换了一个法子把军职赐给幽隐，可国主可能赐幽隐懂得生死间的事？"

国主默然片刻，"说到刀剑，九州之大，又有几人能和将军坐而论道？演武这件事，也就罢了。不过幽隐与本公，确实有血缘，本公以为他是难得的将才，所以想让他来日做我们下唐的栋梁。他已经十四岁，一直在东宫伴读，最近已经很难找到合适的老师。本公思谋，不如让他追随将军，做一名武殿青缨卫吧。"

息衍默然不语。他的军职是武殿都指挥使，武殿青缨卫就是为他传令的属下。他以战功成名多年，门下还没有一个真正的学生，国主一番心思，无疑是希望他收下幽隐。

他终于还是摇了摇头，"国主，恕臣不能奉命。臣晚一步出来，是让那个获胜的孩子姬野到臣的身边处理一些杂务，臣当然可以收下幽隐，不过臣的时间和精力，只够教导一个人而已。"

"将军是要收姬野为学生？"国主忽然坐直了。

息衍摇头微笑，“臣确实有此心，不过那个孩子还未同意。”

国主眉峰一挑，神情严厉起来，“将军言下的意思，是要留出这个学生的名额虚席以待？堂堂帝朝的伯爵、御殿羽将军，要等候一个无名的少年答允？难道幽隐的资质不足以令将军满意，反而是那个姬野更有天赋？将军不是亲口对我称赞幽隐极有气勇么？”

“国主恕臣莽撞，那番话没有错，是臣年少时候的老师教给臣的，可是还不是全部，”息衍低声回应，“臣的老师说，每个人都有自己的勇气。大战在即，脸红是血勇，脸白是骨勇，脸青是气勇……不过这些都还不算真正的勇敢。”

“那姬野又如何？”国主喝问。

“面色不变，拔剑生死，”息衍沉声道，“当然是神勇！”

国主哑然，静了片刻，才叹息了一声，挥手令大辇前行。

十五

入夜。

下唐是东陆诸侯国中唯一一个地处宛州的，夜深才是最繁华的时候。白天少年武士大胜金帐国的消息已经在整个南淮城传开，街巷中都惊喜不已，酒肆里的人都传说着本国少年一枪惊退蛮族武士的神勇。可是说到那个少年的名字，却没有人知道，贴出的文榜中完全没有提到。

与此同时，姬家庭院的古枫下，家主恼怒地挥手喝令仆人：“关门，锁了前门。他不回来就不用管他，随便他去哪里！”

大门吱呀吱呀地合上，门上的兽头狰狞地对着外面的人。门前一片空旷，许久之后，一个人影从黑暗中走出来。他默默地走到带有姬氏家徽的灯笼下，在大门下站了很久，轻轻地推了推大门。门确实锁得很紧，他推不动。手扫过敲门用的铜环，他却没有拉动它。

转了身，那个人低头一步一步走远了，拖着和他身材略有些不相称的长长的枪杆。门前的灯笼照着他远去的背影，背影有点可笑。

紫梁街，南淮城里最繁华的地段。

酒肆娼馆的灯火彻夜不息，却照不到街边幽深的巷子。只有豪富人家的车马经过街上，马车周围的灯火才能短暂地照进巷子中。一个人抱着膝盖坐在黑暗里，任凭过去的灯火照亮他的脸。

“这一回我们下唐也算扬眉吐气……”外面车马上的人似乎还在说着。

话声随风散了，夏夜的风并不冷，可是吹得很孤单。漫无目的地扫过整条小巷，也吹在巷子里的人身上，他一动不动。

“猜我是谁，猜我是谁。”有人在身后说。

姬野呆了一下，以为是幻觉，可是那双柔软的手捂在脸上的感觉又是那么真实。

“是一头小猪吧？”

羽然蹿到他旁边坐了下来，一本正经地看着他，伸手说：“拿来！”

“什么？”

“金菊花啊！我今天过生日啊，你说了要送给我的，现在你已经赢了，是下唐的英雄了。送朵金菊花给我，不会那么小气吧？”羽然说着上去刮姬野的鼻子。

姬野低着头，沉默了很久，低低地说：“对不起，我没有拿到……我也没有时间去买别的送你了，我的钱也用完了。”

羽然呆了一下，她低下头去从下面才能瞥见姬野的神情，一弯深棕色的头发在颊边淘气地跳啊跳。

“没有赢到就没有赢到吧，其实我也不稀罕你们下唐皇帝的金菊花。”她耸了耸肩膀。

“国主不是皇帝，是公爵。”

羽然翻了翻眼睛，“我没心情管你们国主是个什么东西！”

“你怎么来了？”

“你还以为我真的来问你要金菊花啊？我来找你的！哪里都找不到……”

羽然嘟着嘴，她觉得姬野真是块木头，竟然不知道谢谢她。她已经好心地在这些巷子里费了许多的时间，她还去过凤凰池边看灯的石舫，去过文庙前可以骑的双翼石狮子，甚至还去了枣子还未熟的那棵树下，姬野和她打那棵树的主意已经有半个夏天了，可是哪里都没有姬野。

“你来找我么？”姬野呆呆地看着她。原来世界上毕竟还有一个人会在深夜里寻找他，担心他在茫茫的人海中就这么永远地被弄丢了。

“喂！现在是什么时候？深夜啊！我不是出来找你，难道是出来看星星？”

羽然气恼地去砸姬野的脑袋，姬野没有闪，他把脑袋埋在膝盖之间。羽然砸着砸着，忽地愣了，她伸手去姬野的脸上摸了一把，手上湿漉漉的。

“啊！你……为什么哭啊？”

“不是……沙子进了眼睛……”姬野摇着头。

羽然呆了很久，终于扯了扯他的手，“好啦好啦，跟一个大活宝一样。走吧，我带你回我家里去睡。”

男孩和女孩这么拉着手走在安静的小街上，穿过巷子，又转过街口。离开了紫梁街就安静下来，偶尔有乞丐、长门僧和流浪的画师在街边的黑暗里探探头，除此就只有他们两个，游游荡荡，仿佛漫无边际，也不知道要走多久。

羽然走得闷了，于是开始唱歌。有的时候是缥缈难懂的羽族歌谣，有的时候是南淮城巷子里的俚调。姬野就总是低着头。

“小耗子，上灯台，偷油吃，下不来，唧唧喳喳叫奶奶，奶奶说，该！该！小死鬼儿，”羽然倒退着走到姬野前面去扯他的脸，“小死鬼儿……小死鬼儿……”

“你为什么老是揪我的脸？”

"臭脾气！我喜欢才揪你的脸，你弟弟的脸送到我面前来我也没兴趣，"羽然吐了吐舌头，"活像一团白面似的，我也不揉面。"

"为什么？别人都说昌夜长得很漂亮啊。"

"我管别人怎么说，我就是讨厌他那张脸，说不上为什么。"

姬野忽地站住了，"羽然……为什么有的人会喜欢一个人，可是别的人却都不喜欢他呢？"

羽然想了想，"我不知道啊，不过爷爷说过，人的心里都是很小的，容不下好多东西，你只能喜欢那么几个人，最喜欢的也许只有一个人，那么你的心思都花在他身上啦，就没法喜欢别的人啦。"

"是这样啊……"姬野恍然大悟地点点头。

羽然狠狠地剜了他一眼，"我不是说你！"

十六

姬野忽然站住了，紧紧地握住了她的小臂！

"你干什么？"羽然觉得痛了。

"我不知道，"姬野的声音也带着惊慌，"有什么……有什么不对。"

羽然随着他的视线看着那柄乌金色的长枪，它在姬野的手中自己诡异地低鸣起来，嗡嗡地震颤着。姬野看着身前身后，这是一条狭窄笔直的巷子，月色隐没在高墙后的枞树叶子里，前前后后的都没有人。

脚下传来微微的震动，震得心跳得极快。像是野兽般的本能，姬野全然不顾自己的伤痛，急急地拉着羽然往前跑。可是巷子完全没有岔道，越是往前跑，越是黑暗。

震动从背后逼近了。那是马蹄声，雄伟的战马才会有那种沉重有力的马蹄声，铁器般的寒冷从背后像是一堵墙那样压迫上来，羽然觉得头皮都麻了。姬野猛地回头，看见了那匹银白色的北陆骏马，马背上的人笼罩在黑色的皮铠里，手里的剑横在马鞍上。

“你……你干什么？”羽然大喊起来。

那个人拉住了战马，缓缓地逼近，战马宽阔的胸膛堵住了整条巷子。

姬野死死拉住羽然的手，全力地往前冲去。他全身都是冷汗，即使和铁颜那样出色的武士对决，也不曾感觉到如此可怕的压力。直觉告诉他，后面逼过来的人是没什么好商量的。背后的战马没有加速，只是不急不缓地追着。

黑暗的高墙尽头忽然出现了些微的光亮，他们终于跑到了巷子的尽头。

就在羽然觉得可以松一口气的时候，两侧忽然闪出了人影，并排着用肩膀挡住了巷子的出口。他们手里都提着狭长的武器，明显受过训练，动作迅速而整齐。

“狗东西！让你在我们面前撒野！”还是孩子的声音，对方的出手却是狠准有力的，武器低探下去横敲姬野的膝盖。

那是练习长兵器用的木杆，用的是密实坚韧的腊木杆，刺出时带着呼啸的风声，杆头急震。风声戛然而止，姬野的长枪横扫，把长杆从中央斩成了两段，连带着扫在旁边的石壁上，带着纷飞的碎石末。

对手愕然的间隙，姬野掷出了手中的长枪。二十四斤的重枪带起的呼啸声震慑了对方，围堵在巷口的孩子们一齐趴下，姬野扯着羽然，在其中一个人的背后用力一踏，冲出了巷子口。羽然闻见了浓重的酒味，这些孩子都是喝醉了的。

姬野一把抄起落地的虎牙，侧身把羽然挡在自己的身后，“你们是谁？为什么伏击我？”

“抢了别人的东西，还问为什么？”骑马的人从巷子里面缓缓地走出。

“是你！？”姬野指着他。

那个大孩子青色的脸上在月光下带了一道白的杀气，凹陷下去的眼睛直勾勾地盯着姬野。视线从羽然脸上掠过的时候，羽然觉得皮肤上满是鸡皮疙瘩。

“什么东西这么嚣张？”她凑在姬野耳边。

“东宫的武士，今天在演武场遇见的，”姬野斜着眼睛看那些孩子，“领头的叫作幽隐，都是些废物。”

“你才是废物！”一个满脸通红喷着酒气的孩子提着木刀出来，“一个没名没姓的东西，就敢来挡我们的路。知道金菊花是谁的么？是我们大哥的！轮到你来逞威风？”

“为了一朵金菊花就带着这么多人埋伏别人？不过是一坨黄金，给我们还没有兴趣呢！”羽然气鼓鼓地在姬野身后回应，羽人往往比人类的身材颀长，她在姬野的肩膀上露出脑袋来，尖尖的下巴搁在姬野的肩膀上。

幽隐扫了她一眼，“我们不是找你的麻烦，不想挨打就闪到一边去！”

触到他的目光，羽然又是哆嗦了一下，可是依旧嘴硬，“为什么不是你闪到一边去？你们是喝醉了挪不动啊？我们可以帮忙踢一脚！就怕踢痛了你们汪汪叫，夜里搅得别人都睡不安稳。”

她在语言上的天赋分明是太过了，不过在南淮城待了一年时间，她骂人和市井街巷里的孩子已经全无区别了，声调里带着十二分的不屑与鄙夷。对面的孩子们愣了一下，一齐逼上了一步，凛然带着杀气。

“真的生气了……”羽然的气焰低了下去，缩缩脑袋凑在姬野耳朵边，“他们会不会真的动手啊？”

“害怕就不要多话了。”姬野压低了声音。

“你！”他上前一步，指着马背上的幽隐，“不服我胜了蛮族的武士，有胆子就一个人跟我对决，我输了，赔金菊花给你。你们这么多人拥上来，赢了也休想要我服你们！”

幽隐以瘆人的目光上下打量了他一眼，“金菊花？你赔得起？你以为那只是一块金子？”

他又大声地笑了起来，“你是什么人？我是什么人？跟你对决？我用得着脏了自己的手么？等到你有身份上阵当我的敌人再说，到时候我一剑砍掉你的头，给你一个爽快！”

“给我上！”他猛地挥手。

孩子们发一声吼，左左右右地猛攻上来。姬野猛地把羽然推了出去，刚要转身迎战，已经有人从侧面以木刀狠狠地捅到他腰间的创口上。他痛得低号了一声，随即又有木刀劈到他的头顶，多亏他还未卸下禁军皮铠的头盔，否则那一记重击或许已经打开了他的颅骨。

他摔倒在地上，孩子们一哄而上，有的用木刀，有的用拳头，有的用脚。武术完全没有了用处，姬野抱着头在人群里闪避，羽然在后面焦急地跳着脚，她几次想冲上去把那些人拉开，可是每一次都被用力推了回来。

“不要打伤她。”幽隐在马背上发令，所以孩子们的木刀还没有回过来落在羽然的身上。

围殴的人群移到了墙边，姬野再想闪避也是枉然，孩子们的拳脚纷乱地落了下去。羽然呆呆地看着，又低头看见地上的一摊乌黑。不只是一摊，一摊又一摊的乌黑延伸着去向墙边。

“血……是血！”她惊慌地大喊。

一乘霜青色的骏马载着醉酒的商人从街口转了过来，羽然像是溺水的人看见了稻草，她冲过去不顾一切地扯住了那个人的缰绳，“救人啊，救救他！他们这样会打死他的，他们会打死他的！”

她不知道为什么会那么害怕，怕得像是有一道力量在胸口里面要把她撕开。

看着莹然如玉的女孩，酒醉的商客清醒过来，望着自己身后佩刀的随从，微微沉吟着。

“东宫禁军的事情，你们最好还是少管，”幽隐的声音在一旁传来，“老老实实做你们的生意！”

“禁军！”商人和随从的脸色都变了，像是看见瘟疫病人那样，商人急急地拉着自己斗篷上的兜帽，把脸都遮上了，策马就要离开。

羽然奋力地扯着他的马，“你们去哪里？救人啊！”

商人的马鞭胡乱地敲打着她的手，“放开！放开！”

随从上来矮身推了羽然一把，羽然摔倒在地。平生第一次，她觉得自己从高高在上的树梢跌落到了尘埃里，无助和恓惶一起涌上心头，她愤怒地指着商人，“要是在青州的土地上，我会下令把你们都杀了！”

女孩身上忽然生起的威严令商人和随从都迟疑起来，不由得带住了坐骑。

就在这个瞬间，墙边的人群忽然散开了。他们被一股巨大的力量从里面摧破了，姬野以肩膀顶着一个孩子的胸口冲了出来，他脸上都是鲜血，双瞳像是火烧一样明亮。孩子栽倒在地，姬野踩着他的胸口一步闪到羽然身边。他抱起羽然的腰，一拳把商人从马背上捅了下去，带着羽然翻身上马。

骏马带着两个人箭一样刺进夜色里。

一滴一滴的温热流到羽然的背后，她知道那是什么，可是不敢去摸。

“你还在流血啊！”

“没事……没事的，”姬野在脸上摸了一把，满手的血，“都是皮外伤，我们快走，别给这些无赖追上了。”

孩子们的木刀确实没有给他重创，腰间铁叶留下的才是最糟糕的，伤口裂开了，正在不断地流血。失血让他眼前变得一团模糊，他觉得身上很冷，只能紧紧地抱住羽然。他并不善于骑马，只觉得剧烈的颠簸像是要把人的灵魂从颅顶晃出来，他还是只能抱住羽然，不让自己摔下去。

许多年之后在姬野的梦境中他依然在那匹马的马背上，可是他伸手去环抱，怀里空空如也。

“啊！”羽然惊呼。

马忽然咴咴嘶鸣着，整个直立起来了。姬野带着羽然被整个掀下了马背，落地的疼痛让他的精神恢复了几分。他撑起身体一看，赫然发现自己正在悬崖的边上。是那匹骏马的本能才使他们逃脱了噩运。

“怎么会到了这里？”

“我不知道啊！”羽然摇着头，“我是不会骑马的！”

“到城外了！这是黟云山的山路，我们一路沿着山路跑上来的，”姬野握紧了枪，“我知道了，这是死路！是他们逼着我们跑这条路的，这匹是战马，会自己逃。”

“还有别的路么？”羽然已经听见了急速逼近的马蹄声，正像姬野预料的那样，东宫禁卫们的马紧紧地跟在他们的身后。

“没有。”姬野摇着头，他一步踏在悬崖边，一块碎石被他踢落下去，很久很久之后才传来滚在石头上的声音。一轮圆月照在悬崖顶上，周围连林木都没有，他们无处躲藏，也没有退路。

马队如疾风一般卷来了。孩子们都是骑马的好手，散开成一片逼了上来。幽隐的狮子马在最后，他神色阴阴的，手指弹着重剑。几个孩子凑近了他身边，几个人低低地议论着，其余的孩子们脸上都带着观看猎物般的笑。

羽然怎么也无法克制自己的哆嗦，“他们会不会杀我们？”

姬野摇了摇头，“我想他们不会杀你，至于我就不知道了。”

他推了推羽然，“你别管我，我……不怕的。”

“你在说什么啊？”羽然大喊。

姬野不知道再说什么，他只是用力地捏了捏羽然的手，作为回答。

议论着的孩子们也散开了，整个马队悄无声息地逼了上来。这些白日里看着脸上还带稚气的孩子此时却显得格外的阴森，姬野不知道他们想干什么，也许只是侮辱他殴打他，也许这些世家子弟杀一个两个平民的孩子根本就是常事。

他不想丢了姬家的勇气，他攥紧了拳头，手指上他套着指套。这让他多了一些勇气，他想踏上一步。

他被挡住了。羽然忽地冲到了他面前，伸开双臂挡着孩子们。

“你跳下去。”羽然扭头低声说。

“什么？”姬野以为自己听错了。

“你从这里跳下去！”羽然放大了声音，这一次所有人都听见了。

“羽然你到底在说什么啊？”姬野完全呆住了，而羽然已经把他往悬崖边推了。

“你没有听见我的话啊？”羽然大喊起来，拼尽了全力，像是一个要苹果的孩子，“今天是我的生日，你不是要送我东西么？那我就要你从这里跳下去！”

姬野看着她玫瑰红的眼睛。他说不清那一瞬他是被什么感觉包围了，也许是惊讶于那种认真的美丽，也许是迷惑于羽然忽如其来的任性，也许只是淡淡的温暖和种在血脉里的信任。

他转身，跳下了悬崖！

山风在他耳边呼啸，他努力地仰头对着一轮圆月。月影中忽然多了一个人的身影。

“羽然！”他大吼。

羽然就跟在他身后跃出了悬崖。急速的坠落中，羽然的身上闪动着银一样的光辉。她的脸色分明带着某种挣扎的痛苦，却奋力地伸过双手，和姬野紧紧地握在一起。

目瞪口呆的少年们一齐冲到了悬崖边，去看落下的两个人。在幽深的山谷里，女孩身上的白衣却明亮如月，仿佛她的身上带着一轮光，进而成百上千倍地扩展开来。一时间仿佛天上和地下各有一轮月，有什么东西利刃一样刺破了下面那轮圆月的光华。

光芒竟然像是实质一样碎裂开来，灰烬般随着风散去。而留下的，却是长达两丈的辉煌光羽。它们完全张开的时候，像是雏鸟奋力地撑破了束缚它的蛋壳，对着世界发出第一声清啼。所有人都被那光照得睁不开眼睛。

等到他们能够睁眼的时候，正看见女孩振动着巨大的光羽从悬崖下缓缓升起，她背后的衣衫完全被撕碎了，暴露出明玉一样透明的肌肤。可是孩子们都已经无暇注意其他，他们眼里只有那对巨大的光羽在缓缓地扇动，辉煌得仿佛神使从燃烧的灰烬中复活。

“羽人……她是羽人啊！”不知是谁喊了一声。

“是纯血的羽人皇族，”幽隐不敢相信自己的眼睛，“只有他们的羽翼才是带着光芒的。”

羽然的翼梢扬起，斜斜地一转，带着巨大的弧线向着山谷的远处滑翔过去。姬野的双脚悬空，紧紧地抱着羽然的腰，他觉得自己像是被一只巨鹰抓起的羊羔，可是第一次这样去看大地，他完全忘记了伤痛，只剩下惊喜。

苍青色的山脉延伸着去向远处，将和雷眼山交汇，白色的水线在月光下遥远而清晰，那是建水的支流，大地在下面变成了一张巨大的版图。

“羽然，你真的会飞啊。”他抬头大喊。

“别乱动！”羽然也喊着回应，“我只飞过几次，今夜正好是明月律的满月之期，否则那么快地展翼我也没办法。”

“我们要飞到哪里去？”

“不知道，我带一个人飞不远。”

“能飞到凤凰池边去看彩灯么？”

羽然点头，看着男孩黑亮的眼睛，她露出牙齿笑了，“将来我长大了就能飞得更远，带你一直飞到青州去看森林，我们去找龙族也不用造船了，我带着你飞过去！”

［历史］

羽然这个名字，和蔷薇公主并称。在演义小说中，羽然之于燮羽烈王，就像蔷薇公主之于蔷薇皇帝。

可是多年以后，大燮的官史上，却没有这个女人的名字，只有那些街头巷尾的说书人，拿着官史上的只言片语，加上野史笔记中搜寻来的轶闻，编成荒诞不经的演义，传唱卖钱，却总不忘记说起在羽烈王势微年少的时候，曾经有这么一个女孩陪伴在他的身边，拉着他的手飞上天空。

不过史官笔下，总也藏着一些蛛丝马迹。

《燮河汉书·项空月列传》中提到羽烈王征讨陈国，兵临城下，陈国大将费安力劝国主不降，双方僵持三月，最后羽烈王击破陈军本阵，阵斩费安，生擒陈国公。以羽烈王行军的惯例，不降而破的城池，百夫长以上一律就地处死。陈国公不降，也难逃一死。但是陈国公年幼，又精通琴艺，太傅项空月怜惜他的才华，想救他一命，于是给了他一幅画，让他在面见羽烈王的时候把画献上。

陈国公精通书画，看那幅画不过是街头画匠的手法，毫无章法意境，不禁也怀疑。但是项太傅劝他不必担心，只说这幅画是当初下唐南淮一个流浪的画师无意中在街头捕捉真人的背影画下的，天下纵然广大，这幅画却是不可再得，一定可以救得陈国公一命。

陈国公听从了项太傅的话，当廷献上画作，最后果真得以平安脱身，虽然被削去了一切的爵位，却意外地得到了羽烈王赏赐的双钺，作为保他残生的信物。死里逃生的陈国公庆幸不已，别人问他画上的到底是什么，他也一直守口如瓶。直到临死，他才把这个秘密告诉自己的儿子，他说自己平生不解的也就是这件事，那幅拙劣的画卷上，只是月光下街头拉着手的一个男孩和一个女孩。

而羽烈王拿到这幅画的当夜，随从们看见他静静地坐在屋檐下的雪地中，拄着长枪，默默地坐了整夜。

［历史］

大燮神武三年夜，天启城的书馆中，帘子开启了，微含笑意的年轻男子手拢着灯火。

纱笼中挑琴的男子没有抬头，琴声叮咚。

“深夜有扰，项太傅恕罪，今日北方火马急报，吕将军攻陷北都城，继续北上。大军所至，诸部闻风归降，牧民奉马乳羔肉相迎。”年轻男子恭恭敬敬地候在门边，像是个传话的小厮。

琴声止息，纱笼中静了片刻。

“北方终究是豹子的家园，不是我们可以图谋的啊，”太傅低低地叹息一声，“大都护知道了么？”

“还未，今夜主上留在西门博士寝处调养，据说是头痛之症又犯了。”

“好。”

纱笼中琴声再起。

“我们宵旰沥血，天驱军团死伤惨重，如今不过得东陆一半国土，吕将军轻骑破关，三月而称雄瀚州草原，所花的功夫，真是不可同日而语，太傅有什么高见？”年轻男子并未退去。

“谢太师要问什么？”太傅声音冷漠。

“要求道于太傅，问英雄之事。”

“英雄之事？问了又如何，谢太师这一生都没有英雄气象。”

“朝闻其道，夕死可也。”

“好。那么我说，所谓英雄，不过是疯子，太师信不信？”

太师微微愣了一下，恢复了笑容，“太傅渊博如海，后学怎么不信？不过请太傅稍加解释。”

“世上的芸芸众生，多少人都羡慕那些挥斥千军、呼风唤雨的人，但是终究能够成就伟业的，几十年未有一人。为什么呢？”

“大概……是生来的资质不同？”

太傅低笑一声，“资质是不同，又能差出多少？所谓无敌的武士，不过力敌百人，纵横十六国的谋士，也有失手的时候。武力和智慧，都不是根本。最后决定英雄的，还是他的心。他为何要凭临绝顶，俯瞰群山，这个心愿是他心中的力量，可敌千军万马。”

“后学愚昧，不解其意。”

“以太师的聪慧，已经解了，只是想我亲口说明吧？”太傅笑笑。

“斗胆问主上的心愿是什么呢？”

“太师绕着弯子，还是想问二十年前的旧事。能让大都护统领十万雄兵驰骋东陆的原因，不是心愿，”太傅深深地看了太师一眼，“而是恐惧。”

“恐惧？主上大军所向披靡，除了三五乱党，四野莫不宾服，太傅为何说恐惧？”

“所向披靡，四野宾服，就不恐惧么？或多或少，每个人都有心底的恐惧，你看不出。因为人人都会把自己的恐惧藏起来，从你幼小的时候它就深埋在那里，却不会消失。你有一眼井，你不断地往里面填土，一层复一层，你想盖住什么，那是一个鬼魅，你心底的鬼魅。可是你掩不住它，除非你自己杀了它，否则它总在夜里越过重重垒土，还是浮起在你眼前，”太傅拂弦，铮铮作响，“这便是恐惧，譬如井中鬼魅，大都护、太师乃至我自己，都概莫能外。”

“主上的井中鬼魅，又是什么？”

“鬼魅之事，终不可问。”

“谢太傅的教诲。”太师捻灭了灯芯，退出门外。

第二章 剑

一

二十年前。

胤喜帝七年九月，夏末。

南淮城，有风塘。

入夜时分，深郁的树荫笼罩着整个园子，像是一团浓得化不开的墨绿。这些梧桐都有百年的树龄，在闹市中密密匝匝地围出了一片安静，石板地的缝隙中满是天生的茸茸青草，几片落叶撒在地面上，繁密分叉的梧桐枝在头上拼合成天然的拱顶，只有青灰色的屋顶上露出一片远空。园子的正中是一个巨大的池塘，占了庭院大半的面积，开到将谢的白莲还在迎着风摇曳。莲瓣落下来，并不沉下，在水上漂转。风是从门口处吹来的，又从屋顶上的开阔处流走，静静的无声。外面喧嚣的街道显得如此的远，根本就是两个世界。

有风有池塘，是这处园子得名的原因。这里曾是国主纳凉的别苑，后来赐给了武殿都指挥息衍，只不过息衍行踪不定，素来也很少住在这里，日来常常有人奉着重礼在门口求见，多半都被将军的侄儿息辕挡驾。

一尾鱼儿带着水花跃起，银鳞一闪，扑通落回了池塘里。倚着栏杆看水的将军宽衣散袍，往里面扔着鱼食。

脚步声从外面传来，白眉的少年捧着匣子进来，“这是鸿胪卿莫卢大人派人送来的书札，说是刚到了解密的时限。”

“哦？”息衍接过匣子，疾步走到灯下，翻阅起匣中的信笺。

息辕看他看得认真，就静静地候在一边。那些信纸多半是考究的桦皮纸，也有青绵质地的印花便笺，每一封都在末尾缀有一个花押，笔迹险峻轻灵。息辕知道那是国主百里景洪的亲笔，百里景洪除了唐公的爵位，最出众的是一笔书法，变化多端，可模仿各家笔意。宫里的来往信笺百里景洪阅毕都会在末尾缀有个人的“景”字押，然后火漆封缄，就归档在鸿胪寺。又有十四年的保密期，即使鸿胪卿本人也不得开启。这些信札还是前几日刚刚解密的。

“叔叔……”他欲言又止。

“什么事？”息衍也不抬头，极快地翻阅。

“叔叔看解密的书札，应该是没有什么问题。不过今天莫卢大人也说了，国主来往的信件，只有叔父一个人频繁地取阅，只怕有小人去国主那边进谗言，叔叔不可不防。”

“哦？”息衍笑笑，拍拍息辕的脑袋，“这是莫卢通过你的口来警告我啊。”

“叔叔可不要掉以轻心，如今叔叔在南淮城的时候少，国主宠信拓拔山月，又有不少的小人得势……”

“你今年十五岁了吧？”息衍忽然打断了他。

说到一半的息辕被生生堵住了，只好点了点头。

“真像你父亲，”息衍低低叹息一声，“你十五岁，就有他二十五岁的啰嗦。有时候我真不知道是我在照顾你，还是你在照顾我……”

息辕呆呆的不懂叔叔的意思。

“我那时候真烦他这种啰嗦……可是听到你这么啰嗦，又觉得那么熟悉……”息衍猛地煞住，以手指捋平了一张卷曲的纸条凑近灯火。

息辕看见叔叔的神色陡然变得严峻，凑上去瞥了一眼，发现那是一张三指宽的字条，是那种轻薄的桑白纸，皱卷成一个长不到一寸的卷子。息辕熟悉这种桑白纸卷子，斥候用鸽子传递消息时，就会把这种纸卷塞在一根小竹枝里面，挂在鸽爪上。卷子末尾除了花押，还有几个小字“慎之慎之，留藏莫失，贞懿八年十二月三十日”，依稀也是百里景洪的笔迹。奇怪的是信的内容却短到只有两个字——“事毕”，末尾一方小印，看起来扭曲飞腾，字迹不可辨认。

息辕看不明白，只好看着叔叔，期望获得一些解答。

息衍沉默了片刻，把纸卷原样封好，“是百里长青的自用印。”

“百里长青不是帝都百里家的……”

“是百里家前一代的主人。印章上是‘三蠹’二字，这两个字有出处，百里家先祖曾说，‘义是行商蠹，仁是领军蠹，情是人心蠹’。百里长青世代公爵，却有‘铁威侯’的别号，因为他貌似文弱而做事雷厉风行，以先祖的‘三蠹’为警戒，从不滥用仁义，一度是帝都公卿的第一人。”

“那他以飞鸽给国主传信，又只有两个字，是有什么特殊的意思么？”

“我有一点明白了，可还不全然清楚，”息衍把所有的信札归到匣子中，递给了侄儿，“息辕，把这些送回去，从今天开始，请莫卢大人不必再送解密的信札来了。”

“是！”

“借阅这些信札的记录绝对不要留，否则对于我们叔侄乃至于莫卢，都可能是杀身之祸。”

叔叔的话让息辕不由得哆嗦了一下，收起匣子疾步离去。

“对了，那个演武获胜的姬野，这些日子你有没有察访到他的住处？”息衍唤住侄儿。

“有。按照叔叔的意思，我已经把他的户籍收为军籍，但是他的军衔和职位，还需叔叔自己才能办。”

“嗯，”息衍点了点头，“留他做我身边的武殿青缨卫，你持我的印信去办，不过派他去东宫禁军，让他在东宫充当步卒一年。”

“去东宫？”息辕瞪大了眼睛。

“怎么？”

息辕犹豫了一下，“叔叔知不知道，我们私下里都说，‘东宫妖魔不敢近，八百神兵赛太岁’。”

“哟？”息衍笑，“还有这么顺溜的词句，说说看，怎么解释？”

“这是暗贬，是说镇守东宫的八百名禁军霸道。太子东宫因为贴近祖陵，所以编制中是禁军精锐八百人戍卫，不算三军的部署，拓拔将军管不着，也跟一般的禁军不同，叔叔你的军令传不到那边去。上千人伺候一个储君，平时闲得无聊，就是在周围的酒肆歌馆里喝酒打架，可因为镇守祖陵，晋升反而是最快的。南淮城里，凡是世家子弟想从军，都是想去东宫。快活几年混一个资历，托托人情就能提拔去做参将。”

“这套人情关节，你倒是越来越精通了。”息衍还是笑。

“可是叔叔你可不知道，在东宫里面，没有世家身份的，就是生不如死。进去第一天就是三书二礼。”

“三书二礼？”

“三书是一封信给东宫禁军的统领，要托有权势的人写；一封给自己顶头的上司；还有一封是给东宫的大管事。里面都要夹混金票，给多给少，看各家的财力。二礼是对一般的军士，要想得到大家的承认，就要从两件事情中选一件，要么是花大钱请大家去紫梁街上最好的酒楼里面请粉头喝花酒，一种是半夜里赤身裸体从东宫这边跑到那边，丢脸丢到底，否则受气挨打都是免不了的。”

“呵呵，那么姬野既没有钱请大家喝花酒，更不会脱光了夜奔，看来挨打是免不了了，”息衍大笑，“要说你去年也在东宫禁军，你是怎么混过来的？”

“我是叔叔的侄儿……自然不同的。”

“呵呵，武殿都指挥息大人的嫡亲侄儿，不但要免了你的三书二礼，没准还把你奉为上宾，摆下筵席款待，你要是乐意，帮你倒酒脱靴子反过来请你喝花酒都有人心甘情愿，对不对？”

息辕的脸微微发红，“跟叔叔说的也没什么差别，不过我都推了。”

“息辕，你将来如果能做成大事，那是因为你是我的侄儿；你如果没能做成大事,还是因为你是我的侄儿，”息衍摇了摇头，“而姬野这个孩子，是不同的。”

“不同？”

“他是野兽啊，生在林子里，不比你生来就是武殿都指挥使的侄儿。他的一点一滴，都要靠自己的双手去争取。你说的东宫那些事情，我也都有耳闻，如果姬野在这一年中能排众而出，他才有资格当我的学生！真想看看这个小家伙是怎么过三书二礼的一关。对了，现在东宫那边的统领是谁？”

“前几日国主刚刚下令，升幽隐为游击将军。现在是东宫里军衔最高的人。”

“幽隐……”息衍沉默了一下，“那个孩子身上，味道不对。”

二

同一时候，城郊的阳泉酒肆，月晦。

油灯昏暗，把隐隐绰绰的人影投在板壁上。

板壁被油烟熏得漆黑，薄薄的手指一捅就能对穿。桌子上厚厚的一层油腻，手摸上去像是要粘住。唯一一盏桐油的小灯被罩在竹笼子里，悬在半空。

板壁外传来了风声，风在树梢间掠过，带着隐隐的啸声。风从门缝里泻进丝丝缕缕，灯光忽明忽灭，飘忽不定。

这是南淮城边的小铺子，靠近富商褚氏的林场，外面是一眼望不尽的松杉林。伐木的劳力每天回城都从小道边过，于是有了这样一个简陋的小铺子。夜深，铺子里只剩下最后一桌客人，没有一个人说话，静得发寒。

“金银不是问题，我们只要那柄剑的下落。”

长桌一侧，领头的人打破了沉默。他把沉重的盒子推向了另一侧，盒盖弹开，码得整整齐齐的都是纯金锭子，锭子上打了桉叶的烙印。那是宛州商会江氏铸造的金锭，有人说比帝都的铸钱都管用。皇家的金库里藏的也不是大胤金铢，而是这些足色的金锭。

黄金的反光似乎晃着了对面人的眼，她轻轻地笑着侧过脸去，以手遮眉，指上一点翡翠在灯下透着华丽的深碧色。

在这种小铺子里有这样的一个女人，是件令人惊异的事情。油灯的微光被竹笼割裂了，投在她裸露的肌肤上，令人想起那些绝艳而斑驳的古画。女人一身浅紫色的裙衣，精致华贵，裸露的双肩和胳膊上，肤色莹白得令人目眩，四五个蓝晶的镯子套在一起，叮叮当当地作响。

“这么高的价格，买一柄剑的下落？你们真的不后悔？”她捂着嘴哧哧地笑，丰盈的唇上残留着没有卸去的妆彩，嫣红的膏子中分明是混了金粉，透出一股奢靡的艳。

“这个你不用多问，”对面领头的人皱了皱眉，声音里透着冷厉，“你把你知道的说出来，外面就有一辆马车，我们今夜就送你离开南淮，带着这盒黄金。从今以后，南淮的事情跟你再没有关系。”

桌子的一侧是孤身的女人，另一侧却是整整齐齐的戎装武士。他们披着烫了金边的牛皮束身甲，手工精湛，腰间带了长刀，一色的暗红色大氅，高高的立领半遮住他们的脸。那些脸一样的瘦削，皮肤深褐。温暖的灯火映在他们的眼睛里，就骤然变得冷厉起来。都是些二十多岁的精壮男子，却没有一个人注意女人半裸的胸口。他们的目光不断地巡视着周围，像是些窥探猎物的蛇。

这也是绝不该出现在这个小铺子里的人。

“各位大人别急，我说我知道的，”女人恋恋地在金锭上抚摩了一阵，“你们看看值不值这个价。但是……我说了你们可也得说，我还不清楚你们的来历呢。把这个消息卖出去，就算我离开南淮，也未必真的能从国主眼皮下跑掉。我一个无依无靠的女人，得罪了堂堂的帝朝公卿，廷尉府一道通缉令，就算我逃到天边，谁能保证不被抓回来？这盒子黄金，怕不是给我陪葬的吧？”

“你说出来，我们自然会保护你的安全，我们也不希望百里国主把你从千里外再抓回来。我能相信你不出卖我们么？”首领冷笑。

“呵呵呵呵……”女人也跟他一起笑。

“何必那么麻烦？我倒是听过灭口一说呢！”女人忽地又不笑了。

首领脸上的笑容忽地消失，他一翻眼，目光就由窥探的蛇变成了凶狠的毒牙，死死盯住女人明媚的双瞳。

“哀帝八年的冬天，幽长吉从澜州南下，取道墨离郡，从飞云浦穿过殇阳关的封锁，来到宛州，帝都廷尉一共有三百二十七人奉命劫杀他，而幽长吉孤身一人。我整理宫内的书札，有一封来自天启的密信，没有署名，请百里国主协助捕杀幽长吉。因为幽长吉，是迄今所知的最后一个天驱武士首领，天驱们称他为大宗主。”

女人完全不在意对面森冷的目光，玩弄着自己的长鬓，悠然地说了起来，像是讲一个坊间说唱的故事。可是这个故事一开始，所有武士都屏住了呼吸，首领漆黑的眉峰也跳了跳。

“幽长吉所持的行牒是晋北国所颁发的，行牒上他的名字叫谢沣，城门外的行署有他入城的记录，那是十二月的九日，他所携的物品中包括长刀一口和重剑一柄，都记录在行牒上。不过是三天后，帝都廷尉全部进入南淮，而当日夜里在紫梁街的瞑龙驿馆，有一场恶杀，后来收尸的时候共计三十多个死人，里面没有幽长吉。其实，死的都是帝都的廷尉，只不过帝都的公卿们不提，下唐的国主也不追究。事情就被压了下去，从此再也没有任何的记录留下。”

“没有记录？”首领插了进来。

“行署没有出城的记录。无论是幽长吉或者谢泮，他就消失在南淮城里了，谁也不知他去哪里了，你要问的那柄剑也跟着他一起消失了。”

“消失了？”

“是啊，就这么没了。这也没什么稀罕，这里是南淮城，多的是人，少一个，谁都不会注意。”

女人咯咯轻笑起来，发间那支凤凰衔珠的钗子轻轻地点头，像一朵花在枝头上轻颤。女人想笑就笑，完全不在乎桌子这边的人，仿佛周围是她独自的舞台，她是个自喜自悲的优伶。首领的心里忽然顿了一下，不知怎么的，这个女人在笑，他却觉出一股隐约的悲意。

“还有呢？你说你知道剑的下落！”他压下心里的一点不安，加重了语气。

“剑？幽长吉配的那柄重剑？”女人还是咻咻地笑着，掩着口，“我也去过紫寰宫的武库，可是里面的剑少说也有千柄，都是名剑，你们要的剑是什么样子的？我一个女官，不会用剑，你们也别以为我什么都知道。”

“一柄青铜色的重剑，剑很长很重，至少有四尺五寸，重量不下三十斤，剑面上有云片一样的花纹。绝对没有另外一柄剑和它相似，你只要见过，就不可能认错。”

“哦，是那柄剑啊。你要说，我还真的想起来了，不错，我见过。”

“真的？在哪里？”首领的眼睛亮了起来，带着难忍的喜色。

女人轻轻捻着自己的裙带，长长的睫毛一瞬，斜瞥着首领，“我都说了那么多了，你们可还没有说你们的来历呢。”

“这个你根本不用知道！”

“哼！你们也把我们宛州的女人想得太简单了，”女人不屑地笑笑，“别想就这么隐藏自己的身份！你们刻意穿了皮甲，却没有戴你们得意的具装钢铠，还改用不称手的直刃刀，把马也换成了辨不出来历的夜北挽马。可是风虎骑兵的诸位大人，你们忘记了一件事……”

短暂的寂静之后，屋里忽然被金属低鸣的声音充斥了。静坐的武士们同时一推桌面，退出去两尺，齐声拔出了腰间的佩刀，雪亮的刀光夺人眼目。

“哈哈哈哈，哈哈哈哈……”女人又笑了起来，轻轻地拍着手大笑，看也不看他们。

装着油灯的竹笼子在她头顶悠悠地转着，屋子里明暗变化起来，光怪陆离。武士们的刀已经在手，却斩不出去。他们都是久经沙场的悍将，可是在宛州这个陌生的地方，面对这个有些疯癫却又娇丽如花的女人，每个人都觉得仿佛是在一场梦中，空气中有些诡异的气息让周围的一切显得缥缈虚幻。

女人收住了笑声，“如果不知道诸位是风虎骑兵的都尉，我也不敢来卖这个消息。天驱最后一个首领的消息，该值多少黄金？诸位大人该是比我更明白，这盒子黄金我一个女人都能提着走，想用来交换天驱的秘密，是不是开价太低了？”

“那你想要多少？”首领低声问。

“我想要一个庇护。诸位大人找到那柄剑之后，带回淳国，少不得封赏，这些我也都不稀罕。我只希望诸位大人那时候再把这盒子黄金给我，带我回淳国去，好好安排我后半生。没有明昌县侯这棵大树遮阴，东陆之大，又有几个人敢得罪下唐国主百里景洪？”

武士们彼此对了对眼神。

“你想要什么样的庇护？”首领重新坐回桌边。

“不错，幽长吉确实是死在南淮城。天驱首领的佩剑，下唐也是作为宝物收藏，我想拿固然拿不出来，淳国想要可也不容易。我既然敢来，就和各位大人站在同一条船上，这是九死一生的勾当，大家互相隐瞒只能害死自己。不如把知道的事情都摊开在桌上，彼此就算伙伴。我带各位大人去取那柄剑，一起回淳国，我要明昌县侯上表帝都，封我一个诰命。”

“你是要……”首领迟疑地看着女人，“加入我们？”

女人又掩着嘴笑了，“我一个女人，不怕你们这群虎狼，难道你们倒怕我么？我只是希望安全地离开下唐，从今以后再不用回到这里。”

她转着手里的白瓷酒杯，“其实我想离开这里，真的已经很久了，想回北方去……”

那股轻轻的淡淡的悲意又涌动起来，她的笑容渐渐失色，变得像壁画那样静默。

屋子里长久地沉寂着，灯火被微风压了下去，女人明丽的肌肤也变得晦暗起来，她侧过头去看着窗外，黑漆漆的像是一片浓墨。

“好，不过是个诰命，我在明昌县侯的面前还算说得上话，”首领终于点头，“我也知道取剑不容易，有你做同伴，或许是件好事。我们淳国风虎，从不和陌生的人联手，今天我破例一次！但是你听了我的话，再想轻易离开我们就难了。你可要想清楚！”

“清楚，这是要么富贵、要么横死的买卖，我不想好，怎么会来？”

“你想知道什么？”

“只有一件。幽长吉死了足有十四年，十四年来没有一个人问过他的下落。而淳国远在北方，明昌县侯怎么会知道这段往事？”

首领沉默片刻，点了点头，“问得很好！你既然知道那些劫杀幽长吉的帝都廷尉，你知不知道他们的下场？”

“下场？”

“我告诉你，之所以十四年来没有一个人问起过苍云古齿剑，是因为所有活着回到帝都的廷尉全部都被投进死狱，半年后，廷尉府把骨灰送到各家。我的父亲是那时的廷尉之一，可他甚至都没有来得及下狱，而是被处死在我家的门口。”

“为什么偏是他不同？”

“因为他违背了廷尉府的密令，回到帝都之后没有立刻去廷尉府报到，而是回了一次家。”

“为什么？”

“皇帝和诸侯剿杀天驱武士，长达几十年，可是把廷尉府的精锐出动数百名去劫杀一个人的事情，还从未有过。那一次是因为帝都得到了确切的情报，幽长吉联络了诸侯各国的将军和世家大族不下百人，预备联兵弑君。所以他的行动路线从中州去澜州又转向宛州，一路上不断地联系着诸国的势力。谁也没有想过天驱这样的小股叛逆竟然能够掀起那么大的风浪，可是上百个手握重权的将军和世家大族的家主，又不能一并斩杀，否则大局势必混乱。所以帝都的目标，只在于劫杀幽长吉一个人，可惜直到最后，不知是为了什么，廷尉们都没有得到那份依附于幽长吉的叛贼名单。我的父亲冒险回家，只是要留下一个口信。”

“口信？”

“他像是个逃犯那样冲回家里，只来得及说一句话。他说，打开青铜之门的关键是那柄剑。这句话只有我听到了，他把我抱在胸口凑在我耳边说的，然后门外一支箭射进来从背后洞穿了他，也射伤了我。廷尉府的人冲进来，把他的尸体拖走了。”

首领沉默起来，也摆弄着面前的白瓷小酒杯。

“一个廷尉，到底为什么要做这样的事？”

“我知道你会问这个问题。”首领从腰带中抠出了一个东西，沿着桌面滑给了女人。

那是一枚拉弓用的扳指，宽大而沉重。女人迟疑了一刻，拈起来端详着。指套在灯下泛着青灰色的淡淡铁光，里圈环着古老晦涩的铭文，外面则是一头展开双翼的飞鹰。

“因为他是一个天驱，”首领的笑声变得冷涩，“一个藏在廷尉府的天驱。这个愚蠢的人，居然一直想为天驱做些事情，可是他没有什么本事，没法像幽长吉那样当一个英雄，他就只有牺牲他自己去留下这个天驱的秘密。”

女人玩弄着指套，带着些许轻蔑的笑意，“持有这个指套的人，都该是天驱的武士。你到底是明昌县侯的属下，还是带着天驱的使命？”

“天驱？”首领摇头，“我只知道那是我愚蠢的父亲。他为了那个团体的使命，让我和我的母亲一生颠沛流离，让我的母亲从一个尊贵的夫人沦落到为人洗衣做饭为生，让我在别人面前始终抬不起头来。这个破烂的指套值几个钱？就让他发疯发成那样？不过我一直都留着它，我知道总有一天它会对我有用。我这次来，就是奉了明昌县侯的亲笔密令，只要带回苍云古齿剑，我可以封一个子爵，你要的一个诰命身份还不简单？”

他唇边拉出一丝笑容，斜斜地瞥着女人，伸手压在她柔软的手上，揉着她指节上圆润的小窝，“其实何必那么麻烦呢？我看你生得也不错，你嫁给我，自然就有诰命的身份。你带我们取到剑，我保你一生。”

女人并不避开，只是用另一只手轻轻地捂着嘴笑，却遮不住莹白如玉的牙齿，“我？我都老了，将军正当盛年，还要娶一个人老珠黄的女人么？”

首领忽地沉默。他再次去仔细地打量这个女人，惊讶地发现自己根本看不出这个女人的年纪，看容貌，她像是十八九岁绝色的少女，可是看眼睛，却有太多的东西藏在里面，看进去就仿佛陷入了潭水。而她方才才说自己掌管国主的书札已有十五年。

他克制着越来越强烈的不安，“我们的来意我已经说透了。大家同在一条船上，现在可以告诉我们去取剑的办法了吧？不过，如果你只是虚言诓骗我们……”

“虚言？”女人笑，“整个南淮城，大概没有人比我更清楚那柄剑的所在了。”

她忽然甩脱了首领的手，摊开掌心，掌心里赫然是两枚指套，“将军给我看了你的指套，将军再看看我这枚，就知道我有没有说谎了。”

首领迟疑着拈起两枚指套，就着灯火细细地打量。看起来它们全无差别，像是同一炉铁水铸造出来的，表面都有岁月侵蚀的痕迹，像是多年之前的古物。他翻来覆去地看，目光忽然落在指套内圈的铭文上。

他的心跳得仿佛锤子在里面重重地轰击。

他是天驱的后裔，知道这些指套的内圈都是古老的金文“铁甲依然在”五个字。可是女子递来的这枚却完全不同，那是一行十六个字：

“北辰之神，穹隆之帝，其熠其煌，无始无终。”

他念到这里声音已经沙哑，一股血冲上头顶，他攥着那枚指套忍不住大喊起来：“星……星野之鹰的指套！这是……这是大宗主的指套！”

“不错，这是幽长吉的那枚指套，现在你该相信我的话了吧？既然我可以取到这枚指套，我也能够带你们拿到那柄剑，”女人神色不变，悠然地玩弄着自己的一缕头发，“不过在我带你们去之前，我还要你们跟我猜一个谜。”

“谜？”

女人掩着嘴，哧哧笑着，“是啊，诸位大人难道不想知道，我是如何看出你们来自淳国，是名声赫赫的风虎铁骑？”

武士们面面相觑。他们这才想起遗漏了这一环节，他们都是风虎骑军中最出色的斥候，却如此轻易地被看出了身份，不能说不是一种耻辱。

女人没有理会他们的神色，而是默默地起身，缓步踱向门边。她的背影匀婷修长，裙裾拖曳在肮脏的地上，却自有一股宫妆的华艳，轻纱笼着她清秀的肩胛骨和修长的脖子，远远看着让人心里不由得一动。

她忽地转头一笑，“因为昨夜有个人对我说他想和我一起远走高飞，然后跟我说了许多的事情。”

武士们疑惑地看着首领。

“你们不记得他么？他下巴上有一颗小痣，左手断了一个小指。”

武士们惊悚得全部站了起来。那是他们的一个伙伴，今天早晨起，他们就再也没有找到这个伙伴，十一个人的小队只剩下了十个人。

女人的笑容仿佛一朵诡秘的花缓缓地绽放开来，“他真是跟你们这些没心的男人不同啊，直到死前，他还对我说我身上有股紫琳秋的香味……”

彻骨的寒意忽然笼罩了小屋里的人。

长刀出鞘的响声有如弹一根高弦，反应最敏捷的武士侧身拔刀，蹬地扑上。他的动作像是在奔驰的快马上挥刀下劈，这是风虎骑军中特有的武术，极快又极精确。女人在他的刀下根本无暇闪避，她华贵贴身的裙衣限制了行动。女人也没有想闪避，而是盈盈地轻笑了一声。难以置信的事情在她低笑的瞬间发生，武士的头颅忽然落了下去，凄厉的鲜红色从腔子里直冲到了屋顶，那具无头的身躯还挥舞着战刀从女人身边掠过，直到撞上了对面的墙壁，才无力地倒在地上。

女人没有动手，那一刻她的双手依旧环抱着肩披的纱缕，也没有人看见刀光，像是在黑暗里有看不见的魔神武器一挥，就斩下了那名风虎的头。

“都别动！”首领大吼着。

他要想煞住脚步，可是已经来不及。他感觉到肩胛上传来了疼痛，却不剧烈，像是被虫子咬了一口。随后那一点疼痛才千百倍地放大起来，他肩上迸出了大朵的血花，血痕贯穿了整个肩膀。有什么东西切进他的身体里去了，可他还是什么都看不到。他不由得跪下，更大的痛楚从双膝处传来。他哀号着低头，看见自己的腿从双膝处齐刷刷地断了，鲜血流得满地都是。

他的同伴们也一样陷入了看不见的罗网中，所有扑前的人都被什么东西伤了，女人身边有道不可逾越的屏障。

首领挣扎着抬起头，看见女人又笑了，这一次，她的笑意中带着酷寒。

油灯忽地灭了。

黑暗里充斥着细微的破风声，极细又极其的锐利，有些像蜂鸣却带着异样的凄厉。每次都有一个哀号声随之响起，首领感觉到浓腥的血泼溅在他的脸上。这些追随他一起征战了多年的同伴在黑暗中根本无从挣扎，只是待宰的羔羊。

他知道自己就要死了，他很后悔，他这时才想起这个女人身上分明有太多无法解释的地方，可是那柄剑让他的心思乱了。太多年了，他一直在渴望握住这柄剑的一天，这种愿望已经变成了贪婪。

终于又安静下去，一点火光颤了一下，亮了起来。

首领忍着失血的眩晕抬起头，看见远远的门边站着那个女人，她持着火绒。她不再笑了，却也看不出得手的喜悦。她漠然得像是一张美丽的画皮。

只有那么一点火，首领反而看清了，小屋里布满了银色的线，密密麻麻的如同一张网，把他们和女人完全地隔开了。那些线细微得难以觉察，却又韧得难以想象，像是交错的一道道银色的光，最后穿过分布在周围的金属环，收束在女人指间那个翡翠的戒指上。

“是……是天罗的刀丝！你到底是什么人？”他拼尽了最后的力气大吼。

“是啊，是蜘蛛的丝，你们这些武士总是想靠着蛮力取胜，可是杀人哪里需要那么大的力气，一寸的刀刃就足够了。”

“天罗的刺客？你到底为什么要这么做？难道天罗也……”

女人摇头，“我是天罗的刺客，那是很多年以前的事情了。我早已不为天罗杀人，我要杀你们，只是因为你们觊觎我丈夫的东西。”

“你丈夫……你丈夫是谁？”

“我的丈夫是谁？你刚才不是已经看见他的指套了么？”

“你……你是……你是幽长吉的……”

“你说你的父亲愚蠢，可是你有没有真的想过他为什么要那样做。有些东西，即使经过很多年，也是不能被亵渎的。”女人缓缓地走近，隔着一尺跟首领面对面。

“不要……不要杀我……”

“现在悔悟，已经太晚了吧？”

像是拂拭头发，她轻描淡写地挥手，翡翠的戒指牵着的无数银丝在瞬间全部抽紧，像是无数看不见的利刃在首领身上划过。他整个身体瞬间就迸裂了，变成了一朵巨大的妖冶的血花。

屋外的风还在吹，松涛声如同大海。

三

午后，阳光炽烈。

息衍微微眯起眼睛，扫视着废墟。整个木屋都化成了灰烬，唯有半截大梁得以幸免，斜斜地倚在土砖砌成的山墙上。燥热的焚烧气味里，夹杂着令人呕吐的焦臭。靠近山墙的一角，几名白巾蒙面的仵作围着烧得漆黑的尸体。一名军衔低微的廷尉战战兢兢地捧着托盘走近，不敢说话，只是低头站在一旁。他不太明白这样一个普普通通的失火案怎么会惊动了禁军的统帅，远处围了一堆人探长脖子，也是来观瞻下唐第一名将风采的。

息辕接过托盘递给叔叔，息衍拈起托盘上乌黑的铁牌，在手心里掂了掂，随手又递给息辕。息辕接过仔细地打量，牌子的质地像是生铁，敲起来声音低厚，表面有丝丝缕缕的冰纹。牌子正面是獠牙暴突的虎面，背面则是云纹，镌刻着一行小字 ：

奉此令者，风行虎掠 ；

重九,三一卫，七七五。

“是风虎的军户铁牒，只有淳国的煅纹鱼鳞铁才是这个质地，淳国风虎得意的风虎钢铠也是这种铁打造的，”息衍摇头，“堂堂一个骑都尉，死得真不是地方。”

“骑都尉？”息辕心里一动。

按照帝国的军制，骑都尉的身份还在一般都尉之上，军衔不低，麾下至少也是上百人马。骑都尉之上，就可以被尊称为将军了。这样一个淳国军官不明不白地死在下唐，无论对下唐国还是淳国，都是棘手的事情。

“你看铁牒后面的字，‘重九，三一卫，七七五’，重九是他的军衔，也就是骑都尉，淳国风虎分为三十个卫所，每所一千战士。这个人隶属于第三十一卫，在军中的编号是七七五。但是风虎本该是没有第三十一个卫所的，其实第三十一卫，是风虎骑军秘密的斥候卫所。其中人马都是从最精锐的骑兵中选拔出来的。以这个人的军衔，在斥候中的身份很不低了。”

息衍对廷尉挥了挥手，“你先下去。”

廷尉退下了，息辕凑到叔父耳边，“这些人就是我们跟丢的那些风虎？”

“是的。”

“要上报给国主么？”

“不报是不行的。”息衍摇头。

廷尉并不知道，禁军武殿都指挥使的一个职责是负责三军的斥候，收集各家诸侯的情报，也警惕其他诸侯派来的密探。息衍不在的时候，这些案子都是由息辕经手。两个月之前，息辕已经接到密报，说有身份不明的三拨人马隐瞒身份进入南淮城。在断定了对方来自北方淳国，是风虎骑兵中的斥候之后，下唐的斥候也就一直悄悄地尾随着这些人。可是就在前天，下唐方面忽然失去了对方的行踪。而区区一天之后，这些人莫名其妙地死在城外酒肆的火灾里。

“风虎的斥候潜入城里，”息辕揣摩着，“是淳国对我们有什么不可告人的用心么？”

息衍摇头，“敖太泉三月上才战死，现在的离国公敖之润只有十岁。

淳国现在想对下唐用兵，绝不可能。而且再怎么大家现在的最大敌人都是离国公。”

“大家都说明昌县侯是枭雄之辈。”

“不错，但是梁秋颂毕竟不是淳国公，他也不能调动风虎骑军，丑虎华烨不会轻易交出风虎的军权，十年之内对下唐还不是威胁。”息衍若有所思，“不过，这才是我真正担心的。梁秋颂冒险派了斥候来，到底是为什么呢？不惜冒着得罪下唐的危险，除非是极大的利益，以梁秋颂的谨慎是不会动手的。”

“将军……”

息衍回头，看见刚才的廷尉又站在了一旁。

“有件奇怪的事，”廷尉吞吞吐吐地，“只是怕将军看了恶心，属下不敢拿出来。”

“不怕，拿出来。”息衍轻描淡写地晃了晃烟杆。

“是。”廷尉这才把藏在下面的一只托盘捧上。

托盘上盖着一方厚实的麻布，遮住了下面的东西。可是一股刺鼻的恶臭直冲上脑，息辕忙不迭地捂住了鼻子，心里知道廷尉把什么弄了上来。息衍面无表情，上前一步把麻布揭开。托盘上赫然是半截残肢，表面被烧得漆黑，只在裂开的缝隙里透出血肉的颜色。

“这是？”

“是手，”廷尉看将军并无太多的反感，松了一口气，指点着残肢，“将军看，这里本来是手指的，现在四根手指都被烧掉了，剩下这根是拇指。”

息衍点了点头，“这么说来，倒确实像是一只手。”

“你把死人的手拿过来干什么？”息辕受不了那股焦臭。

“你不要急，”息衍阻止了侄儿，“听他说。廷尉们上阵未必是你的对手，可是要说擒贼断案，你一辈子也未必能比得过这些老狐狸。”

廷尉躬腰行了个礼，“少将军想，这只手虽然在烈火里烧过，可是五根手指还只掉了四根。那么这只手怎么会被烧掉下来的呢？人的胳膊比起手指，可粗了许多。”

他把托盘转过来，指点着残肢的另一侧，“这是断口。虽然被烧过了，可是这断口还是显得太整齐了，属下斗胆猜测，这些斥候不是被烧死的，而是起火之前被杀。”

“这是废话了，”息衍笑，“整整一队的斥候被不明不白地烧死在南淮城外，瞎子也知道其中有问题。可是到底是什么人杀了他们，又放了火，你们到底有没有线索？”

“将军说得是！说得是！”廷尉点头哈腰，转身对着那些验尸的仵作喊了一声。

为首的仵作整理衣衫，小步上来拜见，这次他捧过来的托盘比方才廷尉捧上的托盘还大了几倍，更为浓重的恶臭味扑面而来，息辕几乎要呕吐出来。仵作揭开遮面的麻布，圆满满的一张笑脸。

“你们怎么不怕臭？”息辕苦着脸。

“芝兰之室，久坐不闻其香；鲍鱼之肆，长居不知其臭，”仵作满是得意，“小的一家九代都是仵作，这份本事也是祖业，早就不分香臭了。”

“倒像是整个地被人切碎了？”息衍沉吟。

仵作收去笑容，点点头，“回将军的话，正是如此。我们拼出的残骸共有十具，断肢倒有三十二件，这些人在被烧之前，必定是被人以一柄极利的快刀砍下了手脚，更有一具四分五裂，几乎辨不出人形了。下手的人刀术之强，心性之残忍，真是令人发指。”

“一柄……极利的快刀？为何这么说？”

“接近凌晨下了一场细雨，把火浇灭了，残肢没有烧尽，我们还能看到几个新鲜的断口。可是以我二十多年仵作的经验，真是看不出什么样的刀能把人身切成这样，断口异常的平滑，是同时切断了筋脉和骨头，连皮肉的翻卷也没有，就仿佛热刀割蜡一样。”

“热刀割蜡？”息衍愣了一下。

"是，将军。人身上筋脉韧实，骨骼坚硬，不说斩人，屠夫切肉的时候，切筋是用牛角细刀，劈骨用的是阔背板刀。要想一刀之内把人的肢体斩断，绝不是一般人的手法，偏偏断口还平滑，必定是刀劲凝聚，下刀又极快，而且凶手所用的刀，是一柄极薄的好刀。一般的刀，刀背稍微厚几分，斩切的力量就无法凝聚如此……"

仵作讪讪地收嘴了。他说着的时候，息衍已经悄无声息地走开，漫步在废墟中，目光扫过断梁残瓦。最后他停在一根未烧完的椽子边，蹲下来吹去了火灰，原本肉眼难以分辨的一枚乌铁小环暴露出来。它被牢牢地钉在椽子里，以息衍的手力也费了些工夫才拔了下来。息衍眯着眼睛，对光打量那枚铁环，面无表情。

"这是什么东西？"息辕凑上来。

"这是那种武器的一部分，仵作说得不错，但凡是刀，杀人就难以做到伤口不卷，可世上真的有一种武器，是只有刀刃没有刀身的。"

"没有刀身？"

息衍对他摆了摆手，转身直视廷尉和仵作，"这些不要写进卷宗里去，派人仔细地清扫周围，看见这样的铁环都收集起来送到我那里去。尸体尽快烧了，不要留下任何东西。"

他的声音不高，可是廷尉却不由得打了个寒战。隐然有股威势随着息衍的注视逼迫了他，静静的仿佛大山的压力。

"是！"他低下头去避开了将军的目光。

"息辕，我们走。"息衍牵过了自己的黑马墨雪。

息辕偷瞥了一眼，见廷尉们没有跟上来，才凑近了叔父的耳边，"叔叔，刚才到底是怎么回事？"

息衍深深地吸了一口气，"不要多问，你传我的令，立刻加派人手，跟着剩下的两队风虎斥候，一有什么动静即刻回报给我！"

"是！"息辕掉转马头就要离去。

"等一下！"息衍又低声喝住了侄儿，"从鬼蝠营里调人，人要多，要最敏捷的、刀术最好的。不怕被风虎发现，一定要盯死，保护他们。”

“保护他们？”息辕吃了一惊。

“我知道是谁动手的了。蜘蛛的网已经打开，如果她想要捕杀全部的猎物，就算是我们出动全部鬼蝠，也未必能奏效了。”

四

枫红色的轻纱围着女孩儿的肩膀转了一圈，莹白的肤色在纱下隐约浮动。女孩儿一双月白色的踏鞋在云石地上轻盈地跳着，肩上的披纱起落如蝴蝶的翅膀。十三四岁还透着稚气的孩子，却有了几分少女的风致。

“好，好，柳瑜儿的肤色最是白净，就是这个枫红色衬她！”为她披上轻纱的男孩拍着巴掌围着女孩儿转圈，眉梢眼角满是得意。

“哎哟哎哟，煜主子，这云影纱宫里剩下的就这一匹了，前些日子国主想为王妃裁一件罩衣还没有舍得的料子，怎么能穿到外面去瞎跑？”婆子拉着男孩的手，惋惜地看着那幅纱。

“能不能少说这扫兴的话来？”男孩猛一扭头，不悦地挥开了婆子的手，“母亲年纪大了，怎么能穿这样的颜色。留下来还不是压在箱子里？我给枫念儿选了生青的，给月情儿选了湖蓝的，给小苏选了杏黄的，露水绿给了月眉，现在就缺一幅红色的好纱，不拿这个，你去找来给我？”

他眼眉间虽然有怒气，却还是透着少见的秀气，像是天生的一块脂玉。

婆子战战兢兢地退了下去。男孩又笑了起来，推着柳瑜儿转身，兴冲冲地打量着她周身上下。女孩们都围着柳瑜儿赞叹不止，莺声燕语压过了殿外的马蹄声。

“我也想要这样枫红的纱，主子对柳瑜儿偏心了。”最小的小苏忍不住失望，噘着嘴扯住了男孩的衣袖。

“小苏别淘气，小苏别淘气，”男孩急忙轻声软语地安慰她，轻轻摸着她低垂的眉毛，“这幅杏黄的虽然不如云影纱，可是也是极细的好纱，最配你这身月白色的裙子和脖子里那串黄晶，若是配了红纱，反而不像样子了。不过……”

他围着小苏转了一圈，“要是添上几分金色，可就完美了。”

他急忙又埋头在箱子里翻弄，一幅一幅透影的轻纱和瑰丽的丝绢被他抛了起来，散落了满地，却始终没有金的。他从锦绣堆里探出头来，气恼地把缠满脖子的锦纱扯下，跳着脚喊了起来，“怎么没有金的？怎么就没有金的？”

“主子别着急，别喊伤了嗓子，”婆子赶紧去哄他，“上次不是主子说宫里要装粉金色，所以订了几万张粉色的绵纸糊墙，又把所有的金纱都挂在屋顶么。”

她指着头顶，“现在那些金纱还在那里挂着呢。”

男孩一抬头，果然在金丝楠木的椽子间，都装饰着纤薄的金纱。

“拿梯子来，拿梯子来！”他高兴地拍起了巴掌。

女孩儿们七手八脚地抬来了扶梯，婆子想拦又不敢，胆战心惊地看着男孩高高地爬了上去，使劲去够椽子间的纱。他个子不高，勉强探直了身子，才钩住了金纱的一角。

吱呀，宫门竟在这个时候打开了，把整个扶梯钩倒下来。在女孩儿和婆子们的惊呼中，连着数十尺长的耀眼金纱，男孩重重地摔了下来，落在满地的锦绣里。

“主子！主子！”

“我在这里！我在这里！”锦绣里忽然钻出了一个蒙着金纱的脑袋，心悬在半空的婆子这才喘了一口气。

男孩跌跌撞撞地一扑，抓紧了一个人，紧紧地抱住。

“抓住了抓住了！是不是小苏？披上给我看看。”男孩抱着怀里的人又笑又跳。

“嗯？”他又愣了一下，在那人身上摸了摸，“是谁这么一身呆肉？想必是扫地的婆子，这时候来凑什么热闹？”

他用力把怀里的人推开，三把两把扯下了罩住头脸的金纱，看见了眼前的人，忽地皱了皱眉，“方都尉，你怎么跑到我的寝宫里来了？”

禁军的都尉方山脸色微红，难得少有地摆出了几分威严，对着嬉闹的女孩们挥了挥手，令她们下去。男孩刚要生气，方山已经急急地扯住了他的手，“煜主子，今儿是大事，可不能使性子。”

他转身让开了路，指向门边，“奉国主口谕，北陆金帐国世子吕归尘殿下，即日起搬入东宫，下榻归鸿馆，与世子百里煜一同饮食作息，教习东陆文字礼仪，以彰两国兄弟亲爱之心。”

他又对门边的人摆出了笑脸，“这就是我们下唐国的世子百里煜殿下，尘少主，从今而后，两位少主要多多交流。”

“煜主子？”他微微一愣，忽然发现自己身边的男孩已经不见了，转头去找的时候，才发现他正躲在自己的身后，紧紧地攥着自己的腰带。

“蛮人？”百里煜小心地从方山背后探出脑袋，“蛮人在哪里？”

“什么蛮人？”方山压低了声音，“这是尘少主，将来的北陆之王呢。国主可是特意吩咐了，煜主子一定要礼敬。”

百里煜终于从一群人中看清了那个白衣的孩子，他是如此的清秀，比百里煜都更多了几分柔弱，全不像百里煜心中的蛮人。可是那身装束说明了他来自北陆金帐国，他头发长长的，绞成一束簪在头顶，穿着狐裘的贴身小锴，外面罩了五色缀边的白色大袖，胸前配着一尺长的小佩刀。炎热的夏天，他的右手腕还突兀地配着白色的毛裘护腕。

“这个就是蛮子？”百里煜疑惑地看方山。

蛮族孩子局促地环顾周围的人，而后把头低了下去。

“哎哎哎，煜主子使不得！”方山要去阻拦，可是已经晚了。百里煜从那个叫月眉的女孩儿头上摘下了锦纱扎成的牡丹，照着蛮族孩子的头砸了过去。锦纱球准确地命中了，砸在孩子的侧脸上。整个湄澜宫里忽地寂静了，女孩儿们、婆子们、禁军们还有方山都呆在那里，只有百里煜还满不在乎地冲着蛮族孩子比着鬼脸。出乎所有人的意料，蛮族孩子只是呆呆地看着那个锦纱球在地上滚了滚，而后不知所措地擦了擦自己的脸。

“像个呆鹅一样哦……”不知道是哪个娇嫩的声音小声说，而后有人轻轻地笑，带着所有人都跟着笑了起来。东陆人对于蛮族的敬畏之心忽地就退去了，这个呆头鹅一样的孩子根本就不可能是什么危险。

方山咬了咬牙，不顾百里煜的挣扎强拖着他来到了蛮族孩子的面前，女孩儿和婆子们也围了上来看热闹。

“煜主子，别闹了，快和尘少主见礼！”

百里煜像只被抓牢的小猫一样在方山的手里扭着，一边还凑过去使劲抽动着鼻翼，“也没什么膻味嘛，居然还有这样的蛮子……”

女孩儿们也歪着头看那个孩子，拍着巴掌笑，婆子们稍稍收敛一点，半掩着嘴在一边议论。

“第一次见这样的小蛮子，倒是个新鲜人儿。”

“长得倒是跟女孩儿似的，怎么竟是个蛮子？”

“是啊，这年纪，怕是才十岁出头吧？”

“长大了兴许就剽悍了，现在还是小蛮子嘛。”

“呵，呵，蛮子，蛮子，蛮子蛮子。”怪异的腔调忽然响了起来。原来是金丝架子上那只红腊嘴的八哥，宫里的八哥揉过舌头，把这个新词学得惟妙惟肖，众人愣了一下，又是哄堂大笑。笑声里，那个蛮子孩子红了脸，低下头去。

“蛮子？”吕归尘默默地在心里说。

门外的光仿佛刀剑一样刺了进来。

西配殿。

两排人对立，一侧是拉着吕归尘的方山，一侧是宫内服侍的人众。

“尘少主，我来介绍一下，这几位都是东宫里的主事人，有什么吩咐，尘少主尽可以问他们，”方山一摊手，指向了颧骨高耸、灰眉低垂的夫子，

“这位路方同夫子，是我们下唐有名的饱学先生，国主以重礼聘来教授煜少主的功课。”

“路夫子。”吕归尘低头行礼。

“嗯！”路方同对一个蛮人能够如此知礼觉得诧异，欠身还了礼。

“尘少主的功课，也都拜托路夫子了。”方山对着路方同长揖。

“这位是东宫膳房的主事马求桐，以后少主在膳食上有什么要求尽可以找他。”

年老的内监上前一步行礼，退了回去。

“这几个是书房的洒扫，安排读书是他们的事情。”

年轻的内监们眼睛骨碌碌地转着，也是深深地行礼，凑近的时候斜着眼仔细打量了吕归尘。

“这两个宫女是世家之后，小苏和柳瑜儿，世子刚才见过的。她们以前都是服侍煜主子的，都是知书达理的闺秀出身，以后世子有什么杂事就交给她们料理了。”

吕归尘也是低头行礼，忽地看见柳瑜儿眼角挂着泪珠，小苏也是闷闷地绞着裙带。刚才在湄澜宫里柳瑜儿已经哭过一次了，死死地拉着百里煜的手不放开，百里煜也是大声地哭喊着，指着方山的鼻子大骂。直到方山出示了百里景洪亲笔的手谕，才硬是把这两个女孩儿派给了吕归尘。那时候吕归尘默默地站在一边，看着这一幕像是生离死别的场面，忽地想起苏玛来。他最后一次登上车轼北望，看着苏玛站在最高的草坡上，她并没有哭，只是扣着双手遥望，红色的裙衣在风里翻飞。

“这位是东宫录书房的主事苏婕妤，”方山说，“也是东宫里的老人了。”

他手指的是站在阴影中的一个人。东宫的正殿一面完全是镂空的雕花木窗，阳光充足，只有那么一小片阴霾，可是这个人就站在那片阴影里，也并不走近，遥遥地躬腰示意。如果不是方山指出，吕归尘几乎没有意识到还有这样一个人。

“一会儿再带尘少主在东宫里走走转转吧，国主已经赐了秋服，就请……”方山周围巡视了一圈，看到的除了男人就是面色不善的两个女孩儿，最后他对着阴影里的女人微微地躬身，“就请苏婕妤为世子整装吧？”

“是。”女人淡淡地应了，缓步从阴影里走了出来。

当她整个人暴露在阳光里时，吕归尘愣了一下，一瞬间竟然忘记了呼吸。虽然他没有表露在脸上，但是围绕着百里煜的那些女孩子已经令他惊叹不已了，整个北陆也难以找出那样清澈如水又明媚如玉的女孩，白色的生绢一样不染一点灰尘。就算是苏玛和她们站在一起，也少了那种娇贵的细嫩。而当这个女人站了出来，大殿中的一切人都失去了颜色，柳瑜儿和小苏的白净如今显得像是白菰，而那些颜色鲜丽的裙衣也不能为她们添彩了。一瞬间仿佛所有的颜色都被吸进了她的身上，鲜明、变幻、跳脱。她宫裙高髻，明艳中带着森然的古意，双臂上裹着素纱，成串的水晶细镯叮叮当当地作响。

她安静地站在那里，像是一幅工笔的仕女古画，苍苍然的华丽。

“尘少主跟我来。”女人拉起吕归尘的手。

她的手微微有些凉，声音轻柔，吕归尘不由自主地跟着她走出了宫殿。

吕归尘惊叹着环顾周围。这间小小的屋子，只有简单的一张竹床、一张原色的木质书案和原色的木质立柜。可是整整一面墙壁都是书，浩瀚得像是书海。北都城里也有书，但是北陆不善于造纸，书是昂贵而且稀罕的东陆玩意儿。贵族人家会在案头放上几本以示博学，而贵为青阳的世子，吕归尘读过的书也不过区区数本。他抚摩着那些书的背脊，心里满是赞叹，不知道这面墙壁里藏了多少他所不知道的东西。

“这就是我住的地方，有些简陋，少主的归鸿馆还在收拾，就将就这里梳洗吧。”女人站在他的身后。

“苏婕妤住在这里么？”吕归尘愣了一下，他不明白为什么这样明丽高艳的女子却住在一间疏旷甚至简陋的屋子里。

苏婕妤没有回答。她让吕归尘坐在唯一的椅子上，对着铜镜。自己站在后面，拔下簪子打开了他的头发。吕归尘感到她纤细的双手按在自己的头顶，麻酥酥的令他想要睡去。苏婕妤的手修长有力，贴着头皮为他束起头发。她拿下嘴里咬着的象牙簪子，为吕归尘划出笔直的发缝。吕归尘忽然想到了远在北方的英氏夫人，以前总是英氏夫人为他梳头，虽则没有这个女人的动作那么敏捷流畅，可是按在头顶酥酥的感觉是一样的。

不由自主地他心里有一丝亲近感，顺着女人梳理的动作侧过头去，想让她打理起来方便一些。

“坐好了，”女人扶正了他的头，“别管我。”

不知道过了多少时间，似乎很久，又似乎很短暂。吕归尘迷迷糊糊地半睡着，只是始终能感觉到那双手在自己头顶。

一声门响，吕归尘睁开眼睛，看见婆子低眉顺眼地躬身进来，行了个礼，“苏婕妤，国主驾临西配殿，让你立刻过去一趟。”

女人没有回答，最后取下咬着的象牙簪子，扎进吕归尘的发髻中。

“这里很好啊，有很多书可以看。”她漫不经心地说。

她说得很冷漠，吕归尘却觉得心里微微地一动，抬头想从镜子里看女人的神色，却只看到了一个背影。女人径自出门去了。

吕归尘默默地站起身来，看着镜中的自己，俨然已经是东陆贵族世家的公子了。

“哟，是北陆的尘少主吧？”婆子的眼神里面带着试探，脸上却是谄媚的微笑。

“婆婆。”吕归尘也是恭敬地行礼。

“我一个洒扫的老妈子，哪敢说是什么婆婆？少主子抬举了，”婆子这么说着，脸上却像是开了花，“以后少主子有什么吩咐，尽管直说就好了。”

她的脸色又一变，透着点诡异，“少主子，这个女人可对你说了些什么？”

吕归尘愣了一下，“苏婕妤只说……这里很好啊，有很多书可以看。”

“听我老太婆一句话，离这个女人远一点！”

“怎么了？”

“她是个怪人，”婆子咂巴着嘴，“十几年都不见老，要论起来少说也该三十多岁了，看着还十八九的样子。还不只这呢……宫里人传这女人是个……”

婆子似乎是觉得自己多话了，讪讪地住嘴了。

吕归尘觉得心头一阵寒，转头却看见了窗台上的两盆紫花。这种紫花是他从未见过的，娇嫩又清淡的颜色，新生的小花低着头，半藏在叶片中，没有宫里繁花似锦的华丽，反而像是山上野生的。这是女人屋子里唯一一点明亮的颜色。

五

“臣女觐见国主殿下。”女人跪在阶下。

九旒黑帻、青袍博带的国主在窗边缓缓地转过身来，默不作声地凝视了女人一阵子。

“起来吧，”国主对着侍候在周围的内监挥了挥手，“你们都下去。”

配殿里只剩下两个人，国主的手指慢慢地叩着窗台，一声声的像是叩在人心口上，久久也不说话。

“国主是要问幽隐的事吧？”女人说。

国主鼻子里重重地哼了一声，“你还算知道！我听说你又不准幽隐参拜他父亲的灵位，还收走了扳指？”

“国主应该知道那柄剑的力量，寻常的人根本踏不进它的圈子。幽隐能走进去，只是他父亲寄宿在剑里的灵魂在守护他，可是那柄剑始终都是妖魔之剑，他父亲的灵魂能够守护他多久，谁也不知道。他已经很急躁了，这时候如果再推他，是把他推到了绝境。”

“可是一代又一代的天驱首领不正是拔起了苍云古齿剑而获得宗主会的认可么？”

“那么就必须降伏那柄剑，只有最坚忍的人能镇住剑里的魂魄，幽隐不是合适的人选。再这样下去，他可能……”

“可能什么？”

“可能变成彻头彻尾的疯子。”

国主沉默片刻，挥袖长叹了一声，“有人对我说，我可以赐给幽隐官职，却不能赐他懂生死间的事。我心里不服，可是事后想来，深以为然。我能够升他为游击将军，我却不能让他明白一个真正英雄的勇敢。所谓英雄，要么大成要么大败，不冒绝大的危险，又怎么能成就大事？一个人宁愿成为英雄而死，也不愿当一个懦夫而生，难道他父亲不就是这样拿起了苍云古齿剑么？”

“所以他父亲死了。”

国主背手看着窗外的天空，“虽死也是英雄的死！”

“可是他只是希望他的儿子能够安然长大，娶妻生子而已。”

“你简直是胡言乱语！”国主勃然作色。

女人静静地跪在阶下，精致的脸庞上没有一丝表情。两个人就这么无声地对峙起来。

内监疾步而入，跪在女人身边，“国主，息将军求见。”

“息将军？是有什么急事么？”

内监凑在国主的耳边，压低了声音，“是大事，说是死了人！”

国主眉峰一颤，点了点头，“传！”

他深深吸了一口气，亲自下阶扶起女人，女人微微缩了肩膀，不让他碰到自己。

国主皱了皱眉，却不发作，“我还有些事，你退下吧。要好自为之，我怜惜你千里带着幽隐来投靠我，一直相信你。当年在百里家主家的重重压力下，我没有保住幽长吉，直到今日还有遗憾。幽隐算是我的侄儿，我跟你一样希望他继承他父亲的志向，做一个拔剑而起的英雄。”

“臣女……明白。”

女人深深地一拜，退出帘外。

黑衣的将军疾步而入，和她擦肩而过的一瞬略略回首。女人始终低着头，将军只看见她纤纤瘦瘦的背影。

“将军，到底怎么回事？”

息衍收回了目光，“前几日向国主禀报过的三队风虎斥候已经被杀了一队，如果不尽快采取手段，剩下两队还能活多久也很难说。”

百里景洪全身一震，“怎么被杀了？谁动手的？”

“还不知道，”息衍缓缓摇头，“看起来是天罗山堂的手法。”

“这些匪类还没有死绝？”

“不但没有死绝，只怕还过得很好。天罗有一个词叫作‘蝉生’，是说在危难的时候他们会隐没在人群里等待时机，就像蝉会藏在泥土里生活，直到春天才生出双翅。到了他们觉得时机到了，杀手们就会铺天盖地涌出来。”

“那么他们到底站在哪一边？”

“不知道，”息衍摇了摇头，“蔷薇皇帝能得到天下，和天罗山堂在关键时刻倒戈有关。至今也没人能解释天罗为何要那样做，他们奉行的道理只是他们自己的生存，除此别无偏向。”

“我们怎么办？”

“已经出动了鬼蝠营，不过未必保得住这些风虎。对于天罗的来袭，我们毫无准备，既然他们的目标在淳国风虎的身上，为什么不直接向明昌侯挑明，说我们不希望他们的人在南淮活动，明昌侯如果还不愿撕破表面上的亲睦，势必也要给我国留一分面子。”

“不能！”百里景洪紧咬着牙，狠狠拍在桌上，“敖太泉战死，淳国孤儿寡妇，丑虎避祸在当阳谷耕种集谷，梁秋颂已经是事实上的淳国之主！他如今已经露出獠牙，给不给下唐留一分颜面，我不敢说。梁秋颂此人，譬如秃鹫，只吃死食而不吃活物，他若是动手，就是认准了对方已经无力反抗。我只恨敖太泉一勇之夫，白白把脖子送到嬴无翳的刀锋上，当初我以为淳国有敖太泉在位，梁秋颂纵然是条毒蛇，终不敢钻出土来，如今还是让他出头了。恨没有早把他除掉！”

“那么我们的应对方法是……”

“天罗要杀，就让他们杀！梁秋颂既然不在乎这些人的命，我们何苦在乎？”百里景洪冷笑。

“是！不过这次梁秋颂出动大批斥候进入南淮，到底是为了什么呢？淳国和我们并不接壤，难道梁秋颂会对我国有所图谋？”

百里景洪微微犹豫了一下，摇了摇头，“这个我也是不明究竟的。”

“不过，”他补了一句，“兵来将挡水来土掩，任他风虎猖獗，我有息将军镇守，可安枕无忧。”

“效命国主，是息衍之幸。”将军唇边带着淡淡的笑意。

外面传来了喧闹声，国主露出了不悦的神色，“东宫重地，什么人在外面喧哗？”

内监进来磕头，“禀国主，大概是……大概是禁军的孩子们又在那里……操练了。”

“是在打架吧？”息衍笑笑。

内监哑口无言。

“一帮不成器的东西！下唐就是毁在这些纨绔子弟的手里，迟早要好好修整这支禁军！”国主恨恨的。

“我说就算那小子出钱也不能让他好过，一定要把他扒光了扔到塘里去，才出了我们兄弟心头的气！”禁军年少的什长雷云正柯拍着桌子。

他是雷云家的三儿子，雷云家也是宛州世代军武之家，他的哥哥雷云孟虎跟着拓拔将军当副将，出使北陆，是南淮城里仕女心里的偶像。雷云正柯也跟父母吵闹要从军，便被送到了东宫来。

“那穷小子哪里出得起钱哦？”雷云对面的方起召在鼻子里哼哼，“他穷得叮当乱响，我可是查过，他是姬家小老婆生的，庶出，家产没有份的！”

方起召家不是世族，可是方氏却是宛州商会十姓之一，垄断了整个南淮城的运输和锻铁。他家最不缺的就是银钱，最看重的也是银钱。他参军那一日摆了最大的排场，在紫梁街上最贵的听涛馆请了四十多个禁军世家少年喝花酒听歌，请的都是花街里最出名的女孩。也是那一晚上，少年们在女孩身上摸摸蹭蹭的，模模糊糊知道了男女大概是怎么回事，仗着这个，方起召在东宫禁军也算声名鹊起。

“我说这个小子纯粹是自己找死，当着那么多人的面抢了我们的风头，还敢进东宫？要是我早就逃命去了！”彭连云摇头。

“就是要他来，来得好！”方起召邪邪地笑，“不来怎么收拾他？今儿是他参军的第一天，三书二礼也不是那么轻易过的。”

“你有什么主意？”

“我们在这里等就好了，自然有人把他送上门来！”方起召咧着嘴。

“就数你小子最阴险！”雷云正柯知道他早有了准备，在他头上拍了一记。

“哼！要我说除非……除非那小子把跟他混在一起的那个姑娘献出来，脱光了从东宫这头跑到那头，否则说什么也不能给他好看！”方起召的笑里带着点猥亵。

“呸！”彭连云啐了他一口，“要是那样还能跑到东宫那头？半道早被你劫了！”

外面传来了喧闹声，方起召一跃而起，“是他是他，准是兄弟们半路上把这小子劫住了。”

“喂，你可没捅马蜂窝吧？这小子不好对付！”

“没事没事，我安排了十多个兄弟呢。”方起召推开了房门。

三个人全都愣住了。房门打开的那一刻，军营门口的人影飞跃起来，他手中的木刀被用作了短枪，凌空直刺击中最后一个拿着铁链的少年武士。他落下来，木刀换为反手横在身后，扫过周围一圈哀号的人，忽然把目光投向了远处的方起召三人。营门的阴影罩住了他整个人，却掩不住他的目光，猛虎一样的黑色眼睛。

“大哥……大哥在哪里？”方起召的声音都变形了。

“从早上就没有看见他……”

“快……快……关门！”

火焰一起一伏，像是跟随着他的呼吸。沉重的黑暗压下来，耳边似乎有着许多人大声呼啸的声音，可是仔细一听又觉得只是扫过大殿的微风。

“他们在那里，他们在喊我……喊我！”幽隐想。

他的手在抖。他的视线模糊起来，眼前只有自己的手和那块苍青色的巨大金属，再就是那个骷髅，静静的它没有动，可是它的神情似乎在变，似乎在笑，笑着对幽隐张开了怀抱。幽隐努力地把手伸出去，这时候他觉得每推动一寸都是艰难的。他的手指上没有那枚扳指，他觉得不安，他一直觉得那枚扳指可以保护他。

金属、火焰、骷髅的笑容，这些似乎慢慢融合在了一起。幽隐深深吸了一口气，他竭尽全力伸出手去！

天旋地转，他被灼热的大力推了回来，全身像是被火灼烧过那样燥热地疼痛。他缩在地上蜷曲着哀号，把剧痛的手夹在两腿间。

过了很久他把手拿出来，看见掌心被烫伤的两道铁灰色痕迹。

他冲上去一脚踢灭了火盆，坐在黑暗里气喘吁吁。

六

喜帝七年，十月。

随着淳国败于离国，勤王联军的势力暂时衰弱了。而年幼的敖之润无法主理政务，明昌侯梁秋颂以“监国”的名义取得了毕止的全部权力。淳国名将，有“丑虎”之称的华烨带着三万风虎精骑屯兵在当阳谷耕种田地，和驻扎在帝都的离国五万赤旅一万雷骑形成对垒之势。梁秋颂派遣使者，奉玉剑玉斧入帝都朝拜皇帝，在诸侯们眼里，这是决心誓死勤王的象征。诸侯们在各自的宫中期待着新的决战，以驱逐霸占帝都的南蛮子。

这一年宛州渔业丰收，西瀛海有渔民说不小心误入深海，曾经看见风鸟唳天，九转盘旋而舞，之后飞向了西北方向。风鸟是传说中飞鸟的帝王，它飞向的西北方，则是淳国所在的方向。朝野上下隐隐有风声说要恢复东陆帝朝的繁华，还是得倚仗兵马强悍的淳国。又有人上表皇帝，说理应加封梁秋颂，为诸侯树立忠臣的楷模。皇帝和淳国对于这些消息都保持着缄默。

又一年眼看就要过去。

南淮城。

东宫最高的“爱晴楼”上，吕归尘扳着栏杆探出半个身子，眺望着空中盘旋的鸟儿。

夕阳半落在凤凰池上，放眼一片水光粼粼，像是撒了一层碎金，整个南淮城朦胧在雾气一样的夕照中，隐隐地可以听见远处高台上敲击云板的苍苍声。

南淮夕照是宛州的胜景，士族喜欢唱咏的。不过吕归尘却并不那么喜欢，这里的屋子总是那么高，走到哪里都是看不尽的亭台楼阁，把远处的草木还有天际的浮云都给挡住了，他尤其不喜欢高耸的宫墙，走在墙下感觉那墙就沉甸甸地压在自己的胸口上，叫呼吸不由自主地沉重起来。

他很怀念草原，怀念站在马背上一眼可以看到天地尽头的感觉，那里的天空是无边无际的一片碧蓝，常常腾起白色翼梢的大鹰，飞得高傲而孤独。

他到达南淮已经是第四个月。九王回返北陆，铁颜和铁叶又不能跟进宫来，这里只剩他一个人。他知道这种生活只是刚刚开始，却没有结束的期限。

“呵呵，终于找到尘少主了，就猜到少主又在爱晴楼看雀儿了。”一个带着笑意的声音在他背后响起。

吕归尘转过身来，看见方山细白的脸，上面两条短平的眉毛压着一对带笑的小眼睛。

“方都尉好，”吕归尘微微欠身，“这里开阔，可以看得很远。我刚才吹笛子，看见了雁。那是雁，不是雀儿。”

“呵，雁也是雀儿啊，少主是逗方山开心呢。”

吕归尘摇摇头，“雁和雀儿是不一样的。我们蛮族的牧人说，雀儿飞百尺，吃虫子；雁儿飞千尺，吃鱼虾；大鹰飞万里，吃牛羊。雁和雀儿不一样的，能飞很远，飞过大海。也许，是从北方飞来的。”

“北方？”方山笑，“尘少主这是想家了。其实北陆有什么好啊，听人说过，除了草还是草。也是方山这几天疏忽了，明天从东宫里面找几个伶俐的下人带尘少主上街走走。南淮城里面，好玩的东西可多着呢，斗狗斗蟋蟀猜枚叶子牌，最有趣的是坐在酒肆里听人说演义，尘少主不是喜欢英雄么？说的可都是英雄的事情。”

吕归尘还是摇头，“北陆也不都是草，还有牛羊，有大鹰，有镜子一样的湖泊，还有牦牛群和野马群……我认识的人都在那里，有我阿爸阿妈，有大合萨和苏玛……方都尉，要是你最亲的人都听不到你的消息了，当英雄还有什么意思呢？”

他略略回头，方山的目光和他对了一下，随即错了开去。方山想这个孩子就是太认真了，分明只是个孩子，偏要想大人的事。

“尘少主，膳房催了。用完晚膳，路夫子还要给您和煜少主开一堂晚课，今天可是得考上次的诗文了，尘少主可都还记得？”

“我……”

方山摆了摆手，“路夫子也是个死脑筋，尘少主将来领袖北陆，草原上几十万大军一挥，说灭了谁，就灭了谁，不服的人，自然有刀枪去伺候。学文字有什么用？还怕找不着一个文笔好的写战书？不过这事情是国主吩咐，也要对大君有个交代，尘少主，我看我们还是先去赶晚膳。煜少主候着您呢，您不到，可不敢开席。”

吕归尘被他拉下楼梯的前一刻，扭头看了看那只雁。它飞进了半轮夕阳里，像是被那片暖暖的颜色融化了。他摸了摸胳膊，觉得天有些凉了。

“圣人者，于万难之际，守衷不改，不以褒贬而易志，不以得失而悲喜，不以成败而俯仰，此俗子所不能。夫天地之大，道贵一也，圣人得其理，是谓圣也。”

路夫子抑扬顿挫的声音在书房中回荡，回音朗朗。

东宫的书房，两首各置了一张书桌，东首是年少的下唐储君，西首则是蛮族世子。两人穿着同样的素锦长袍，相对而坐，吕归尘有些笨拙地捏着毛笔，目光低垂，对面的百里煜斜眼瞥着他的动静，一手托腮，手指有节奏地敲打着脸蛋。

“生死之间，存亡之夕，此人生不可不断之时。圣人者，不惊，不惧，不急，不缓，乃胸中自有丘山，步深渊如行广道，纵油鼎在前刀剑在侧，亦信步越之。”

“喂！喂！”

吕归尘吃了一惊，抬起头来，看见百里煜双手拢在嘴边，压低了声音对他喊。

"喂！"百里煜拿起自己桌上的纸卷晃了晃，"你可答完了么？"

"我……"吕归尘犹豫了一下，低头看着自己的试卷。

"夫为师者，授课以信，为徒者，求学以诚，"远处，路夫子铿锵有力的声音忽地一转，变作了大喝，"我何曾许你们私下问答？都不必再答了！"

他从袖中摸出醒木，在自己的讲桌上一记重击，大步上前从两个学生面前扯过试卷，目光咄咄逼人。百里煜吓得把脑袋缩在长袍的立领里，只露出忽闪的两只眼睛，等到路夫子回转身去，才极快地一吐舌头，比了个鬼脸。路夫子大步回到自己的桌边坐下，展开试卷，气度沉凝。他嘴角微微下撇，捋着几绺细须瞥了瞥第一张卷子，绷紧的神色缓和了几分。

"还算有心，尤其'雁字南徊，千里不辞其侣，信也'一句，有几分先贤的遗韵，煜少主这几日读书算得上用心，不枉国主的期待。这张卷子，可题作甲等中。"

他又抖开下面一张卷子，才看了一眼，细须就急剧地抖动起来，两只眯缝起来的老眼瞪得滚圆，简直要喷出火来。

"喂！"百里煜看着夫子发作前的惊人表现，压着声音对吕归尘大喊，"你不是一个字都没写吧？"

"这……这这，这简直欺人太甚了！哪里还有我一分半点的师道尊严？"路夫子哆嗦了一阵子，终于大喝出声，抓起卷子奋力一把扔出。

一张薄纸扔不远，半空中舒展开来飘落在地上，百里煜满是好奇地探了脑袋去看，不知是什么能把古板重礼的夫子气成这样。

那是墨笔稀稀疏疏勾勒的一幅画，最初似乎是几个不规则的墨点，被点成了远方羊群的背，而后近处刷了几笔像是地形起伏的草原，纸角则是雁群，横斜着穿过落日下的天空。百里煜吐了吐舌头，实在只能算是信笔的涂鸦。

路夫子重重地坐回椅子里，整了整神情，直直地看着前方，瞥也不瞥吕归尘一眼，“在下才疏学浅，蒙国主重托教习两位少主的文字，自己知道惭愧。尘少主屡屡不听教诲，自行其是，想必是北陆金帐国的英雄，刀马无敌，看不上我这种酸腐的儒生。乡里一个教书匠尚且知道知难而退，在下不辞馆，真的有愧于尘少主了。”

他起身遥遥对着吕归尘大袖一挥，“不敢高就，告辞了！”

他掉头大踏步地离去。

吕归尘还笨拙地握着墨笔，呆呆地坐在那里看着路夫子的背影，百里煜已经轻轻跳了起来，跟过去一直看着夫子的背影消失在回廊尽头。

“佩服佩服！你胆子可真大！”百里煜蹦着回来，对吕归尘竖起拇指，“这个老家伙，脾气好比一块茅坑里的臭石头，换了我可不敢乱来。他一准儿去父亲那里告状。”

“我……我该怎么办？”吕归尘无奈地看着他。

“做都做了，还能怎么办？”百里煜耸耸肩，“你要是怕，就别气那个老东西啊。”

“我……我不是故意的，”吕归尘低下头去，“夫子说的，我都听不懂。”

“你不是会东陆文字么？”

“我是学过的，可是夫子说的那些东西，我真的不明白，什么圣人啊、义理啊、大道啊，我都听不懂的。煜少主，到底什么是圣人？”

“圣人？”百里煜愣了一下，挠了挠额角，“这个……也不好说清楚的，大概就是古时候的大贤，整天就是著书立说教书授徒，很古板的那种，在讲堂上把背挺得笔直。要是过上几百年，路夫子烂得只剩下骨头了，也许也会戴个圣人的头衔。”

“哦……”吕归尘若有所悟。

“对了对了，”百里煜对这个蛮子渐渐没有了畏惧心，而生出几分好奇来，“你们北陆大家平时是不是都不用文字的？就是骑着马跑到这里放牧，又跑到那里放牧，大家一翻脸就带着刀对砍，唰唰唰唰的，然后胜利的人把失败的人的头砍下来，做成酒杯？还抢了他剩下的女人？我看书上都是这样的，你倒不像个蛮子。”

吕归尘默默地想了一阵子，“其实也不是这样……”

他找不到任何合适的话可以去描述他心里的朔方原，最后只能说：“其实只是一片草原罢了。”

门轻轻地响了三声。

灯下的女人一惊，把手中的东西塞回了袖子里，压低了声音，“进来吧。”

门开了，进来的是低着头的孩子，他的发髻用一根象牙簪子簪起来，只看见一个黑黑的脑门。

“尘少主怎么深夜来这里了？”苏婕妤认出了那支簪子。

“我……”吕归尘犹犹豫豫的，“我想借几本书回去看。”

“借书？”女人冷漠地摇头，“我这里是有些书，可是库房里的书更多，尘少主想要什么书，都可以去那里找到。”

吕归尘迟疑了一下，“那……打扰婕妤了。”

他转过身，女人却忽然唤住了他，“尘少主到底是为什么而来？”

“我不知道书名，”吕归尘低低地说，“我想找几本书看，这样路夫子讲的那些东西我就能明白了，可是我不知道要看什么书，去库房也找不到……”

女人沉默了一会儿，“路夫子骂你了么？”

“没有。但是……他们都说我是蛮子……”

“路夫子现在在讲什么书？”

“《政典发蒙》。”

“虽说是发蒙，不过已经是很难的书了，难怪你不懂，”女人起身，从那架覆盖整面墙的书架上抽出了几本，“这两本是《政典发蒙》的三家注本和项宴的《叩窗求问录》。前者是最全的注本，后者虽然是说《政典》，但是都是小故事，读起来会比较有意思。”

吕归尘愣了一下，恭恭敬敬地上去接下，按照路夫子教的礼节高高捧在头顶，想要背退着出去。

“喜欢看书？”女人忽然问。

“嗯！”吕归尘把书放低，看着女人，“我们北陆的书少，看书觉得书里好多的知识，一辈子都解不透。”

“其实也未必要读很多的书，读书能懂多少呢？”

“婕妤不是很喜欢读书么？”

女人思索了一下，“人自己其实就像一本书，可是几个人能把自己读懂？”

这句话对于吕归尘而言太过深玄，但是他感觉到了那种自然而然的亲近，他想起父亲的嘱咐，恭敬地长拜，“苏婕妤有什么可以教给我么？”

女人轻轻在他头顶摩挲着，久久没有说话，而后她笑了，“没什么，你的侍女不会梳头吧，头发那么乱，我帮你梳梳头。”

她为吕归尘洗了头，在脖子上垫了一块白绢。洗完了头的吕归尘显得头发不多，脑袋看起来有些圆了，更像一个孩子。他老老实实地低着头，任女人在他头上摆弄。他的目光落到窗口的两盆紫花上，“婕妤养的花我没有见过，叫什么花啊？”

“紫琳秋，一个朋友送的。”

最后，女人取下咬在嘴里的象牙簪子，为吕归尘绾紧了发髻，“过得开心些，在异乡的也不是你一个人。”

夜深人静。

西配殿里还点着灯烛，窗纸上映着三五个人影，隐约能听见说话的声音。

一个人从鼻子里面冷哼着笑了几声，“蛮子！字都识不得几个，还想学我们天朝上国的文化。对牛弹琴，真是对牛弹琴！”

“这文章大道，是要说给有灵性的学生听的，茹毛饮血之辈，毕生也没有机会学到真髓。若不是国主下了死令，我死也不做这种有辱斯文的事情。”有人气哼哼地拍了桌子。

“路公少安毋躁，少安毋躁，”又有一个温雅的声音劝慰，“毕竟两国交盟，面子上还是要做的。国主那么大的排场，让一个蛮子和世子同饮食同起居，用意很明显，不就是做给金帐国的使节看么？”

“今日我觐见国主，国主还是要他跟煜主子同食同宿，半点不得有差别。我真没多少耐心花在那个不开化的蛮人身上。而且这个学问要是给蛮子学去了，将来他心怀二志，对我们东陆上朝不利，我可是千古罪人，如何去见我们路氏历代的祖先？”

那个温雅的声音笑了笑，“他学不学得会文章，是他自己的悟性，路公教世子读书，放他在一边好比放了只八哥儿，天长日久也会说两句。至于真髓，真髓就是那么好学的？谅他一个蛮子，也学不走什么！”

“山公说得是！不过倒是要提防那个拓拔山月，怕是这个蛮子的靠山。国主如今很是宠信这个蛮人，要防他恃宠骄纵。”

“秋公这一说又看低了国主。国主哪里是宠信蛮人？若是国主真的把拓拔山月当作心腹，又何以放任他和武殿都指挥息大人有过节？拓拔名义上掌握三军，可是我们下唐军旅的第一人，还是御殿羽将军息大人啊！若不是息大人性情淡泊，这个位置轮得到拓拔山月来坐？”

窃窃的低语声还在不断传来。站在屋檐下的孩子默默看着手里的书卷。《政典发蒙》的三家注本和项宴的《叩窗求问录》，他本想自己读完了，或许就能听懂了。他经过这里，不意听见了许多话，可是无论多少话，其实还是只有“蛮子”两个字。他觉得心里有一点委屈，委屈得让人想要哭，可是他又哭不出来。他确实是个蛮子，青阳部吕氏帕苏尔家的子孙，从他踏上东陆的土地，他就下了决心要做一个草原男孩的表率，绝不再软弱和流泪。

他无声地穿过回廊，寂寂的没有一个人。夜深人静，蛙声嘹亮。

他在路口上迟疑了一下，一边是去百里煜的俩枫园，一边是去他自己住的归鸿馆。可是他知道现在归鸿馆里只有一片黑，听不见任何人声。两个侍奉他的女孩儿柳瑜儿和小苏原先都是百里煜的侍女，这个时候她们就像飞出笼子的鸟儿一样迫不及待地去了俩枫园。

鸟笼？

吕归尘想真的是鸟笼啊，而且这个笼子只是给他一个人的。

他走上了第三条路，只是漫无边际地游荡，走走停停，最后他忽然看见了虚掩的宫门，看起来有些眼熟。他想起那是他第一次进宫时百里煜所住的湄澜宫，那以后百里煜搬进了俩枫园，和他的归鸿馆相隔只有一道墙，湄澜宫立刻就显得荒僻起来，白日里也没有什么人。他信手推开门，看见月光洒满了步道，树的影子在地上摇曳，哗哗的叶子在风里发声。他再往里走，正殿里面已经清空了，四面镂空的窗里投下月光，一地都像是水银。他觉得累了，就坐在地上，抱着膝盖，看微风鼓着椽子间缠绕的金纱，一起一落。

他想东陆其实真的是个很好的地方，他以前都没有想过有人能把金纱的细纱织得那么薄，透过去可以看见那些女孩的肌肤，她们个个都美丽得像是公主，头上搽着玫瑰油，远远的就让人熏醉在花香里。东陆的屋宇也那么精致，斗拱飞檐，廊角影壁后面精巧地种着兰草和小竹，总是能让人眼前忽地一亮。东陆的国主也很有威仪，他总是带着淡定的笑容，一句话一个字都说得从容典雅。

可是他还是想北陆，想父亲母亲大合萨阿摩敕和苏玛。

东陆什么都有，可是偏偏没有他想要的。

他渐渐地困了，又觉得身上冷。他站起来，跳着把金纱都扯了下来，一圈一圈地缠在自己身上。最后他靠在墙边，坐在一团云雾般的轻纱中。轻纱冷滑如冰，缠在身上却格外的暖和。困意涌了上来，他的头也低了下去，清冷的月光从没有遮挡的窗棂间投下来照在他头顶，他想着温暖的牛皮大毡篷，里面点着通红的火盆，觉得自己就要睡着了。

脚步声!

他的心里猛跳。

“啊……”这是一声哀号，却在半途被掐死了似的。

吕归尘睁开眼睛，再侧头去听，那些细微的声音又消失了，只剩下外面庭院里风吹落叶刮着地面的声音。月光满地，宫室的地上泛着冷冷的生青色。他的背后发冷，想起宫里不祥的传说。他的身上乍起了麻皮，觉得环绕着宫殿有人在疾走，可是那些脚步声是断断续续的。又有呼吸的声音，仿佛就在耳朵边。他的心突突地跳着，像是要从嘴里跳出来。

“抓住他，往死里打！”阴阴的吼声带着极强的穿透力。

脚步声清晰起来，就在湄澜宫的墙外。那不是一个，而是一群人，凌乱的急促的脚步声从远处极快地逼近。

是有人在宫里打架，吕归尘松了一口气。

他立刻又不安起来。深更半夜，他在废弃的旧宫里待着，是不好解释的。犹豫了一下，他悄悄地踮着脚尖奔向了西墙边的侧门。侧门也没有上锁，触手就开了，他一步踏出门外，看见一个人从斜刺里冲了出来，狠狠地撞在了宫墙上。他想要退回来，已经晚了。有一个黑影从后面追了上来，凶猛得像是只豹子，狠狠地一肘捅在了前面那人的小腹里。门外是两面高墙夹着不足三尺宽的窄巷，吕归尘看不见那人的面容，却能感觉到那一肘里凶狠的力量，对方立刻虾米一样弓缩在地上。更多的人跟着冲了过来，豹子一样的人影抬起脚凶猛而胡乱地踢了几脚，立刻就挡住了后面的追兵。他的呼吸声沉重断续，不知是受了伤还是筋疲力尽，却没有时间喘息，双手扶着宫墙跌跌撞撞地蹿了几步，在吕归尘的面前闪过，又发力奔跑起来。

“还敢跑？今天就让你死在这里！”追赶的人不顾受伤的同伴，恶狠狠地低吼着，一步也不落下。

吕归尘看清了，那是七八个人在追打一个，被追的是那个肘击对手的人。追击的七八个人手里都提了木刀，逃跑的人却是空手，他的一条腿像是扭伤了，可跑起来还是敏捷有力。追兵被宫墙逼着拉成了一条直线，前面的人挡了后面的道，渐渐地追不上了。

“停下！”

前方的岔巷里，忽然有人低喝了一声，是那个阴阴的声音。随之而来的是木刀呼啸的刀风，贴地横扫过来，逃跑的人要跳起，已经迟了。木刀狠准有力地劈斩在他的胫骨上，发出令人心颤的一声闷响。吕归尘几乎以为那人的腿骨折断了。后面追赶的人一气全都扑了上去。他们每个人下手都尽了全力，木刀劈头盖脸地砍下去，发疯一样，仿佛在乱劈一只西瓜。被围攻的人只有双手抱住了自己的头，在包围中不断地打着滚。

“往死里打！看看这小子还敢猖狂？”又是那个阴阴的声音。

这个人像是所有人的头目，他却没有动手，只是抱着木刀闪在一边，一对眼睛在漆黑的夜色中也闪着光。吕归尘打了个哆嗦，那目光让他想起草原上的恶狼。

“服不服？我看你服不服！”

“给我去死……去死！”

被殴打的人压低了声音骂，似乎是在宣泄蓄积已久的愤怒。吕归尘听了出来，这些都是跟他年龄相仿的男孩。他们身上是宫里禁军的服饰，肩上垂下银色菊花的军徽，东宫军营是年少的世家武士们聚集的地方，军校们一列排开，大半是嘴上没有长毛的孩子。男孩们砍了一会儿，又纷纷抬脚踩了下去，踩在那个孩子的背后和胸口。

吕归尘觉得有些诧异，自始至终，被殴打的孩子没有发出一丝声音，他只是抱着头闪避，被人像球一样地踢来踢去。

终于有人抓住机会，一脚踢开了那个孩子的手，跟着一脚上去踩在了他的脸侧，咬着牙根用力，把他的脑袋狠狠地踩定在地上。其他孩子这才纷纷停下了，叉着腰嘿嘿笑着打量地下的孩子。

“来来，雷云正柯你踩狠一点，我在这个狗崽子脸上撒泡尿。”有人一边说着一边解起了腰带。

“方起召，算你够狠！”人群里爆发了一阵小小的欢呼，每个人都跟在后面解着腰带。

吕归尘觉得心里有点难受，可是他知道自己做不了什么。这里不是他的家乡，他只是东宫里的一个蛮子。他想悄悄退回去把门掩上，这时候月色破云，银一样的光辉投了下来。

忽如其来的亮光像是电一样，吕归尘看见了那个男孩的脸，看见了他瞪大的眼睛。那双纯黑的眼睛，在别人的靴子底下用力地瞪着，深得像一片墨海。吕归尘觉得自己忽然不能呼吸了，他忍不住要去抬手遮住自己的脸，他相信月光破云的瞬间那个男孩看见了他的脸。可事后他又觉得那个男孩根本就不在看任何人任何东西，他凶狠地瞪大了眼睛，目光凝在没有尽头的远处。

那是点燃了一个时代的目光，是刀剑，是枪戟，纵然折断也不屈悔。

月亮转瞬又没进云里。

“住手！”吕归尘喊出了声，他自己都吃了一惊。

“谁？”禁军的少年们也悚然退了出去，不约而同地握紧木刀，并肩而立，结成了拒敌的队形。

“是那个蛮子。”其中一个人眼力好，嘟哝了一声。

少年们觉得有几分棘手，互相抛着眼色。毕竟是和煜少主一同作息的贵宾，不便当面得罪，可是分明只是个无关紧要的蛮子，为了他把辛辛苦苦擒住的猎物放了，似乎又心有不甘。一群人不约而同地回头，去看那个抱着木刀靠在墙角的人。

“啊！！！我……我的脚啊！”

其中一个少年惨叫起来。他抱着自己的脚腕跳了起来，哀号着摔倒在一边。

少年们惊讶地低头，看见地上那个孩子的手弯曲如钩，刚才就是这只铁钩一样的手狠狠地抓住了他们中一个人的脚踝，用力之大连裤脚都被撕裂了。

已经奄奄一息的黑瞳男孩背弓一弹，猛地跃起，扑向了一个对手。刚才还呼喝狂笑的少年转瞬间就变得惊恐莫名，不由自主地闪身跳开。可是他们犯了严重的错误，他们解开了自己裤带，裤子垂在了膝盖上。黑瞳男孩撞进了一个对手的怀里，劈手夺过他的木刀，刀横着挥斩一圈，狠准有力地把男孩们打飞出去。如果不是男孩们身上的禁军甲胄，吕归尘肯定那一击会打断对手的肋骨。

只有一人没有被击中，他呆了一下，从背后跳起来挥刀下劈。

黑瞳男孩忽然抛去了木刀，他也跳起来，箭一样蹿向半空，肩撞向了后面的敌人。

“摔角？”吕归尘惊得张大了嘴。

草原上的蛮族人最擅长的徒手格斗就是摔角，吕归尘从小见过无数的好汉子甚至能把发怒的雄牛拧翻在地，可是这样的姿势是他所不曾想过的。黑瞳男孩在凌空而起的瞬间直接撞在了对手的怀里，他抓住对手的小臂，携着冲起的势头凌空半转，掰着对手的胳膊掼向地下。对手无可选择地跟着他动，否则胳膊势必被拧成两段。这是殴打里面才能练出的招数，没有任何一个武士会这样传授学生。落地的时候，他的双肘一齐磕在对手的胸口。整个人的重量从他的小臂压到对手的身体里，随着一声痛极的哀号，对方少年满嘴吐着白沫，放声痛哭了起来。

男孩毫不留情地一个巴掌甩在他脸上，“雷云正柯，知道哭了？还没有死呢！”

十足的中气和狠劲。他仿佛完全没有受伤，连着又是两个巴掌恶狠狠地甩在雷云正柯的脸上，而后扭头冷冷地环顾周围。少年们像是被他的目光冻住了一瞬，然后一同掉头想要逃走。

“鬼哭狼嚎！今天我不打你们！”男孩一脚踩在雷云正柯的脸上，“我打他，是因为他踩我的脸！”

“幽隐！”他又指着黑暗里抱着木刀的少年，“你有胆子要跟我拼命就自己来！下次不要带这帮没用的废物！什么时候来我都陪你玩，一对一，你想跟我打，差得还远！没胆子的懦夫！”

黑暗里的少年身子一抖，似乎忍不住要扑上。可是男孩矮身拾起了雷云正柯落下的木刀，两个人冷冷地对峙了一刻，黑暗中的少年鼻子里阴阴地哼了一声，“你没有身份做我的对手，有机会上了战场，我再杀了你也不迟！”

他率先离去，剩下的少年也紧紧地跟着他不敢落下。两个受伤不轻的少年扶着墙跌跌撞撞地跟了上去，像是死都不敢独自被留在这个煞星的旁边。黑瞳男孩并不阻拦，他看着他们的背影，站得笔直如枪。直到少年们在窄巷的尽头转过了一个弯，完全消失了，他才忽地颤了颤，缓缓地坐了下来。他蜷缩在那里双手狠狠地掐着自己的胫骨，张大了嘴抽着冷气，却不发出一丝声音。吕归尘站在那里呆呆地看着，不知道如何是好。

男孩坐了一阵子，双手撑地艰难地站了起来，看也不看吕归尘，拖着步子走了。吕归尘看着他的背影，忽然间心里一动，不由自主地跟上了两步。

男孩猛地转身，一双漆黑的眸子带着凶狠和警惕，死死地盯着吕归尘。

“你要干什么？”男孩的声音里全无感情。

“我……我……”吕归尘茫然失措地摇了摇头，他感觉到了对方身上拒人千里的冷漠。

“以后不要在夜里出来跑，禁军里大家打架，有时候几十个上百个人，你不会打，就别凑热闹。”男孩压低了声音，语调像是训斥孩子。

他回头一瘸一拐地去了，吕归尘呆立了片刻，说：“你……”

“又有什么事？”男孩这次没有转身。

“你没事么？”吕归尘犹豫了一下，“我……我叫吕归尘，吕归尘·阿苏勒，你可以叫我阿苏勒。”

对面的男孩似乎是没有想到吕归尘会说出这么一句，半扭过头来，沉默了一会儿，“我叫姬野……荒野的野。”

“我知道的，”吕归尘用力点了点头，“你是打赢铁颜铁叶他们的武士。”

姬野不知道再说什么，奇怪地瞪了他一眼，拖着步子走了。

七

月光照在开阔的石墁地上，大大小小的圆圈刻在石头里，互相环套和交叉着蔓延出去。

枪锋上流动着乌金色森严的光，姬野凝视自己的枪锋，缘着最大的圈子缓缓地转动。

“极烈之枪不是没有规则地蛮冲，只是当你出枪的瞬间，你的全部精神都凝聚在枪尖，根本没有多余的机会去想该如何动作。所以你必须在平时操演的时候，把每一个动作都重复万遍以上，直到这个动作深刻在你脑海里，你就根本不必再想它。”老人就在他的对面，同是踩在大圆上转动，“不要放纵你自己去横冲直撞，每刺一枪，都要想明白。”

“是！”

“那就试着攻过来。”

虎牙的枪锋一沉，随即昂然而起。几乎没有蓄势发力的征兆，一切都完成在短短的瞬间，姬野离开了大圆。长枪变成一根横贯圆心的直线，呼啸着直刺老人的眉心。

老人随着他的枪势急退。姬野进得快，老人退得也快。极烈之枪的锐利之气在每一寸前进中消磨，姬野胸口一闷，知道自己的力气已经跟不上。他在几乎不得不换气的时候却没有呼吸，强压着再深吸一口气，猛虎的长牙再次一沉一起，凭空加速，改取老人的胸膛。银色的长枪这才探了出去，银光围绕着虎牙的枪颈快速地颤动，一团银弧像是线团一样滞住了虎牙。老人低低地喝了一声，侧身发力，他的枪压着虎牙偏向了一侧。隔着五寸，虎牙呼啸着从他肩上蹿过。

姬野踉踉跄跄地止住步伐。他撑着枪喘息了几声，没有回头。他知道此时那柄银色的长枪一定静静地停在他的后脖心。

“好了，”老人收回了枪，“今天先到这里。”

“我……”姬野低着头，有些沮丧。

这是他第十三次跟老人试手了，可是每次的结果几乎都一样。他的冲刺越来越疾烈，有时候连他自己都会被虎牙上带起的尖啸震慑，可是这一切到了老人那里都是同一个结果。长枪在老人的手里像是一个银色的幽灵，只要被它缠上，再烈的枪势也会被轻描淡写地消解掉。

姬野的枪像是一头愤怒的龙，可是它刺进的，却是无边的大海，只是溅起了细碎的水花。

“不明白？”老人笑，“以为自己没有什么进境吧？”

他举起了自己手里的枪，“你仔细看看，我现在握枪的位置在哪里。”

姬野诧异地发觉，老人握枪的位置赫然已经移到了距离枪尾尺半的地方。老人的枪是长达八尺的长枪，握枪在尺半，就只剩六尺五寸的长度在手，这是用枪的忌讳。虎牙尚有七尺的长度，姬野永远握在枪尾，把长度尽可能地留给敌人。

“你有进步，只是你还没有感觉出来。第一次和你试手的时候，我是握的枪尾。如果不是迫不得已，谁都想把长度留给敌人，避免对手攻到自己的身边，可以提前击杀。可是变化之枪的与众不同，是枪越短，防御的力量反而越强。我像你这么大的时候用的是一支四尺的短枪，能真正操纵八尺的长枪，我用了三十四年。可是你现在的突刺果真越来越快了，我不得不改变握枪的位置。”

“那……”姬野瞪大了眼睛。

“对！你想得不错。我的防御最强的时候，是当我握着枪的中段。那时候我等于握住了两柄四尺的短枪，组成羽族枪术中最强的防御‘双萝曼单手阵’，那个时候你如果还能突进我的防御，你才真正变成了我的敌手。”

“双萝曼单手阵？”姬野盯着老人手里的长枪出神。

“那是羽族斯达克城邦银桦团武士们最得意的武术啊。当五十个以上的人可以用熟双萝曼单手阵的枪术时，他们会组成龙座双月之阵，堪称无敌的防御，”老人沉默了一下，“不说这个，这些天你进了东宫军营，也不必常来了，我能够教你的东西并不多。枪术，说到底只是一种杀人的技巧，你若是没有亲身上阵杀人，始终不会明白其中最精深的东西。”

“我什么时候可以学会焚河呢？”

老人瞥了他一眼，沉默了片刻，并未回答他的问题，“东宫的孩子是不是经常欺负你？”

“没有！”姬野摇头。

“撒谎！你身上总是一块青一块紫，难道我看不出来么？”老人一扯他的衣领，露出的胸口上缠着绷带，绷带边的皮下也是乌青的瘀血。

“我也不在乎！”姬野冷冷的，“我受伤，他们比我还要惨。现在他们十个人打我一个，等我学会了焚河，我可以打二十个人、三十个人，再多的对手我都不怕了！”

老人猛地皱眉，海蓝色的眼睛里闪过一道利光，“这不是一个武士应该说的话！难道你练枪，就是为了这些微不足道的小事？”

“我……”姬野呆了一下。

“你手里的是毁灭之枪，断一切路，杀一切人！你学会了摧城，下面就要学会焚河，然后是碎甲和心狼，你学会的枪术越多，你手中的力量越大，”老人咄咄逼人，“可是你想用这些力量做什么呢？只是你自己的荣耀和胜利，不被人欺负？”

他忽然抓起姬野的手，用力之大让姬野都觉得疼痛难忍。

“我的一生都无法赎完自己的罪孽，我不想你的未来和我一样，”老人把自己手上的扳指和姬野的扳指凑在一起，“我们的手拿起武器，我们不怕死在战场上！难道不是我们有非要这样做的理由不可么？你为了什么？为了钱？为了地位？或者为了荣誉？那样你根本不配戴天驱的扳指！”

他甩掉姬野的手，坐回石头上，深深吸了一口气，“你们姬氏一脉，自古就是疯子，你是我的学生，我不希望你也是。回去想想我说的话，最近我有些事情，你不要来了。”

他摇了摇头，不再说话。

姬野不解地看着忽然发怒的老人，也只能退后行了一个礼，转身出门去了。他的背影消失，老人才抬头看着门边，低低地叹息了一声。

“求见先生。”有人在门外低声说。

老人的瞳孔忽然放大了，整个人仿佛落到了冰窖中。他攥紧枪柄，全身绷得像是弓弦，猛地拧头去仰望空中那轮莹白的满月，预备要去迎接那些呼啸着刺落的银色羽箭。没有人比他更了解那些月下的飞影，从地面上看去，他们像是羽翼最洁白的大雁，可是他们所到之处，留下的总是染血的羽毛。

可是一切都还是静悄悄的，月光宁静柔和地照在周围，并没有如他所担心的那样出现杀人的白羽。

一只手把一封信插在了门上的缝隙里，手的主人并没有现身。

“这是我的名刺，希望翼先生能够抽空见一见后学。”递名刺的人声音渐渐远去，分明他递完名刺说着话就退了出去。

老人定了定神，缓步接近门边，抽下了信封。那是一封桦皮纸的白色信封，打开来，所谓的名刺只是一页没有字的窄长信笺，正中是一枚古老图腾般的印纹。他全身微微颤了一下。

老人转身走回了院子里。他走了七步，忽然转身，银色的枪锋划着地上的落叶推出了一条线，笔直地指向院门口。他整个人忽然变作了雕塑，再没有一丝动静。院子一角的火炉上煮着半开的茶，咕咕嘟嘟地作响。

“请进。”

"幸甚。"

说话的人终于走了出来，步伐缓慢而稳健。那是一个黑色的人影，并没有穿甲胄，而是罩着一件束腰的广袖黑袍。他静静地立在门口，挺拔修长，和背后那些高挺的桦树融在了一起。老人的目光落在他腰间佩带的森严重剑上，缓缓地退了几步，站在姬野方才所站的圈子正中。陌生的来客这才再进几步，踏进了院子。他拔出佩剑，剑色斑斓。

"静岳？"

"是。不过我来这里，并非指望单凭一柄剑就取得你的信任。"客人缓慢而凝重地横起重剑在自己面前。

老人微微点头，抖手撤回了长枪。他的双手按住枪杆的两端，而后缓缓地向着中间靠拢，最后他的双手几乎并到了一处，松弛地持住了枪的中段。他轻轻踏上一步，豹子一样矮身，侧头凝视着来客。

"双萝曼单手阵？"客人微微点头，"幸甚。"

同时有反射的月光在来客的重剑和老人的枪锋上跳跃，两人的爆发完全分不出先后，大堆的落叶被带起的风激起，在风中颤抖着翻卷，剑和枪的银光被遮蔽，只有叮一声的交击声，仿佛弹一根绷得极紧的银线。扑近的两人在瞬间的交接后又不约而同地退后，老人和来客一同闪向左侧，滑步煞住，又同时右闪，再次滑步煞住，却没有改变方向，再次发力，同时奔向右侧。

两人隔着不过一丈，是出手就可能击中对手的距离，可是两人都没有再次出击。只是在极短的瞬间飞速地闪动，速度和时机都完全相同，就像一个人和他镜中的影子般。院子中被嚓嚓的步伐声充斥了，落叶和灰尘在两人的脚下起而复落，如同裹在湍流中。

两人又是一次同时扑近，老人已经是用单手操纵着枪，枪锋以一个完美的半弧从下扫起，对手的重剑则从完全相反的方向纵劈而下。枪锋和剑刃撞击，互相荡开，长枪像是完全不着力，而枪尾却顺着荡开的力量旋转过去，老人转换握手的方向只是瞬间，枪尾的短银刺无声地直刺出去。而重剑回复的速度丝毫没有落后，对手这次没有再退，连续地发力劈斩，剑上反射的月光诡异地连闪，谁也看不清他有多少道剑光劈斩出去，那些劈斩几乎是同时的，从上、从下、从左、从右，又有右上、右下、左上和左下的，像是瞬间他面前有一朵钢铁的菊花盛开，而老人缓慢飘忽的直刺就是刺向了菊花的花蕊。老人不敢维持这记直刺，长枪颤抖着变化起来，在各个方向和重剑一连串地交击，所有的交击声连起来像是一声连绵不绝的悠长鸣响。

两人再次退开，各自静止下来，呼吸声都沉重急促起来。

老人还是矮身，姿势和动手前一样，仿佛从未移动过，对方也挺立如故，剑横在身前凄冷地闪烁。老人低头看了看他脚下，对方的双足恰好踏在了他早先画下的“剑圈”上。两人对视了一眼，彼此看见的都是安静的目光，看不出丝毫的紧张不安，仿佛静坐对弈中的行家。

“我们都可以猜到对手全部的变化，这样会耗到我们其中一个筋疲力尽。”老人低声说。

对手也点头，“你刻下的这些圆帮了我很大的忙。”

“剑圈枪圆也不是一切，”老人忽然手腕抖动。长枪随之射出，他握枪的位置移动到了枪尾，枪锋点在地面上。老人的身形更低，一种缓缓压聚的力量。

“要用这一枪么？这么多年过去了，也只有你还能教给那个孩子破一切圆的烈虎屠龙之牙。”对手似乎是在赞叹。

他忽然撤下了剑，仰望天空深深地吸了一口气。这时候他胸前全部都是破绽，可是老人的枪还是静静地凝在地上，老人也只是默默地凝视枪锋，没有丝毫攻击的意图。客人低头正视老人，他双腿分立，双手缓缓地举起了重剑，这是他第一次双手持剑。原本单手都操纵自如的剑此时忽然变得无比沉重似的，他举剑的时候，剑锋不安地颤动，像是在勉力举起一块大石。

剑终于举到了头顶，忽地静住。

就在这一瞬间，极尖极锐的声音完全地撕破了宁静。老人银色的枪跃了起来，泛着桦皮银色的枪杆上像是有扭曲的龙在跳动，时间在那一瞬间有一个停顿。老人大吼，吐气令他白色长须为之炸开，源源不绝的力量灌进了枪身，枪上跳动的不安的龙忽然挣脱了束缚，直指来客的喉咙刺出。

根本不是人类目力可以捕捉的瞬间，呼声的余音还在耳，一切又已经平静。老人和来客之间的距离只剩下了五尺，两个人一动不动地对视。老人的枪静止在来客的喉前，只有一寸的距离，而来客的长剑停止在一个劈斩中的动作上，剑锋下就是老人的眉心。

最后一瞬，两人不约而同地收住了怒涛一样的攻势，仿佛时间被枪剑上的极寒冻住了一样。

冷汗从两个人的鬓角边滚落，直到此时，他们才明白在互不知情的情况下，好奇心让他们一起玩了一个与死亡擦耳而过的游戏。

“北辰之神，凭临绝境；唯心不动，万垒之极。”客人深吸了一口气，低声地念诵了这句话。

“静岳之剑到了你的手中……你的老师已经死了么？”老人收回长枪，退后。

“已经是八年前的事情了。”

银色的枪锋落在地上，风吹起老人的白发，他默然地看着星空，许久都没有说话。

“很高兴见到你，我的孩子，”他半跪下来右手持长枪贴紧自己的左肩，左手紧紧地扼住右手腕，“我以天驱宗主的礼仪迎接你的加入，北辰之神的光辉照在我们彼此的双肩，我们因尊严而自豪，因勇敢而荣耀。铁甲依然在。”

“依然在！”对手以完全相同的姿势半跪，“东陆下唐国、武殿都指挥息衍，参见斯达克城邦领主大人翼天瞻殿下。”

瓦罐里续了水，又煮得咕咕嘟嘟沸腾起来。一股缥缈的茶香弥漫在院子里，两个试手的人已经并肩坐在了瓦罐边的条石上。息衍把他的重剑卸下，松开腰带敞开了袍子，夜风灌进去，满身的湿热渐渐褪去，身上才好受了一点。他知道自己贴身的衣服已经湿透了，那记可怕的破圆之刺带起的杀寒好像还在他的喉间。

息衍轻轻呷了一口茶，挑了挑眉，“听说羽族的樟茶很有名，也从商人的手里买过，却没有这么悠长的回味。”

“那是因为青州的土地其实是很贫瘠的，颜色泛着淡青，一株樟茶树要长十几年才能产茶。移种在东陆的樟茶树只要一年就会产茶，可是会变味道，”翼天瞻细细地品着茶香，忽然话锋一转，“你的老师是怎么死的？”

息衍凝视着清澈的茶水，摇了摇头，“翼先生一定要问这个问题么？”

翼天瞻沉默了一会儿，“是他死得没有一个武士的尊严么？”

“风炎皇帝北伐之后，又有几个天驱死得有武士的尊严呢？”息衍淡淡地笑笑，“翼先生要听，也许将来吧。”

翼天瞻点了点头，“我一路从瀚州南下，途经四个州，循着我们当年留下的地址去察访同伴，可是一无所获。如果不是被灭门，就是已经举家迁移了，剩下的，即便是虓扬的孙子，现在也不过是一只汲汲于仕途荣耀的绵羊。猛虎都成了绵羊，我又怎么能期待其他的人？今天见到你的剑术，真是令我意外。”

息衍默默地转着杯子，并不说话。

“不过，我这次南下还有另外一个使命。息将军既然是下唐军旅第一人，应该不会不知情。”翼天瞻忽地转头看着息衍，他的双眼微微眯了起来，眼缝中的目光凌厉逼人。

“是为了大宗主的佩剑吧？”息衍的声音淡漠，像是完全没有察觉那如刀的目光。

“是！苍云古齿剑，它应该还在南淮城中，息将军对于它知道多少？”

息衍叹了一口气，“那是天驱的圣物，任何一个天驱武士团的成员，绝不会不留心。可惜幽长吉进入南淮城的时候，我还只是天启城羽林天军的一名殿前金吾卫，后来我军衔渐渐高了，能够查阅的卷宗多了，却没有从中发现有用的消息。南淮城里的卷宗，最后一句可能和幽长吉有关的就是廷尉府的文档中载有‘十二月十二日夜，瞑龙驿持械私斗，死三十二人，皆遭劈杀裂顶而死’。”

“劈杀裂顶？”

息衍缓缓点头，“全部是死在一个人手上，我找到过那时的仵作，他说现场折断的武器不下数十件，而所有的死人无一例外的是被击破颅顶而死的，死状惨不忍睹。我想那是苍云古齿剑的杰作，那柄剑极其沉重，用剑的人必然是举剑下劈。对手举起武器格挡，但是被重剑击溃武器，而后劈开头颅。”

“之后就再也没有线索了？”

“没有，幽长吉这个人，好像从此就从南淮城里消失了，连带那对刀剑，再也没有消息。”

“能够把所有的线索都掐断，让你都无从查询，不能不觉得是身在一个陷阱之中了。”

“过了那么多年，翼先生还确信苍云古齿剑依然留在南淮城中，是得到了什么消息么？”

翼天瞻犹豫了一下，“你的老师没有对你提起么？那柄剑本身就是秘术的咒印。”

“龙血骨结咒印？”息衍的眉峰一挑，“世上真的有这种咒印？”

“名字不错，可是你未必知道这枚咒印有多么可怕，”翼天瞻沉吟着，“当河洛们第一次在阳光下举起这柄剑的时候，他们称它为‘地狱的噬魂龙之剑’，传说其中封印了龙魂。它比任何一柄魂印兵器都更凶猛地吸噬灵魂，绝非每一个人都可以握住它的剑柄。而每一个继承它的人都曾在北辰升起的黎明立下誓言，愿意以毕生的力量和鲜血去守护这柄剑的尊严，幽长吉也不例外。在祭剑的仪式上他割破手指让血渗入那柄剑之中，我曾亲眼目睹那一幕，那时候整柄剑的云纹像是水波一样流动，这是剑里封印的无数灵魂在咆哮着吸噬鲜血，他们疯狂地撞击着剑的骨架，可是这是河洛们以‘星焚术’铸造的武器，就像一个囚笼束缚了他们，所以他们不能冲出来。最后他们才安静下来，剑身上的血红色褪去，这表明他们接受了新的主人。当剑的主人死去，他再也守卫不了自己的灵魂，这时候他无法抗拒剑里无数灵魂的吸噬，最终会被封印在剑里。如果没有新的继承人，剑中藏着的龙血骨结咒印会自己苏醒。那样强大的守护可以与羽族秘道中的枫山龙夜吟之阵相比，如果不是它的主人，别说拿起它，想靠近这柄剑都是妄想。”

“那么靠近这柄剑会怎样？”

“魂魄被急速地抽离，身体却还没有死绝，人往往会变成一具行尸，连死都不如。”

翼天瞻为他手中的瓦杯续上了热水，“你怎么找到这里的？”

“跟着那个孩子。我第一次见到姬野，就知道必然有另一个人把极烈之枪教给他，他的父亲没有这个本事。在看到他刺出那一枪之前，我不相信世上还有这样无坚不摧的刺杀。”

“是，他实在很有天赋。我都不曾想到他只用一夜就刺出了摧城。如果他过了焚河这一关，一直学到心狼都没有问题，至于能不能如他的曾祖那样学会龙毁，就看他的决心了。”

“传说曾经刺死巨龙的龙毁之枪？”

翼天瞻点头，“其实这一枪我也没有学会，我甚至没有亲眼看见它在姬扬的手中刺出来。”

“不过……他即使有决心，翼先生就愿意把极烈之枪的真髓教给他么？”

翼天瞻忽然凝在喝茶的动作上，静了一刻，“你看了我们试手？”

“看了，翼先生教给姬野的，不是真正的极烈之枪吧。传说中所谓焚河，是远超过入门的摧城的，但是翼先生刚才的演练，依然不过是变化了动作的摧城。”

“瞒不过静岳之剑的继承者，”翼天瞻放下茶杯，望着天空，“这些日子我有些后悔，为什么那夜冲动之下把摧城演示给他看了。他太有天赋，可是我看不穿他的内心，我看他的眼睛，有时候觉得很不安，看不明白，像是被挡住了。一个孩子，十三岁，用这样的目光看人，令人心寒。我知道他父亲对他不好，可是有时候想问他小时候的事情，他却说忘记了，或者根本就不回答。我觉得他是有些事情不想说，而那些事情，想起来觉得可怕。”

“一个孩子，会让苍溟之鹰如此不安？”

“也许是在养一只吃人的老虎。我当初也曾犯过一次错，最后不得不亲手下了诛杀令。”

“接受了天驱的武术和扳指，如果姬野不接受天驱的信仰，按照组织的规则，他会被砍去手腕吧？”

“他确实需要偿还天驱给予他的一切，我不让他常来这里，是我不希望苍云古齿剑搜寻的行动受到影响，此外，”翼天瞻摇头，“我也不知道是否真的要把焚河传授给他。”

息衍沉默了一会儿，笑笑，“那我也为先生出力吧，不嫌南淮城湿热，翼先生就在这里多住些日子吧。”

八

十二月二十七。

有风塘。

黑衣的武士疾步进屋，跪在帘外。他左臂被一根三棱的钢刺贯穿，右手用力掐着，依旧不住地滴血。他的黑色军服像是下唐禁军的服装，只是在护胸皮甲上烫印了青色的蝙蝠，蝙蝠的利齿间咬着短刀。这是鬼蝠营百夫长的标志。鬼蝠营是禁军秘密的编队，都是甄选的精锐，息衍用了四年的时间组建这支部队，秘密活动于东陆十六国的各大城郡，和风虎的三十一卫是同样的斥候组织。

“怎么？”息衍猛地揭开帘子。

“回报将军，”百夫长压低了声音，“属下们办事不力，淳国风虎七人，无一幸存。”

“最后一队也没有逃过……他们是怎么死的？”

“属下们一共三十七人一直紧盯着那七个风虎，隐藏得一直不错。但是前天夜里在酒肆，一个装扮成药贩子的什长被巡街的军士盘查，当众搜出了随身的短刀，在风虎面前暴露了身份。他们设法想躲开我们，属下牢记将军的指令，干脆暴露身份，紧紧地追着他们不放。直到昨天，他们伪装去汤池沐浴，我的部属也只好脱了衣服跟进去。没有想到他们把武器藏在水池里，趁着我们手无寸铁的时候发难。我的部属伤了十几个，他们趁机逃走。不过仅仅追过了两条街，我们就看见他们全被吊死在树上。不是亲眼看见，属下真不敢相信天罗的杀人手法居然能那么快。”

“你的手臂怎么回事？”

“我们晚到一步，但还是遭遇了杀手。他杀人之后来不及逃走，我们刚刚赶到就有这种钢刺被机括发射过来，连续伤了两人，我看见一个影子贴着墙根悄悄移动，觉得不对，追过去看果然不是人影，而是那个杀手模仿影子想要逃走。属下想要围堵他，不过他行动太快，还是没能完成合围。”

息衍点了点头，“不必自责，天罗的杀人之术毕竟不是你们能想象的。他们的杀手毕生都是为了杀人活着。”

“不过属下也射伤了那名天罗的杀手。我们连续追击他过了三个坊，最后只找到这个，应该是他临时用来裹伤的。”百夫长把手里的白巾递上去。

息衍默默地取过，捻了捻，触手生凉，是一块没有染色的冰锦，上面有血迹晕开。他把巾子凑到鼻端，在血腥味之外闻到了极淡的花香。

女人一刀划开了左胸的衣衫，被射中的地方暴露出来，贴着肩胛骨下面透进两寸。

她掉转刀锋，微微用力，刀锋划开了短矢旁的肌肉。血呼地一下涌了出来，温热地滑了下来。她再次用刀，在相反的方向上割出一刀，这样短矢的两侧各有一道刀痕，深入肌理。她咬了咬牙，攥住短矢，猛地用力！她一手把拔出来的短矢扔进木盆里，一手拿起绷带按了上去，剧烈的疼痛让她觉得自己的半边身子似乎都不在了。她剧烈地喘息着，扭头以牙撕开了一个锡包，锡包里是一层薄薄的膏子，半黑透明，像是黑玉一样。她把锡包放在身旁的蜡烛上灼烧，丝丝缕缕的青烟弥漫了起来，她努力地张开鼻翼，带着点贪婪吸入烟气。屋子里弥漫了一股温暖的味道，像是燃烧菸草的余味，却不呛人。

胳膊上的痛楚缓解了，全身都有一股懒洋洋的麻痹感，从四肢百骸一起涌向心口，让人忍不住要睡过去，即便从此不再醒来。女人靠在墙角，眼眸迷离起来。

一个脚步声远来，颇为沉重，停在了门口。

“谁！”她挣扎着站了起来，声音严厉。

“我！”一个阴阴的声音从外面传来，有些嘶哑，是个正在变声的少年。

“幽隐？”她微微松了一口气，“这么晚，你怎么来了？你在外面等等，我正在擦身，你等我换上衣服。”

她不能让那个孩子看见她这样的装束。她急急地去解贴身的软甲的带子，可是材质特殊的软甲根本就像一层皮肤那样紧紧地贴着身子，沾了她的汗，更不好脱。她的额头满是冷汗，用力扯着软甲的袖子。

“我是来拿扳指的，”少年说，“你把扳指给我就可以了。”

女人愣了一下，“夜这么深了，你不要去了。”

“我要那个扳指！不想跟你废话！”

女人沉默了一会儿，“幽隐，不要固执。那柄剑最后会害死你的，它已经害死你的父亲。”

“这些和你又有什么关系？”

药性开始涌上来了，女人感觉到自己的身子正在渐渐地失去力量，她需要扶着桌子才能站住。她深深吸了一口气，“你父亲……是希望你能够好好地活下去，不要再亡命了！你真的不体谅你父亲的心么？你口口声声说要变成你父亲那样的人，可是你现在做着什么？你就像一个盗匪，带着你那些朋友横行霸道、打架抢劫，在东宫这区区几百个人里称王称霸，让东宫周围的店铺听到你们的名字就骂，这是你父亲想让你做的事情么？”

“我说了不要你管！我说我要我的扳指！现在就要！”少年一字一顿地说，“我的”两个字说得尤其的重。

女人呆了一下，扯出胸口的银链子，解下那枚扳指，从窗格里塞出去。

少年拾起扳指，转身就走。

“幽隐……”

少年头也不回，“闭嘴吧！我们幽家的事情，和你没有关系的！你又不是我妈妈！你不过是我爹捡来的女人！”

幽隐的脚步声远去了，女人疲惫地靠在墙壁上，滑着坐下。药物带来的暖意久久地弥漫起来，像是把全身都浸在热水里，懒洋洋的，随意舒展。她感觉有人抱着她了，是许多年前在八松相遇的那个男人，他骑着高大的黑骊，有时候残酷，有时候轻佻，有时候默默地眺望远方。

“为什么要救我？”她在挣扎，不想这样认输。

“我听说有人怜悯一条路边冻僵的蛇，把它焐在怀里，蛇暖和了醒来，就咬死了他。我想试试。”

“这个……不是理由。”

“因为我不相信他们说的，女蛇？蛇是不流眼泪的，我怎么看着，不过是只猫儿呢？”男人轻轻摸着她的脸，泪水就被他摸掉了。

猫儿……

“猫儿，你是逃不了的，我赌赢了你，你是我的了。”

“猫儿，难道不想跟我一起走么？我知道很远的地方有座大山，山里有扇青铜的巨门，打开它，就到了一个新的世界。”

“猫儿，你为什么总是缠着我不放呢？难道要我娶你么？”

“猫儿，你知道么……我很累了啊……”

“猫儿！快走！不要回头！我以前说的那些……都是骗你的！”

清清的月光下，满壁的书，死寂。赤裸上身的女人蜷缩在角落里，她的脸上带着幸福的笑容，颊边挂着泪水。

九

噼里啪啦的爆竹声从长街的尽头传来，一时把欢呼声和笑声都压了下去。空气中弥漫着爆烧竹节的气味，但是并不难闻，反是在严冬的天气里有股让人舒服的暖意。街面上人影稀疏，大家大户在自家门口散的迎春纸花飘得满地都是，被风吹得翻飞。偶尔有衣着华贵的男女相拥于马车上，车前点着油灯，铜铃叮当作响。

这是春节的夜晚，平时夜半纵酒的富豪们都缩在了家里，烤火炙肉，等着文庙的钟声迎春。体面的酒楼也早早地封了门面，挂上了迎春的喜花，反而是这间小酒肆里面热闹非凡，它的门口挂了块简单的木牌，上面写着“烫沽亭”三个字。是个最好的白酒也只卖一个银毫一壶的小店，但是来饮酒的酒客们也不在意，常客都是离家来南淮做小买卖和做手艺的异乡人，口袋里略略有些闲钱，可是不多，喜欢这里的简单和干净，都是白木的原色桌椅。春节的时候还滞留在南淮，多半都是因为没有赚到钱，无颜回家去见亲人，正好聚在一起。

中间最大的一桌上几个商人似乎还稍微富有的模样，叫了一大帮人，为酒肆里所有人叫了一壶白酒。场面顿时就沸腾起来，一个做皮匠的老人拉起随身的箜篌来，年轻的贩丝绸的女孩拿出随身的绸子编了大大的红色喜花挂在门上，掌柜的也独身无家，趁着热闹在中间架起大锅现煮羊肉和鱼丸，鲜香的辣味把每个人的酒性都激发出来，商人们似乎是来自遥远的澜州八松，喝到半醉，热得敞开衣襟拍着肚皮唱起难懂的晋北歌谣，人声鼎沸。

喧闹中一个黑衣的酒客一直坐在窗边的小桌旁，带着笑看着这一切，津津有味。进来的时候他对掌柜说等一个朋友，可是他对面一直是空着的。

门口的棉帘子一动，冷冷的风携着暗香进来。场面稍微冷了一下，所有人都诧异地看着这个宫衣高髻的华贵女人，女人并不说话，只是低头坐在了黑衣酒客的对面。谁也不好意思再盯着看了，于是说笑的说笑，弹箜篌的弹箜篌，继续热闹着。

“很久不见。”

“很久不见。”

“你清减了。”

“你也是啊。”

“除夕之夜，突然地约你出来，很是冒昧。又只能在这样的小铺子里凑合，不过他们的白酒酿得很好，可以尝尝。”

女人轻轻地笑，“我知道将军喜欢在小铺子里喝酒。除夕之夜也没什么，国主开恩，多数家在南淮的女官都回家暂住，我一个人在宫里，也没有什么事可做。”

“幽隐还好么？”

女人犹豫了一刻，“……并不像他的父亲。”

她端起面前的酒杯，却被息衍按住了。

“酒凉了，我给你换一杯，”息衍拿过她的杯子，就着酒液涮了涮，把冷酒沥进桌上的瓷海里，提起温在热水里的锡壶，为她重新斟满。

铺子小，白瓷的杯子却很大，方方正正，托在女人纤细的手掌里。她低头嗅了嗅酒香，却不饮。酒香被热度蒸了出来，悄无声息地弥漫，杂着女人身上的花香，微微的有几分湿润的意思，像是在紫琳秋的花圃里下了一场清淡的酒雨。

旁边几桌上的笑声和说话声依旧传来，却像是被隔在一重帘幕外。

“有风塘的花都谢了，我伺弄了一整个秋天呢。”

“那几盆紫琳秋，现在放在暖阁里，可是渐渐看着也不行了。”女人轻声说。

两人间重又沉默起来，静得有些发涩。

隔了许久，息衍终于笑了起来，“如今也没什么话好说了，直说我的来意吧。”

“嗯。”女人点头。

“前天深夜，又有七个人在城南被杀，被人吊死在树上。你不会告诉我，这些跟你都没有关系吧？”息衍压低了声音。

女人点了点头，“他们想要那柄剑。”

“明昌县侯梁秋颂现在是淳国事实上的主人，以他的性格，他想要什么一定会全力以赴。不过这毕竟是下唐的国境，他还不敢过于嚣张，你是不是太过紧张了？梁秋颂离那柄剑，还远着呢。”

“我担心的并不是梁秋颂，而是这柄剑的消息终于外传了。以前只有你我知道的时候，我想过要杀了你，然后这个秘密就由我带到坟墓里，留着到一千年之后，再有人去拔那柄剑。”女人轻轻抬起头看着息衍。

息衍和她对视着。说是这么说，那双美丽的眼睛里却没有杀气，清亮亮的眼底仿佛沉淀着一层水光。

“藏不住的终究都藏不住，你知道那柄剑在河洛文中的名字么？西切尔根杜拉贡，地狱的噬魂龙之剑，它是魂印之术锻造的武器，就算没有人知道它在哪里，它自己的力量也会和同一炉铁水铸造的其他武器共鸣。”息衍抚摩着自己腰间形制特别的古剑。

“我能做到的，只是守护它更多一日而已，我知道自己没法一辈子保守这个秘密，”女人摇头，“否则我也许真的会杀了你。”

息衍苦笑，“总之，前后你已经杀了两拨淳国斥候。梁秋颂虽然不是武士，却并不是软弱的人，新的风虎还是会不断地来。我还是那句话，如果他们没有找上你，你不要去招惹他们。你总会激怒明昌侯或者国主，到时候谁也帮不了你。”

女人沉默了一刻，“谢谢将军，我知道了。”

“最后一件事，有个我没有想到的客人，苍溟之鹰，他已经到了南淮。他为了什么而来我想你应该清楚，我可以容忍你，苍溟之鹰却不会，那柄剑最终还是天驱的圣物，他是一定会取回的。”

“你告诉他关于我的事了么？”

“还没有，我信守对你的承诺，”息衍轻轻地叹了口气，“我只怕，很快这个承诺我就不能实现了。”

“那样也好啊，他们把我所有东西都拿走，我就没有必要留在南淮了。将军知道的，我这样的人，本来就该在四处像孤魂那样游荡，只是不小心走进了这个牢笼。”

“牢笼么？”

“牢笼……其实我想离开这里，真的已经很久了，想回北方去……”

她把白瓷杯拢在两手间轻轻地搓着，低头看着杯中清澈的酒液，温热的酒杯暖着她的手，她露出淡淡的笑容。只是短短的一瞬间，她明艳的脸上露出了少女般的神情，委婉得像是一朵嫩黄的迎春，像是很多很多的事一瞬间在她心头涌动起来。

息衍忽然很想知道她在想什么，可是无从去问。

“难怪将军喜欢在这种小铺子里喝酒，想不到这种白酒温热之后这么好喝。”她这么说着，并没有抬头。

她把杯底的酒饮尽了，脸上微微有些红润了。

“还要一杯么？”

“不了，”她起身，“我要走啦，宫里进出都有些不方便。”

“我送你么？”

“不必了，”她低头行礼，“今后如果没有别的事，我还是避免跟将军见面吧。很浓的乌云已经在南淮城上汇集了，一旦乌云崩塌，没有必要累及将军。”

“看来这个除夕夜只好在这里喝寡酒了，我本来想很久不见，当有很多可说，今夜也就没有安排什么别的事情去做。”息衍笑了笑，举杯。

女人在门口微微停了一步，望着人来人往灯火流溢的紫梁街，露出一点笑容，似乎漫不经心地说：“其实这是我来南淮之后第一次看见街头的新春，那么热闹，真好啊。”

“你的伤好了么？别再用那种药了。”

“这是个诅咒啊，一辈子的。”

她提起裙角，出门去了。

帘子一落下，那些还在谈天说地的、独自唱歌的、弹箜篌的忽然都凑了过来，一个个探长了脖子，从帘子的一道缝隙去看女人的背影。反而是把息衍挡在了一边。

“真是美人啊，你都不留一下？”贩绸缎的女孩已经满面酒色，拍着息衍的肩膀，“人家深夜来看你，就是有意啊。”

“对对对，”老皮匠凑了过来，喷着酒气，山羊胡子急颤，“春宵一刻……值……值……”

息衍目瞪口呆。

“值千金！”刻石的小伙子大声地说。

“贪色！”息衍忽地大笑起来，转身一把扯过老皮匠手里那张竖箜篌，一手从腰间抽出了烟杆。他旋身坐在老琴师的椅子上，架起一条腿，在膝盖上立起了箜篌。箜篌的声音淳厚，烟杆拨着琴弦却有一股跳荡飞扬的意味。琴声在夜色中忽地炸开，似乎桌上的烛火都被压了下去。

那是一首宛州乡下的小调《圆仔花》，在南淮城里人人会唱。人们的心思都被琴声吸引过去，而息衍一袭文士的长衣，弹起箜篌的瞬间就骤然变成了一个乡村野店里的酒徒，神采飞扬，眉目中满是狂浪不羁的味道。

他眼神到处，旁边几桌的女人都有些羞赧地低下头去。

息衍更笑，烟杆的挑拨比琴师老皮匠的轮指更快几分，仿佛千千万万的铜钿落在石地上，又似一场忽如其来的乡间急雨。人们恍然以为不是身在下唐国的都城，而是在乡野的祠堂边，春祭的大典后，男男女女杂坐在一张席子上，彼此拍着肩头偎依在一起，慢慢地天地间都是酒香。

“看看，看！”老皮匠兴奋地指着窗外。

本来蒙着一层微光的窗纸上，忽然多了一个人的剪影。她静静地站在那里，像是就贴在窗纸上，又像是隔得很远很远。头顶那支钗子在琴声激扬中轻轻地颤着。

所有人都不约而同地喝起彩来。

息衍却不看，只是自顾自地弹琴。

他忽地曼声长吟：

“庙堂既高，箫鼓老也，

烛泪堆红，几人歌吹？”

琴声骤然间变了，从乡野骤然回到了烛影摇红的宫殿，柔靡中层层的华丽展开，就像是千瓣的金花层层绽放。

“人寿百年尔，谁得死其所？

有生当醉饮，借月照华庭。

我不见万古英雄曾拔剑，铁笛高吹龙夜吟；

我不见千载胭脂泪色绯，刺得龙血画眉红。

……”

息衍放声长歌，声震屋宇，万千急弦，都是他的得意他的抱负他的纵横。俨然又是十五年前帝都太清宫前值守的少年金吾卫，在夜深人静的时候带着烈酒登高远望，拔刀击柱，和朋友们一起烂醉如泥。当时想必也有红袖的歌女跟着这些目中无人的年轻人一起拍手，眉间眼角都是恋恋与痴迷。

弦声已经拔到极高处，嘣的一声！所有的声音忽然都黯然下去，只余下残破的余音。息衍微微地愣了一下，低头看去，箜篌的弦竟然一次断了三根，他的烟杆空悬在那里。

“弦断了……天气真干燥啊，不知道什么时候会下雨，”他放下箜篌，怔怔地望着窗格外的夜色，“下次下雨的时候，还有谁会听我弹琴？”

没有回答，窗上那个剪影已经不在了。

十

大柳营，尘埃扬起，三千步卒静静地半跪在场中。

“起！”旗楼上有人扬旗呼喝。

半跪于地的战士们同时立起，方阵中腾起轻微的尘埃。

“进！”

沉重的战靴踏在黄土上，像是校场中忽然卷起了风，尘埃腾起到战士们的腰间，整个方阵在隆隆的踏地声中推进。

“止！”

方阵停下，黑色巨盾顿在地上，组成了坚实的护墙。

“攻！”墨旗旋转着被掷下了旗楼。

黑色的巨盾从中央洞开，身着黑色皮甲的战士们沉重有力地大步而出，风势像是一下子猛了，尘埃一直卷到了旗楼的高度。吕归尘急忙捂住鼻子，啸声已经刺破了他的耳膜。那是投矛，无数支投矛呼啸着在天空中划出弧线，仿佛蜂巢被惊动后蜂拥出战的工蜂。最后一支投矛还没有落到前方的阵地上，疾驰而出的战士们双手挥舞双刃的短斧，在奔跑中双手轮流投掷，后面的战士总能控制着让飞斧从同伴的头顶掠过，无数柄飞斧又组成了铁流。冲锋的战士们又急速地闪开，打开的巨盾再次合上，长矛手从后面跟上，矛杆越过盾牌手的肩膀组成矛阵，所有人齐声大吼，冲进了投矛和飞斧激起的黄尘中。

吼声和踏地声停息，从旗楼上放眼看下去，只有漫天黄尘中乌油油的皮甲影子，像是在土地中潜伏的乌黑甲虫。

尘埃缓缓落定，吕归尘攥了攥拳，他的掌心都是冷汗。方阵中的武士们已经完全汇集到了方才尘埃弥漫的战场中去，正面是巨盾组成的盾墙，配合五排长矛，侧面则有投矛和掷斧的战士们手持长刀。长宽都不过五十步的一块阵地上，扎着数百支的投矛和数百柄掷斧，密密麻麻不留下一尺的空隙。

虽然不曾亲身上阵，吕归尘也相信，绝对没有任何人能在这样的攻势下逃生，即使乘着最迅捷的战马。这样的一次攻势就能杀死上百的蛮族骑兵。

“将军的阵法又精进了。”方山最先回过神来。

“世子第一次驾临大柳营,看看操演的仪仗而已,这些还说不上阵法。”息衍一身漆黑的长袍，腰间束着白带，掌旗武士发令的时候，这位下唐名将却只是靠在旗楼的栏杆上，带着一脸散漫的笑容。

有人沿着木梯登上了旗楼，吕归尘还未转头，就听见了熟悉的声音。

“世子安康！”铁颜和铁叶兄弟带着满脸的尘埃，半跪在他的脚下。

吕归尘欣喜地上前拉起他们，才觉得两个月没有见到，两个伴当似乎又长高了。三个人拉着手，却不知道该说些什么。隔了好久，铁叶才扯着吕归尘身上那件重锦的长衣，使劲捻了捻，又小心地点了点他头顶束成髻子的发辫，嘴里嘟哝着："世子这么一打扮，真像个东陆人模样了。"

哥哥铁颜狠狠地剜了他一眼，拉着他上去向息衍行礼。

息衍微笑着还礼，转向吕归尘，"世子的两位伴当，在大柳营连日胜了十五位副将，成年的武士都不是他们的对手。武艺上我不能教他们什么，今天正好世子驾临阅兵，就顺便让两位伴当混在军阵里，看看我们东陆的阵法。这样的阵，若是以蛮族铁骑，怎么应对呢？"

他最后一句是问铁颜，铁颜想了一想，并不说话。铁叶想说什么，却被哥哥在后腰掐了一把。

"大君送世子来下唐，也是希望世子能够见识东陆的战阵，"息衍回身指了指自己身后戎装佩剑的少年武士们，"我在禁军中有个小小的军塾，学生都是禁军里的孩子，国主已经令我传授世子军阵之学，如果世子不弃，便可以在军塾中听讲，只是我性情有些散漫，为人师表大概不配，误人子弟倒是时常有的。"

吕归尘没有回答，只是怔怔地看着旗楼下尘埃落定的校场。

"世子？"息衍微微躬身，凑近他耳边。

吕归尘回过神来，急忙低头行礼，"将军恕罪，我走神了。"

息衍笑笑，不以为意地指着正在收队的禁军战士，"这是锋甲阵，说来还是五十年前，先帝在铁线河决战世子的祖父，损失惨重，后来才琢磨出了这个阵法应对骑兵。世子以为怎么样？"

"我……"吕归尘轻轻哆嗦了一下。

他只是忽然想到了一个人如果走进锋甲阵的攻击范围会如何，那样上千柄飞斧、上千杆投矛和密密麻麻的长枪会把他彻底钉成蜂窝。

禁军武士的队伍里有人轻轻地笑出声来，"蛮子给吓着了！"

息衍皱了皱眉，没有说什么。

"谁给吓着了？"一个低沉的声音，"我们的铁骑兵，照样可以破你们东陆的锋甲阵，有什么稀罕？"

说话的是铁颜，息衍笑了笑，“铁少将军说来听听。”

铁颜的目光在禁军武士的人群里面扫了一眼，方起召缩了缩头。铁颜指着锋甲阵的队形，“你们这个阵三面有盾，又有长枪防护，如果我们的骑兵正面冲锋，肯定是敌不过的，飞斧和投枪又是从上方进攻，即使带了盾牌，遮挡也不容易。可是如果骑兵根本不冲正面，迂回绕到阵后，再以骑射骚扰阵形。这么大的方阵转动艰难，在里面的战士又看不清外面的情况，就好比一个披铠甲的瞎子，什么用都没有！”

“好！”息衍竟然鼓起掌来，“有这么好的办法，刚才怎么没说？”

铁颜昂头，“临走之前大君吩咐，我们这次来是当朋友的。不过要是别人没有把我们当朋友，我们青阳的人也是会打仗的！”

“说得很好，是兵家气度，”息衍回头面对自己的学生们，“你们都跟我学过锋甲阵，那么如这位铁将军所说，如果你们带着锋甲阵，遇见对方骑兵兜转进攻背后和侧翼，你们当如何应对？”

学生们微微地骚动起来，几个人凑在一起交头接耳。

“我说！”雷云正柯踏上一步，“若是我领军，骑兵敢冲我的侧翼和背后，我就在阵后以弓箭手直线列队，步弓射程三百步，锋甲阵推前一步，步弓阵形也推前一步，射程足以覆盖锋甲阵的两翼，骑兵冲过来，一个都逃不过我的弓箭！”

“不错，”息衍转向铁颜，“这时候骑兵怎么应对？”

铁叶忍不住了，“步弓手只能应付斜侧面！我正面用一些骑兵诱敌，把本部调动到正侧面，骑兵马快，步弓手拉成长线，来不及转向，不攻击锋甲阵，先攻击步弓手阵形。”

“更好。”息衍还是笑。

“我有办法！”方起召站了出来，“我在步弓手阵形两侧安置鹿角和栅栏。”

“鹿角？”铁叶大笑，“鹿角能设多少步？你设了鹿角又怎么样？我骑兵一退，你敢追击么？步弓手阵形跟着锋甲阵前进，总有走出鹿角的时候！说到底你这是自己做个乌龟壳的法子。”

“你说谁乌龟？”方起召脸涨得血红，踏上一步。

“谁背着乌龟壳谁是乌龟！”铁叶丝毫都不让。

南淮少年们忽视了对手尖牙利嘴的本事，铁叶可不像哥哥的笨嘴拙舌。他们也并不知道蛮族骑兵的战术，自从风炎皇帝大举北征，以强大的步兵阵势阻挡了骑兵的冲锋，草原武士们也意识到自己的不足。木犁毕生都在思考如何击溃东陆人配合机括和弓箭的步兵阵，虽然他没有那么多的学识可以写成兵书，但是至少可以传授给北都城里好学的孩子。

“不要争！”息衍站在两方之间，“斗兵，不斗嘴！”

“我来！”一个少年出列，恨恨地挥手一斩，“要我说，我弓箭手改成半月阵列队，无论哪个方向骑兵来袭，我都有箭雨可以抵挡。”

铁颜看都不看他，“弓箭手从直线列队改成半月形，怎么能完全掩护住锋甲阵的两翼？这样锋甲阵在前，弓箭手半月阵在后，整个阵形被拉成了长条，骑兵更容易绕到背后攻击，这样半月阵变成反弯月，能挡住骑兵？”

“我以四个锋甲阵排成四方之阵，弓手护在锋甲阵之间！”

“那样兵力被分散了，我退后，引到上坡的地方再发起冲锋，前面的锋甲阵被冲散，双方混战，后面的锋甲阵就没有用处，弓箭手也只能当作步卒用。”

“我令步弓手居前，射杀最先的骑兵后混战，然后和骑兵缠斗。锋甲阵随后跟上，形成四面包围之势！”

“如果不是大队步弓手，骑兵过马就都杀死了，根本没有机会让锋甲阵来包围。”

“我就有大队弓箭手！”

“那你人多我也人多，我骑兵淹死你！”

“我把弓箭手换成长镰兵，砍你的马腿！”

“我们青阳的骑兵是带弓的，马上射程一百五十步！”

吕归尘看着少年们吐沫横飞，戟指对方，争论的声音渐渐变成了吵闹，吵闹的声音又变成了铁器的轰鸣。他想捂住耳朵，他觉得自己讨厌的声音又回来了，马蹄声、哀号声、金属摩擦的嘶响，他想起战马的铁甲闪着寒光，潮水一样涌动的生铁光辉，吞没一切。

“我以锋甲阵翻为双锋鱼鳞阵，进攻的时候则编队为锋甲阵，以投矛掷斧为武器，防御的时候则编队为鱼鳞阵，双锋为犄角，弓箭为后援，骑兵胆敢切入，我就用犄角把骑兵的阵形拉长，在鱼腹中一举歼灭！”一个阴刻的声音忽然压住了整个场面。

铁颜和铁叶都愣住了，他们也略微知道所谓双锋鱼鳞阵和犄角这样的说法，但是对于东陆阵形的变化，毕竟还是不熟。把进攻的锋甲阵和防御的双锋鱼鳞阵组合起来，确实是令他们棘手的问题，兄弟两个交头接耳了一阵子，终于还是没说出什么来。

男孩冷冷地哼了一声，嘴角带着冷笑。

男孩的声音入耳让人说不出的难受，带着浓重的阴湿气，幽幽地在耳边萦绕不去。他一直站在所有人的背后，没有露过脸。这时他一步踏出，少年们不约而同地让出了路，围拱在他周围。男孩也才十四五岁，可是跟周围的人相比，他不是个孩子了。生青的脸带着一丝惨白，两颊深深地陷了下去，颧骨又高又利，衬得双眼深深地陷了下去。

铁叶看了一眼他的眼睛，觉得背脊上 寒，像是被泼上了冰水。

“幽隐！”铁颜也想起这个少年的名字，那场演武中本该最后一个出场的东陆少年。本来铁颜一直关注着他，以为这个人才是自己最棘手的对手，可是最后他连跟幽隐相对的机会都没有。当时吸引铁颜的是这个少年身上阴森的气息，那时候他的脸色也是生青的，却不像现在这样青里带着惨白。短短的几个月，他急剧地消瘦起来，身板显得薄了，却带着铁一样的硬度，禁军的黑色战衣套在他身上，虚虚地被风吹着，似乎可以看见他胸口突出的肋骨。

“蛮子，说啊！你能破我们的锋甲阵，还能破得了我们的双锋鱼鳞阵？”方起召带着戏谑不屑的口气，“都是草原上的英雄好汉，没有打不赢的仗，这不是你们自己说的么？”

“只需要一队骑兵直冲中阵就可以了，直冲中阵，拿下领兵的大将，阵法就没用了。”一个低低的声音说。

所有的目光都汇了过去，连铁颜和铁叶也吃了一惊，这么说的竟然是他们的世子，从未学过兵法甚至不怎么会骑马的世子。吕归尘低低地说着，像是喃喃自语，也不抬头。

“哪有这么容易的事情？”少年们不服地嚷了起来。

“世子这么说，有世子自己的理由吧？”息衍认真地看着他。

“我只是自己想的，也没人跟我说过什么……当不得真，”吕归尘极快地环视一眼周围，又低下头去，“我听说九王带虎豹骑和真颜部决战，那时候我表哥没有什么骑兵，我叔叔的大队也没有跟上来。叔叔列阵，兵力远比表哥的多，又有弓箭，表哥最后就是决定带着一百个骑兵自己对着叔叔的中阵冲锋的……”

“这场战斗我是听说过的，取材于实战是兵法的正道，”息衍点头，“兵书上说上将伐国，兵不血刃，可是不亲眼看到那冲杀的场面，没有敌人的热血溅到自己的身上，又怎么会明白战场上的事呢？”

“将军，既然是这样，无论我们怎么说都是虚的，现在下面就是校场，不如上马试试！”幽隐毫不退让。

“世子是金帐国的贵客，怎么能轻易下场动武？”息衍毫不犹豫地拒绝。

“那将军是偏袒这个蛮子了？”

“谁是蛮子？”息衍淡淡地说，“我只知道国主让我教导金帐国来的贵客，不知道蛮子两个字从哪里来的。”

“将军说没有蛮子就没有蛮子？”幽隐的声音里带着若有若无的风声，像是肺漏了似的，“那风炎皇帝北伐是为了什么？我们学武从军又是为了什么？难道还真的以为自己是贵宾了？”

“混账！”铁颜铁叶一齐挡在了吕归尘面前，紧握刀柄。

幽隐不但没有退后，反而向着铁颜和铁叶逼上了一步。铁颜咬了咬牙，猛地一跺脚定住了，铁叶却小小地退了一步。他的呼吸急迫起来，脸也不由自主地红了。这是关乎青阳部声誉的关头，他知道自己该像哥哥那样绝不退缩，他素来也自负手里的刀，并不在意在这里就和幽隐翻脸。可是幽隐逼近的一刻，他却感到一股难以克制的战栗，像是一种阴冷的气息扑面而来，里面像是带着一股霉味，令他想要呕吐。

下唐少年们的胆子也大了起来，跟在幽隐后面也进了一步，个个高昂着头。

“幽隐！”息衍厉声低喝。

吕归尘的双手分别抓住了铁颜和铁叶握刀的手，生怕他们真的把刀抽出来。他咳嗽了一声，“我什么都没学过，都不懂的，大家别听我的话。刚才的话是我瞎说，不算数。我身体不好，不能上阵，我认输。”

“幽隐，你欺负一个生病的家伙，不丢脸么？”冷冷的声音从人群外面传来。

所有人都向着那个方向看去，远远的在旗楼的一角，掌旗的少年独自站在那儿，拄着沉重的战枪。他转过身来，眸子漆黑，带点挑衅的目光从吕归尘脸上扫过，转而盯死了幽隐。

吕归尘愣了一下，喃喃地说：“姬野？”

“姬野！”息衍皱眉。

两个少年却不肯退开。黑瞳对着那对深深的恶狼一样的眼睛，幽隐的脸扭曲了一下，缓缓地踏上一步，姬野没动，安静得像是块石头，两个人的目光始终没有错开。

“你不病，你代他试试看啊，别怕打折了骨头。”幽隐眼角跳了跳。

“行！你不是等着阵上杀我么？我给你个机会！”

“小妾生的杂种！”

姬野没有回应，脸上的筋抽动了一下。

“好！”铁叶忍不住喊了起来，姬野的枪术他是信服的，姬野能顶住幽隐他也觉得是理所当然的事。

“闭嘴！”铁颜拉了他一把。他比弟弟缜密，冲动过去，觉得眼下的场面乱了，不好收拾。青阳和下唐已经是盟友了，若是真的操演起来，谁输谁赢都是难堪。

“将军，将军快令他们罢手吧，”方山有些慌了，“这事让国主知道，将军没有麻烦，可怜了我们这些服侍主子的人。小小一点口角，将军一句话就算了。”

息衍的神色却舒缓下来，摸了摸下巴，“其实让他们试试，倒也是有趣的事情……”

“将军可不能儿戏啊！”方山大惊。

“我怎么会儿戏？”息衍只是笑，“我的这个青缨卫跟了我那么久，第一次在人群面前说话，又说得那么咬牙切齿，想必两个人早有仇怨。男人丈夫堂堂立于天下，有仇怨就要解决，这个哪里是儿戏呢？”

“姬野！幽隐！”他走到两个人中间，“就按照你们说的，我给你们各一百名战士，给姬野都是骑兵，对幽隐五十名锋甲阵步卒、五十名弓箭手。武器只能用长杆，弓箭去锋镝，有没有问题？”

“没有问题，”幽隐冷笑，“不过用长杆也难保不受伤，到时候不要有人后悔为人出头。”

姬野扯开了自己的领子，露出胸口大块的瘀青，“你见没见过我后悔？”

他看了看幽隐背后伸长脑袋的少年，“雷云正柯，你的脸还在肿啊？”

雷云正柯手微微抖着直指姬野，“好！我们就下去较量，我充锋甲阵的步卒！”

“我也充锋甲阵的步卒！”

“我也请战！”

少年们的情绪被点燃了，争先恐后地站了出来。姬野面前多了一列人墙，半圆地封住了吕归尘他们的视线。他握住长枪的手不由得缓缓扣紧，扫视着那些明明白白带着敌意的脸。

“我……”铁叶忍不住了，也想站出去。

他觉得有人狠狠地捏了捏他的肘弯，痛得一咧嘴就没有说完，转头看，是石头一样的哥哥铁颜。

“我就是想……”铁叶还不死心，他想这个本来是蛮族汉子的事情，不知怎么却变成了这个东陆少年的事。

铁颜摇头，示意他不要说话，他默默地踏前一步，“既然是东陆锋甲阵对我们蛮族的骑兵，那么就用真正的蛮族骑兵。我们正好有一百个蛮族武士！”

铁叶猛地振作起来，大踏步地上去和他并肩而立，“也算上我！”

“当然算上你！”铁颜看也不看弟弟，“我们只有一百个人，算上你，但是我们一百个人什么都不怕。”

他拉着弟弟挤开人群，过去和姬野站在一起，“这样我们有一百零一个人！”

没有人再说话，随着息衍猛一挥手，少年们一齐奔下了旗楼。

两个二十五人的小型锋甲阵方阵静静地矗立在校场正中，五十名步弓手半蹲在阵后，列成直线。两个方阵正中立着纯白的战马，幽隐坐在马上，面甲遮住了半个面孔，手中高高举起金色菊花的大旗。

蛮族的烈马在校场另一侧刨着蹄子，骑兵们用力约束着战马，手中提了练习的木刀。他们没有列阵，简单地排成一道直线，中央的铁颜高举着白色的豹云大旗，铁叶兴奋地拉着他刚上了油的角弓，只有姬野是安静的。蛮族骑兵们还是习惯于他们的翻毛革甲，而姬野穿的是禁军的黑色犀牛皮铠。

“一个打出了金色菊的大旗，一个打的是豹云旗，看来两边心里都有怒气啊。方都尉，我们不如赌一场，看哪边赢？”息衍叼着烟杆，手里翻转着一枚金铢。

“哎哟，将军！”方山哭丧着脸，“这无论哪边赢，又有小的什么好处？一边是金帐国的贵客，一边是国主宠信的游击将军，找起麻烦来一个比一个都狠，早知道这个差事不是什么好差事，还不如在禁军里吃天天操练的苦头。”

息衍只是笑，“反正苦中作乐，赌赌也是个乐子。”

“唉！”方山摇头，“论起行军布阵，下唐哪个敢在将军面前放肆？将军说谁赢就是谁赢，又有什么可赌的？”

息衍沉默了一会儿，唇边流露出一丝笑意，“我不知道，就是不知道，赌起来才有趣。”

“将军也不知道？”方山有些惊讶。

“谁会知道？”息衍将金铢高高抛起在半空中，在西斜的落日下它牵引着一道金色的光线，息衍懒洋洋地，“不过为了‘小妾生的杂种’这句话，会杀人的可不只一个人……”

所有人的目光都追着那枚金铢，金铢落在土里，腾起一片小小的灰尘。

整整一百零一匹战马同时立起来长嘶，石头一样安静的铁颜猛地单手高举豹云大旗，放声地咆哮起来。他的马蹄落下，姬野的战马已经冲出了一个马身的距离，烟尘在马蹄下翻滚，所有的蛮族骑兵跟在姬野的战马后发起了冲击。

“蛮族骑兵，确是精锐！”息衍赞叹。

黑衣的锋甲阵步兵还是静如止水，面对着骑兵的全力冲锋，只有阵后的五十名步兵开始缓步向着前方推进，他们手中虚虚地引着弓，箭矢已经去了锋镝。幽隐手中是没有枪头的桐木长杆，斜挑起来，纹丝不动地指向前方。

骑兵转眼已经扑到距离锋甲阵五十步的距离上，锋甲阵依然没有动静。

“冲过去！”铁颜再次咆哮着高举战旗。

蛮族神骏的力量此时才真正爆发出来，在常人看去已经冲到了极速的战马再次发力，率先的骑兵们平持着同样的桐木长杆，向着锋甲阵的步卒挑刺。

“放箭！”铁叶已经手痒得难以忍耐了。

数十名骑兵跟着他一齐放箭。无愧于蛮族英武善射的名声，那些无头的羽箭从上方掠过巨型的黑盾，射中了锋甲阵中央的步卒，箭虽然在皮甲上弹开了，但是步卒们纷纷倒下。铁叶的箭却是走的不同的路，他拉满弓的力道极强，箭走的路线笔直，从巨盾的缝隙中射了进去，命中了盾牌手的肩膀。

盾牌手放下黑盾，闪在了一边。铁颜忽然看清了黑盾后面的步卒，他忽地意识到不对，想要拉住战马，但是已经来不及了。

幽隐的长杆全力挥落。

整个锋甲阵忽地散开了，连带后面的步弓手们也都抛弃了长弓，加入到新的阵形中来。没有一个战士是持投枪、短斧或者盾牌的，一瞬间所有人手中都换成了两丈的长杆，近百根长杆劈面砸来的时候，连铁颜也无法闪避。幽隐真的在瞬间把阵形换成了双锋鱼鳞阵，步卒一层一层地交错起来，五人一组互为攻守，借着长兵器的优势，成了骑兵无法突破的屏障。

铁颜亲眼看见，才知道为什么当年的铁浮屠骑兵也会在东陆的阵形下被阻挡。不可预测的变化是它致胜的关键。他放掉手里的木刀，双臂格挡，硬架住了长杆。桐木的长杆原本脆弱，立刻折断。可是套了铁护臂的双手还是被震得酸痛，疼痛让他的脑子分外清晰。幽隐用最简单的长兵器对抗骑兵，蛮族骑兵已经陷入了完全没有防备的近战。

多数蛮族武士没有铁颜那样的果断。当他们试图用长杆去格挡的时候，更多的长杆却从下面捅向了马腿。蛮族神骏们痛嘶着直立起来，把骑兵抛下马背。到底的战马组成了一道屏障，后面的人只能强行从旁边绕过，担心践踏到自己的同伴。如同幽隐所说的那样，他们的冲锋被拉开了。

落地的几十名蛮族骑兵立刻被蜂拥而上的下唐步兵包围了，不知道多少长杆劈头盖脸地打下来，蛮族武士们抽出腰间的木刀背靠着背格挡四面八方落下的长杆，下唐步卒们踢起了地下的尘土，一人高的烟尘里，蛮族武士们根本看不清周围的情形，只能胡乱地挥舞木刀。

铁叶刚刚卸开了一根从头顶劈落的木杆，另外一根从肋下捅了过来，凶狠而有力。他觉得半个身子都麻痹了，那股剧痛不亚于被真正的枪锋刺中。他转头去看自己周围的同伴，都已经带了伤，哥哥铁颜仗着身上是锻铁的骑兵甲，拦在受伤倒地的同伴面前，四五根长杆同时刺中了他，捅得铁颜半弓下腰去，铁甲的鳞片倒翻起来。

“我们上当了！”铁叶几步冲过去帮着哥哥格开长杆。

“都站起来！”铁颜大吼，“我们还没输！”

他知道凭借手中的木刀，想要突破这个包围是徒劳的，不需要多久，带伤的蛮族武士就会被挤压在一起，再也施展不开，只能任着那些长杆凶狠地砸落在身上。但是一个念头撑起了他的斗志，铁颜对自己说：“那个人越过去了！”

冲在最前的人里，只有姬野越了过去。落地的瞬间，铁颜看见了姬野在马背上不可思议的动作，他旋转手中的长杆把刺向自己的几根长杆都绞在了一起，而后全部夹在腋下。借着战马的力量，被他夹住长杆的下唐步卒全部武器脱手，姬野双手把夺下的长杆投掷了出去，近距离的投掷，这些长杆好像床弩射出的铁翎箭一样沉雄有力，被它击中的步卒立刻倒地，失去了战斗力。

那匹黑色的战马像是一颗利齿，插进了下唐的步兵阵，之后立刻消失在铁颜的视野里。确实是吕归尘所说的战术，直冲中阵，只不过真正冲破中阵的只有一个人。

“毕竟……毕竟是将军的学生，真是神勇！”方山也不能不赞叹。

他是被姬野冲锋的气势震撼了，最快的马速和毫无保留的进攻气势是姬野得以冲破人群的关键。当他的战马越过了最先的步卒阵线，剩下的步卒想要回头追这匹快马已经来不及，他的长杆笔直地刺向发令的幽隐。幽隐不能以静止应对他的攻势，也不得不立刻带马奔驰起来，两匹战马完全从混战中脱开了，兜着巨大的圈子奔跑起来。

“这个不是我教他的。”息衍紧紧地盯着远处两个人的交战。

姬野能够清楚地感觉到长杆就在自己背心后不到一尺的地方闪动。他微微侧头看背后，看见落马的蛮族武士们被围在烟尘里。

心里忽地抽紧，直觉让他及时地侧身，长杆擦着他后心的皮甲掠过，似乎是磨伤了他的皮肤，火辣辣地痛着。这记枪刺的力量他太熟悉了，禁军里只有幽隐有这样的手劲，他也不敢回头，幽隐的战马是国主赐给的狮子马，纯血的蛮族神骏，姬野只能鞭策战马全力奔驰。背后的马蹄声忽然加速，姬野不由自主地低头，长杆扫着他的头发在上方掠过。此时他才明白老师所教授的一切，这些野兽般的直觉反应都来自和翼天瞻重复的试手，同一个动作同一种枪击，两人无不重复过百遍。

狮子马在这个瞬间已经越过姬野的黑马半个马身，幽隐半转身子，长杆劈头砸下。几乎在他出手的同时，他已经感觉到袭向胸口的劲风。

“好！”他吼叫着半转身体，手上的劈斩丝毫没有停止。

长杆带着撕裂的声音准确有力地砸在姬野的肩膀上，姬野痛得张大了嘴，却没有发出一丝声音。他的枪刺没有受到丝毫的影响，长杆的头部顶住了幽隐的护心铁镜，微微一顿，从幽隐的肋下穿出。两个人不约而同地夹住了对方的长杆，同时抽回自己的武器。

两匹马并行着奔跑，两个人的力量不相上下，死死地僵持。

“你！”幽隐的喘息声越来越重，胸膛不住地起伏。

“你输了！”姬野大喊。他知道这个对手的身体支持不了多久，幽隐在东宫的武士中一直是最强的，却不耐久，只是他的力量太猛，和他试手往往一回合就分出了胜负，根本等不到他体力衰退的时候。

“你去死吧！”幽隐脸上忽地流露出一丝狰狞。

眼前有铁光闪动，姬野猛地低头，看见了幽隐铁靴上的双铁齿。幽隐甩脱了马鞍，狠狠地一脚踢向姬野的小腿，姬野侧腿闪开，锋利的铁齿刺进了黑马的腹部。奔驰中的黑马长嘶着发狂起来，它一加速，陷在马腹里的铁齿横划出去，留下了又深又长的伤口，再次插进了马腿中。

黑马痛苦地长嘶着，四腿发软，失去了平衡，倒在尘埃中。姬野在瞬间从马鞍上跳起来，整个人横滚出一丈，才卸去了冲劲。

远处旗楼上的息衍猛拍栏杆，对着旗楼下喊：“快牵我的马！”

吕归尘却只能扳着栏杆，看见手持双杆的幽隐缓缓地带马逼近了姬野，姬野半跪在那里仰头看着幽隐。最后的安静中也隐藏着最凶猛的攻势，吕归尘明白这个道理，狼群扑向取水的鹿群前，双方往往是安静地彼此眺望。他已经忘了周围的一切，完全没有意识到自己把硬木的栏杆抓得咯咯作响。

“我跟你说过，在东宫活不过半年！”幽隐的喘息中带着笑，“狗崽子，现在后悔迟了！”

狮子马高高地抬起双腿，对着姬野的头顶踏了下去，碗口大的马蹄带着熟铁的蹄铁，一踏之下可以把恶狼的头骨都踏碎。

“混蛋！”息衍知道自己已经迟了。

一个声音忽然横贯了整个校场。

它像是远空的轰雷，袭来的时候所有人都难以辨认那是什么声音。吕归尘打了一个哆嗦，他从那个声音里听到了来自莽莽草原的风，仿佛一个巨人在大地深处的呼吸。

所有的战马在同一瞬间惊慌失措，狮子马不顾幽隐的驾驭，铁蹄在姬野身前一尺的地方掠过，全身酸软一样半跪在地上。幽隐连续踢了几次它的肚子，都不能让它重新站起来。奔驰中的蛮族武士们也失去了控制，他们从小就是生长在马背上的，可是这时却不能约束自己的战马，所有的战马都像是被惊吓了。它们高高竖着耳朵，不顾主人的命令在原地兜着小圈子，打着低低的响鼻。

“这是……”吕归尘愣住。

“是我们那匹龙血马！”铁叶醒悟过来，“是那匹仔公马，它睡醒了！”

确实是马嘶声，吕归尘也明白过来，尽管他生长在草原，却没有听过这样的马嘶，低沉中带着一股枭狂，根本就是狮子般的吼叫。

“是金帐国进献的龙血马啊，”大柳营的军士看出息衍的疑惑，上来解释，“本来是说和本地母马配种的，不过这匹马性子太过狂躁，母马也不敢靠近。它每天下午睡醒就会长嘶，周围的马都吓得乱蹦乱跳，虽说是马，不过说是条毒龙也不为过了。”

“是马王吧？”息衍低低地自语。

他从架上取了一杆墨旗，用力掷下旗楼，大柳营的军校也同时敲响了铜锣。这是终止操演的命令，缠斗中的武士们只能分开，蛮族武士们迅速地从包围里撤了出去，下唐步卒也收队等候在原地。

幽隐握着双杆迟疑着。他扭头，看见远处已经从包围中解脱出来的铁叶拔出了胸前的匕首，把没有箭镞的羽箭前端斜削一节，搭箭开弓，直指他的方向。他知道这个蛮族少年的弓箭之术，即便他身穿铁甲可以不怕没有铁镞的箭，但是铁叶是可以做到想取左眼不伤右眼的神箭手，幽隐也绝对相信，只要自己动手，铁叶的箭会比他更快。

他恨恨地抛下双杆，驰回了本阵。

箭楼上，息衍舒了一口气，对着吕归尘微笑，“这一阵，看来是骑兵败了。”

“其实胜负倒是无所谓，”吕归尘也安心了，“大家都没有事就好。”

“其实世子说起的时候，我有个疑惑，龙格真煌和世子的堂叔九王吕豹隐殿下的决战，其实是龙格真煌战败身死，为什么世子还会想到用龙格的战术呢？”

吕归尘犹豫了一下，“其实我叔叔和表哥的一战，最后我表哥带着一百名骑兵冲杀叔叔的中阵，一直冲杀到距离我叔叔只有五十步的地方，才中箭落马。我想骑兵最重要的就是快，其实如果表哥再多五十个人，马再快一些……也许就不同了。”

息衍沉吟了一下，“看来世子和龙格真煌的情分真的很深啊。”

他望向场中，少年们忙着收队，只有姬野站在那里，默默地望着龙血马嘶鸣的方向，像是呆了。

十一

花澜苑的水池在下午的暑热里透着凉意，荷花已经快要开败了，粼粼的波光闪在倒垂的枯荷里。姬野把腿伸开，靠在石桥下的阴凉里，剥着手里的莲蓬，剔去莲心咬着清香的莲子，惬意地翻开手里的书。他已经习惯了东宫的日子。在城郊偌大的一片园子，除了祖陵和煜少主、尘少主住的地方，其他地方都显得荒僻。又只有一些禁军的世家少年负责值守，开开小差是轻而易举的事情。

忽然他觉得一个影子投在他的头顶。仰头看去，是桥上的孩子对他挥着手臂，虽然是夏天，他的手腕上还是缠着白豹子的皮毛。

“阿苏勒？”姬野没有想到在这里也能遇见这个蛮族少主。

“我……我是过清馨舫去库里找几本书看的。”吕归尘解释着。他的脸不由得红了起来，心里打着小鼓。

其实他在园子里转了很久才找到姬野的，午后，侍奉他的两个使女又去跟着百里煜一起逗猫，仅仅一墙之隔的地方人声喧闹，他只能对着高大的宫墙。于是他又想到了这个东宫里唯一的朋友，他不知道自己和姬野是不是朋友，黑瞳的东陆少年身上有股蛮族世子也不如的傲气，每次吕归尘和他说话，姬野的回答都有些懒洋洋。

“姬野，最近幽隐还找你的麻烦么？”吕归尘下桥走到姬野面前。

“不常见他，不知道他在干什么。将军上次发怒，他也许怕了吧？不过老实说没有架可打，也挺无聊的，”姬野撇了撇嘴，眼睛只盯着书，“没了幽隐，方起召、彭连云他们只敢瞎嚷嚷。”

“姬野你在看什么书？”

姬野把书皮亮了出来，书封摩挲得有些起毛了，题着《惊龙全传》的名字。

“这是什么书？”

“这本你都没看过？”姬野摇头，“我都看第五遍了，可是少有的好书，比《四州长战录》有意思多了。”

“讲什么的？”

“是蔷薇皇帝的故事，这本从蔷薇皇帝在天启从军开始说起，一直到他登基，是最精彩的一段，后面的就闷了，分封啊同税啊和宛州商会订约啊，我都懒得看。你那本呢？”

吕归尘赧然地翻过自己手中的书，书名是路夫子隽秀的笔迹——《政典》。姬野拿过去，疾风吹纸似的翻了翻，抬头露出疑惑不解的目光。

“没什么意思的书，”吕归尘越发不好意思起来，“路夫子留的功课，今晚上又要考‘田陌篇’，我再去库里找两本集解，抓紧时间读读，免得到时候答不上来又挨白眼。”

“这‘田陌篇’是说什么的？”

“是说如何丈量土地，交给乡里经营，如何收取税赋，丰年多少灾年多少，多少岁以上的老人可以免税赋，还有历朝的田赋。”

姬野点点头，“原来是本种地的书。”

两个人再也无话了。姬野还是认真地翻着他的《惊龙全传》，吕归尘想姬野大概并没什么时间答理自己，他想应该识相地离开才好。他站在那里，犹豫着想跟姬野道别，却被书挡住了姬野的脸。

“你不是要去找书么？”姬野的目光从书上面转了过来，看见吕归尘正看着他的书。

“你喜欢看？”姬野有点明白了，他慷慨大度地把旁边搁着的几本都递给了吕归尘，“那你拿回去看吧，前面几本我都看过了。可别弄丢了，我还要拿去书坊里还的。”

“田赋者，因时因地而变，富者四取其一，贫者七取其一，灾年歉收，田地所出不过其半，则可甄免赋税。开荒五年无赋，山田以其耕作艰难，不取赋税，但须缴纳乡里公粮。公粮者，鳏寡孤独赈济之用，官出其四乡出其六，使皆有所养。”

百里煜的声音在大殿里回荡，清越激扬。路夫子紧锁的眉头渐渐松动，最后满意地点了点头。

“煜少主在‘田陌篇’上，看来是真的下了功夫，令人欣慰啊，”路夫子微微眯着眼睛，梳理胡须，忽地又一瞪眼，“只是俩枫园的仆役又呈上了少主闲暇时候作的词曲，读来真是令人寒心！净是些荒淫之作，靡靡之音，又有什么《东宫名玉集》，品评女子的容貌，把这些世家名门的女子净当作了青楼娼馆的贱妇！”

百里煜不敢争辩，只能嘴里低低地嘟哝。

“少主是我们天朝诸侯的储君啊！该学的是帝王之道，胸怀河山之远，哪里容得下花粉脂玉的闲情？这些女子被甄选进宫，是侍候少主读书起居，容貌算得了什么？温婉懿良才是关键！”路夫子说得咬牙切齿，气喘吁吁，“这样久而久之，何面去见百里家世代的祖先啊？”

大殿里一片寂静，百里煜头也不敢抬，知道一抬头就会撞上老师悲愤的一对老眼。

一个低低的笑声忽地打破了路夫子的庄严肃穆。

夫子猛地扭头，瞪得牛眼一样恶狠狠地看着背后的吕归尘。吕归尘这才惊醒过来，急忙把视线从桌上挪开，恭恭敬敬地看着路夫子。

“尘少主为何发笑啊？”路夫子端正架子，声音从容悠长，缓步地踱了过来，眼睛微微下斜落在吕归尘的桌面上。

“这是什么？”他脸色忽地变了，一把抓起吕归尘面前的书。

吕归尘不解地看着路夫子，看他抖得仿佛发了羊角风，花白稀疏的胡子无风自动。

“这是贵国的大英雄蔷薇皇帝的传记，”吕归尘低头下去，“我今天刚刚拿到，真是好书，一时读得不忍放手，就带来了，夫子恕罪。”

“这这这……这哪里是我们大胤的历史，这不过是市井下三滥的演义！”路夫子的悲呼直震得大殿的门窗都在响，“蛮夷！蛮夷啊！”

“夫子不要，那是我问朋友借的……”

路夫子离去时候摔得门还在震颤着，百里煜上来握着吕归尘的手，“今天可是多亏你了。”

他满脸喜气地跑了出去，只剩下吕归尘独自坐在那里，仰望着娓娓飘落的碎纸。

姬野抱着长枪，沿着宫墙小步地溜达。他今夜负责巡逻俩枫园一侧，他比较喜欢巡逻，至少不必木头一样地站在宫门口。他抬起头，忽然看见宫墙上的人。

“喂！”

吕归尘吓了一跳，低头看见姬野悄无声息地从木梯下面爬了上来。

“少主这么深夜不睡么？在这里看什么？”姬野挤了上来和吕归尘并肩站在梯子顶。

吕归尘住的归鸿馆和百里煜的俩枫园只是隔墙，登上梯子就能看见对面的情景，一棵榆树正好遮住了他们，谁也看不见他们。仅仅一墙之隔，俩枫园深夜还在院子里点着红纱的宫灯，仆妇们围成一圈。

“我摸摸……是小苏。”蒙着眼睛的百里煜捞住了一只裙角，他抓住裙角扑上去抱了一把，却扑空了。

“猜错了，猜错了！”女孩子们咯咯地轻笑着，拍着手掌。

“可别骗我，刚才那条裙子我记得的，分明是小苏裙子外面罩的影纱！”百里煜还在左闪右闪，循着女孩们的声音扑来扑去，却都扑空了。

“不对！不对！”女孩们笑得更大声了。

百里煜不动了，左右转着脑袋。他不动，女孩们也不说话，捂着嘴巴轻轻地挪动。她们脚下都是软底的素绢小鞋，落地没有丝毫声音。百里煜听不见，只能不动，女孩们互相推搡起来，纷纷把身边的同伴往百里煜的怀里推。她们身子轻灵，忍着笑，又轻轻地跑回去报复女伴。最后这场游戏终于变成了女孩们互相挠痒，可是大家偏都忍着不肯出声，像是出声就输了一样。

“他们到底在玩什么？”姬野看得无聊起来，一手托着下巴问吕归尘。

“我也不是很清楚，”吕归尘摇摇头，“就是被抓到就输了吧？”

“只要扫腿一绊，”姬野点点头，肯定地说，“一定能抓住三四个！”

一个女孩忽然忍不住笑了起来。百里煜抓住了机会，上去一把抱住，在她身上摸索着。

“是小苏，是小苏！”他大声说，“这影纱肯定是小苏裙子外面的。”

“我在这里呢！殿下没有抓住我！”一个脸蛋圆圆的女孩在百里煜身后喊，似乎她才是那个叫小苏的。

“再猜一次，再猜一次，猜不中就不给亲了。”女孩们又喧闹起来。

百里煜犹豫起来，他凑过去在女孩脖子根轻轻地嗅着，女孩被他嗅得发痒，脸涨得通红，几乎要忍不住笑出来，却又使劲地憋住。

“不准笑，不准笑，”女伴们还是闹，“不准故意输。”

“还有故意输的？”姬野觉得越发的无聊，就想下去了。

“我知道了！”百里煜大声喊了起来，“是柳瑜儿，是柳瑜儿！柳瑜儿和小苏换了裙子，可是香味不会变，这是柳瑜儿身上的味道！”

他一把摘去头上的蒙布，还是抱着怀里的女孩儿不放，“柳瑜儿你输了，你输了！”

“殿下猜中了，轮到柳瑜儿了！”女孩们一齐笑了起来，只有柳瑜儿的脸上越来越红，像是要滴出血来。

百里煜毫不客气地凑过去，轻轻地咬了咬柳瑜儿精致的鼻尖，然后嘴唇贴在她的脸蛋上。柳瑜儿像是要推开他，又像是失去了平衡，一个后仰，带着百里煜一起倒在地上。周围那些咯咯的笑声更加地闹腾了，百里煜还是环抱着柳瑜儿在地上打了几个滚儿，轻轻咬着她的耳朵。柳瑜儿的裙子翻了起来，下面却没有长裤，在宫灯的光里，她的双腿修长细致，仿佛是粉雕的。

“殿下……殿下……”婆子们似乎要去拉，却只是跟在旁边做做样子，柳瑜儿绯红着脸色，轻轻地哼了一声。

姬野扭头看着同伴，只觉得脖子后一根筋一直麻到头顶去。两个人缩头缩脑地爬下梯子，并肩坐在宫墙下，吕归尘摸了摸额头，竟然满是汗，长长地嘘了一口气。

“怪不得你爬得那么高……”姬野死死地盯着他。

“我不是！我……”吕归尘结结巴巴的，“我只是实在没有什么事可做。本来那个柳瑜儿和小苏是在归鸿馆的，她们也跑过去了，这里只剩下我一个人。我只是想看看他们在干什么。”

“原来是你的使女被煜少主抢过去了，不过，这样的你也看得上？”姬野从鼻子里不屑地哼了一声。

“我……我……我不是……”吕归尘不知道怎样解释。他的脸红得发紫，像一只还没熟透的茄子，只好深深地低下头去。

“能不能出宫？”姬野拉他的袖子，“明天晚上带你出去看新鲜。”

“新鲜？”吕归尘抬起头，诧异地看着他的朋友。

姬野脸上满是得意之情。

十二

“生年总有尽时，英雄莫死床榻；
借雨磨得铁剑，长鞭跨马称王。”

台上的先生把手里的云板一叩，清声满堂。

“今日翻来说蔷薇帝，又是英雄长醉篇。各位听客少歇，待我润喉，稍后尽我绵力，说这一曲阳关血战。伏尸十万，霸王定国，玉女惜别。”先生说完了这一句，又掀起帘子回了幕后。

吕归尘被姬野拉着，一步踏进这个喧闹的所在，正是一片欢声震得屋顶都颤的时候。放眼无处不是人，空气闷热，还带着微微的汗味，他左顾右盼，张大了嘴，只觉得是踏进了一个完全不同的世界。

“喂，快去给我们找个位子，我们还要一壶茶和一碟豆干，”姬野在腰间摸了摸，“再加一碟子胡豆。”

“哟哟，是禁军的小军爷啊，”伙计堆着笑脸打哈哈，“里面实在是没有座位了，这一阵子的戏是《蔷薇百战录》，请的是有名的先生，唱曲的绝顶的亮嗓子，前几场人都满棚了，差点把我们楼板也给挤破。今天说到‘阳关一战’，客人都是结伴来听的。说实在的，我们做伙计的还想听这一场呢，也都捞不着座。要不然，两位小军爷先在场边凑个热闹听着，我在里面找找，一旦有了位子，立刻出来引座。”

姬野扫视了一圈，也只能点了点头，拉着吕归尘往前挤了挤。两个孩子被周围一同站着听书的成年人挤在中间，姬野用力推了推，才为吕归尘腾出了一片地方。

“这是什么？”吕归尘觉得无比的新鲜，紧张地贴在姬野身边踮脚去看。

“这是说演义，来一趟下唐没有听过这个都是白来了。”

“什么是说演义？”

“你怎么什么都不懂啊？”姬野埋怨着，“说演义就是说英雄故事。读书的可以看书，像我这样，再怎么读都是一知半解的，总要有人说给我听。而且这个说得可比看书有趣多了，有琴声，有人唱，后面还有鼓点，不过你看不见。”

“嗯！”吕归尘使劲地点头。

姬野看着他满是兴奋的脸，“其实这些还不算什么，我是带你来看一个朋友。不过你不要太亲近她，她疯起来也是很难缠的。”

“她一会儿来么？”吕归尘愣了一下，“这里那么多人，能找到我们么？”

“一定能！”姬野神秘地笑。

掌声忽地哄堂而起，有人尖锐地打着呼哨。刚才走进后面的先生又悠然地踱步回来，这一次他捧了一张长琴放置在桌上，以衣袖洒然一扫，端坐在桌子后面。整个台上，只有一角有那么一张桌子，桌子上一副云板、一块醒木和一张长琴，而台前则站着一个戴面具、穿红衣的人。

“说书的先生是声角，前面的人是色角，”姬野解释着，“先生只是说和弹，前面的人会唱和跳舞，他现在脸上戴的面具是额头抹金的。那是蔷薇皇帝的面具，戏台上只有蔷薇皇帝的面具是额头抹金的。”

先生的手指轻轻扫弦，一叩醒木，周围全都安静下去。

他清了清嗓子，“离乡去国二十年，归来日晚白发新。我大胤始祖、蔷薇皇帝统帅大军直逼阳关城下，时值深秋，万物凋敝，大军皆服赤色，军中有一乘红辇，帘幕低垂，载着蔷薇公主驾下……”

先生说话清澈，说起书来却变成一个沙沙的嗓子。他偶尔拨弦，侃侃而谈，眼中全没有台下的人。可那声音却似乎有种魔力，吕归尘呆呆地听着，满心想的只是那个兵荒马乱的年代，一支打着火玫瑰旗帜的大军开进到阳关城下，沙尘泛起，有一个女人在辇上缓缓掀起了帘子去眺望。幕后的鼓点由缓而急，由轻而重，先生说到了十万大军逼近阳关城下，便有乌云压顶的意味。他双眉紧皱，手指在琴弦上忽挑忽捻，鼓声忽地一顿，仿佛全军定住。而后再起，这一次铺天盖地，有如雷鸣。

“是冲锋！”吕归尘在心里说，他屏住呼吸，像是能看见领军的帝王咆哮着举起承影之剑。

鼓声中先生忽地起身，回归幕后。鼓声再次停顿，叫好声再次潮头般掀起，吕归尘站在那里，怅然若失。

“怎么没了？”他急切地拉着姬野。

“刚刚过了一半，先生回去休息。”

吕归尘松了一口气，悬起来的心稍稍落了回去，“姬野你再给我讲一下，我刚才没全听懂。”

“蔷薇皇帝是我们胤朝的开国皇帝，是东陆第一——就算不是第一，也是数一数二的英雄。阳关血战，是说他喜欢的蔷薇公主要死了，蔷薇公主和他从小就是最好的朋友，最大的心愿是看着他登上太清阁当上皇帝。可是当时蔷薇皇帝还被挡在阳关之外，眼看着蔷薇公主就要死了，皇帝决心不顾死伤强攻阳关，最后死了十万人，踏着尸体登上了阳关的城头。”

吕归尘瞪大了眼睛，“死了十万人，才登上阳关的城头？”

“是啊。”

“代价真大啊。”吕归尘喃喃自语。

“可是蔷薇公主就要死了啊，那是他一生最好的朋友，蔷薇公主一生的梦想，就是看着他登上太清宫的皇位。”姬野抓了抓头。

“一生最好的朋友……”吕归尘呆了一下，不禁又犹豫起来。

一生最好的朋友和十万人，在他的心头的轻重一时模糊不清起来。他望着红锦装饰的舞台，痴痴地出神。

片刻的休息后，先生重新走了出来，却不再说话，整了整长琴，自顾自地弹起一曲古风。古风本是简单萧瑟的调子，路夫子课余也不时地弹奏，不过到了说书的先生手里，却多了一些变化。周围听书的客人忽地也都没音了，连饮食的声音都一概全无，只听着琴声低回，仿佛一根丝线渐渐拔起，越高越细，最后没入云中。

先生一按琴弦，天地俱寂。

“昨日青丝，冢间红骨；

月色晚来枯，吊唱相和无；

悲喜总无泪也，是人间白发，剑胆成灰；

琴木萧萧也，弦尽时秋风悲回，莫问从头；

英雄总无路，天下千年酒，不解此一愁！”

那个遥遥的歌声响起时，吕归尘呆住了。他一生都不曾听过这样清澈的声音，也不曾想过有那样千年的烈酒都解不开的愁绪。可是这个声音这么唱着，他就信了。那么寂寞高寒的声音，像是封在海螺中的涛声，过了千年洗去泥封，它依旧寂寞地转着，无始无终。唱歌的是个女声，声音清锐，如同叩着一片精铜的簧片。可扮演的却是高举烈火蔷薇旗的皇帝，他在新冢前唱着这样的吊歌，掀起车帘的女人已经不在了。

他急切地想要去看唱歌的人，可是整整一面人墙挡住了他，前面一些坐着的客人也站了起来。

“来，”姬野拍了拍吕归尘的肩膀，“站在我肩上。”

吕归尘犹豫了一下，好奇心终于战胜了谦让。他扶着姬野的手跳了上去，站在了他的肩上。半蹲下的姬野站了起来，吕归尘忽然升得比周围所有人都高，眼界开阔起来。台上唱歌的就是穿红衣的色角，从身形看去是个高挑的女子。她站在台前边沿，轻盈得像是飞鸟，脸上还是套着金色的面具，面具上是个剑眉飞挑的威武男人。

歌声稍微停息，后面声角的琴声又跳跃了几下。色角把一张红巾蒙在头顶，不知在里面捣鼓些什么。

“好！”叫好声一时仿佛潮涌，屋顶都要被掀翻过来似的。有人大把大把地把银毫乃至金铢抛了上去，满台乱滚。吕归尘四顾都是兴奋得发红的脸，他也被这种气氛感染了，大声地跟着叫好。

色角忽地扯掉红巾，下面的面具已经换成了女人的，白面红颊，眉心弹着梅花痕。所有声音一时又都收了。

“好啊！好啊！”吕归尘没有料到这个忽然的变化，还在使劲鼓着掌。

他站得最高，声音最响，所有人的目光都投向了他。他两只巴掌停在半空，不知如何是好。窘迫中，他看见红衣的色角转头向他，面具后面两只灵动的眼睛，伴着一声几乎听不见的低笑。

下面的姬野拍了拍他的腿，吕归尘急忙扶着他的手跳了下去。姬野的脸色有点难看，他压低了声音凑在吕归尘的耳边，“有麻烦。”

“什么麻烦？”吕归尘吃了一惊。

“那个死人脸的家伙。”姬野在人墙里拨开一个缝隙，指着台下的座位。

吕归尘看了一眼，心里突突地跳。围着一张方桌，坐的是东宫的少年们，为首的是幽隐，阴着脸色扶着一只酒壶，方起召和雷云正柯几个围在两侧。幽隐斜斜地靠在椅子上，左右两边陪着妙龄的女孩，却是轻纱裹臂妖娆的装扮。方起召倒着酒跟幽隐赔着笑脸，似乎今天又是他的东道。幽隐面无表情，没有看陪饮的女孩，也没有看台上的人，他的眼睛空洞洞地看着前面，谁也不知道他在看什么。

“我们走吧？”吕归尘有些怕了。

“再看看。”姬野也有点不安的模样。

台上清丽的歌声再次拔起，这一次吕归尘再也听不懂了，飘忽如风一样，有如在高天上经行。一丝丝地蔓延开来，像一枝种下散开的花叶，而后第一片花瓣被风扯了下来，卷得越来越高，直上云中，没在流水一样的云里，永远的只是漂流。声角的琴声滴水般在后面低低地应和，过去那场春风里面的相逢，十里花红，夜风来时的相送，走了很远回头，人还在隐约月色中。

不知为了什么，吕归尘觉得眼角有点湿。

歌声余音袅袅地散去了，短暂的寂静后，又是掌声。声角的先生一副不屑的模样，不理欢呼，又是掀起帘子直接回台后了，只剩下色角盈盈地行礼。她俏生生地站在台中央，就有人把纸花和鲜花一起抛上去，花雨满天，吕归尘只觉得在北陆连大君也没有如此的风光荣耀。他盯着色角，不知怎么觉得色角面具下的眼神不时是投向他们这边的，他的脸于是就有点红了。

老板模样的人从台边的梯子上去，捧着的托盘里都是金铢，呈在了色角的面前。色角微微愣了一下，只拈了一枚，好奇地看着台下。欢呼声低落下去，人们也交头接耳起来，只有吕归尘茫然不知发生了什么。

南淮城里给说演义的色角送礼是再常见不过的事情，不过礼有轻重，一般不过是银毫，可是出手就送大把大把的金铢，不由得让人去想送礼的人是否有别的念头。这个色角只是在这里串场的，谁都不知道她的身份，不少富户曾经倾慕，不过色角从来不假辞色，总是悄没声地就溜走了，更不揭开面具。而今天这些金铢几乎可以让一户贫家过上十年了，不是一般富户可以轻易出手的，这么大一笔钱，别说是一个唱歌的女孩，就是小户人家的聘礼也不会有这一半。人们怀着一分好奇想看看这个阔绰的人是谁，能否揭下色角的面具，抱这个美人回家。

众目睽睽中，方起召抖了抖衣领，揉了揉胸口，昂然地上台。

人群哗然起来。谁都没有料到出这笔大钱的竟然是一个禁军装束的十四五岁的孩子。

“这孩子哪来那么多钱啊？”有人就在吕归尘身边问。

“可别小看孩子，这个据说是方氏的小儿子，他家里，能买下小半个南淮城呢。”

“这么小的孩子也知道花钱捧姑娘？”

“别看人家跟我们一样，人家家里貌美的婢女成群结队，十二四岁就有丫鬟陪房了……”

“一点点薄礼，助姑娘的清音。”方起召竭力做出大人的样子，不过还是看得出在色角面前他很局促。

色角没有理他，只是斜着身子瞥着他。

周围的人哄笑起来，这样天籁的嗓子，本来大家也都不想一个富豪就花钱藏在家里，大家永远再听不着。方起召觉得浑身都不对，进不能退更没脸，只能从托盘上抓了一把金铢要塞在色角手里。

色角闪开了，“你知道我是谁？”

方起召蒙得心上的女孩问自己问题，大喜，急忙点头，“我知道的，我知道的，我们见过的，上次你和……”

“知道我是谁还敢来找死？滚！”

色角忽然做了一件吕归尘想也不敢想的事情，她抬腿狠狠地踢在方起召的胸口，整个地把方起召踢翻下台去！轰然巨响，方起召撞塌了台面，书馆里面乱成了一片。色角跟着竟然把台上的九枝铜灯也举了起来，用力投了下去，挡住了要冲上来的雷云正柯。九枝铜灯里的清油泼溅出来，洒在桌布上，燃烧起来，坐得近的两个客人衣服也着了火。场面越来越混乱了，又有几盏照明的铜灯被闪避的人群撞翻，书馆里顿时就黑了一半下去。黑暗里反而是燃烧的桌布和客人的衣服更鲜明。

“着火啦！着火啦！”不知是谁大喊了一声。

书馆里本来还不知所措的人都乱了，纷纷往外面挤去，伙计们急急忙忙地端着水去把火浇灭，却挡不住人流。越来越多的灯被撞倒，周围更黑了，隐约中吕归尘只看见东宫的少年们变了脸色，一齐拔出腰间的佩刀正往台上冲，方起召还想拦，但是已经拦不住。

“待在这里别动！”姬野大声喊。

他跳上前面的台面，大步踏过一张又一张的桌子，被他踢飞的酒水和食物四处乱溅。然后他把最后一盏铜灯也踢翻了，借力跳到了台上。周围完全陷入黑暗之前，吕归尘看见他一脚飞踢向幽隐，把他逼退了。所有人这时都在往外跑，吕归尘也想跑，但是他记着姬野的话，他要留在这里和他的新朋友在一起。他怕被人流冲走了，于是紧紧抱住了一根柱子。

台上只有拳脚的声音，东宫的少年们似乎也是担心黑暗里误伤了同伴，于是收起了佩刀。不时地有闷哼的声音传来，不是中拳就是中脚，吕归尘竖起耳朵去听，似乎都不是姬野的声音，于是心里稍微安定了一些。

“呃！”

吕归尘心里一震。这回是姬野的声音了，听上去他似乎中了一击。

“你掐我干什么？”黑暗里传来姬野愤懑的声音。

“我叫你赶快突围啊！”是色角清清脆脆的声音。

“你别管我！”

吕归尘觉得头顶有风，他抬头去看。

许多年以后，吕归尘无数次地回想那个瞬间，生怕遗漏了任何的细节。

他看见了光，黑暗里只有那么一点火，是一根火绒，莲花盛开那样持在色角的掌中。她一手拿着那根火绒，一手搂着一根红锦。红锦拴在屋顶中心，本来是一个悬挂在台中央的锦球。色角抓着这根红锦荡了出来，就像荡秋千那样，她在绝高处揭开了自己的面具，抖开了长发。吕归尘的眼里，那一瞬就是阳光洒落的情景。那么长的一束金发泼洒开来，映着灯光，把人的眼睛都照亮了。在那抹阳光下，女孩子抓着一根红锦在半空中晃晃悠悠，晃晃悠悠。

那是个羽人，而且只是一个羽族的年轻女孩。

女孩儿落在吕归尘的身边，她似乎可以在黑暗中看得很清楚，一把就把藏在吕归尘身后桌子下的老板抓了出来，“喂，把我的工钱结了吧！”

“唉！姑奶奶你惹的这个事情怎么算？你还要我付钱！”老板哭丧着脸。

“跟我有什么关系啊？”女孩儿使劲晃着他，横眉立目，“谁要你放这种垃圾进来的？我不单要工钱，我还要你赔我呢。”

“赔你什么？”

“看见这人我恶心！”

“人家就是送钱，送钱送花给色角，有什么不对？你不要他们的，偏要我的！”

“看得起你才要你的！”

“我没钱！”

“吝啬，我知道你贪财，出钱就肉痛！我就是要让你这个老兔子肉痛！”

她失去了耐心，干净利索地一拳砸在老板面门正中。老板翻了翻白眼昏了过去，女孩子在他腰里摸了摸，开心起来，“找到了找到了。”

她掂着一只沉重的皮囊，眉开眼笑起来。

“好了，都归我了，”她满意地点头，“不义之财，取了取了都取了！”

“你……你是姬野的朋友吧？”吕归尘战战兢兢地碰了碰她的胳膊。

女孩警觉地一收胳膊，“干什么？”

“我们……我们救救他吧。”

“哎哟！”女孩子喊了起来，似乎她这才想起姬野还在台上和人数远远超过自己的东宫少年对抗。

吕归尘竭力往黑暗里看去，看不清姬野和少年们的影子。女孩左左右右地看着，恍然大悟一样，抓着吕归尘的袖子，“来，跟我一起扯这根绳子。”

她递到吕归尘手里的是她从台上荡出来的那根红锦。

“扯这个有什么用？”吕归尘昏昏沉沉地和她一起用力。

这时候老板悠悠地醒来，一看见孩子们在努力地扯这根红锦，吓得几乎要跳起来，“那个不能扯，那个不能扯！”

“嗨啊！”女孩子喊着口号，两个人一起发力。

吕归尘听见一阵怪异的响动，随之而来的是吱呀吱呀的声音，他忽然有种不祥的预感，扭头问女孩：“我们……我们到底干了什么？”

“这根绳子是拴在棚子顶上的，这个棚子本来就是随便搭的，用力扯，当然就会塌下来。”

“塌下来？！”

“是啊，”女孩子忽然对着里面大喊，“姬野小心了，棚子要塌下来了！”

“羽然你到底在干……”

姬野的声音未完，轰然巨响，吕归尘只觉得眼前一黑，像是天都塌了下来。

十三

凤凰池。

月色正浓的时候，水面水波清幽幽地漂漾。一艘方舟停在池边，夜色中它的船身明显比一般的船大，甲板上几乎可以跑马。凤凰池通着顺风渠，再接着一条建水的支流，江上的大船可以一直顺流而上进入南淮城，凤凰池也掘得深，大可以容下平底的大船。

船上的人举起了手，强健的水夫以长杆撑起了船身，把它缓缓地推离岸边。这样的大船出航不容易，风帆太大，不到深水可以转圜的地方是不便打开的。

马蹄声从黑暗中传来，大船已经从船坞渐渐地滑进深水里，水夫们回头去看，船舱里也有剽悍的武士按刀出来观看动静。

一匹马上竟然人挤人地坐了三个孩子，三个人都气喘吁吁地下马，第一眼看见大船，其中那个女孩就挥着手大声喊了起来："停一下停一下，搭一条板子给我们跳！"

凤凰池上的游船有个旧俗，多半不避讳孩子，免费搭船就叫作跳板子。

"这不是游船！"武士拒绝了，"这是要出航去云中！"

"不管你是不是游船了，救命啊救命啊！"女孩子把手拢在嘴边，放声大喊。

像是追着她的声音而来，黑暗中有人举着星星点点的火把，纷乱的马蹄声传来，也不知追来的有多少人。

船舱帘子掀起，有年轻人的声音从里面传来，"怎么回事？"

"几个孩子被人追，"武士回报，"打发了算了。"

"给他们一条板子，让他们跳上来，"年轻人慵慵懒懒地说，"女孩子的声音真是漂亮。"

"是！"武士立刻挥手示意。

船上的水夫向着岸上抛出了浮木和绳索制成了浮桥，正好可以贴近岸边，为了稳住船身，水夫们升起了一半风帆，隐约可以看见整张帆都是青灰色的，挥着巨大古老的图腾。羽然领头，姬野和吕归尘跟在后面，三个人沿着浮桥抓住了船舷边的绳索，浮桥立刻被撤了回来。岸上推船的水夫们再次发力，把整个大船彻底推进了水里。

“哇！得救了得救了！”羽然不顾自己裙裾和软鞋上都是水，兴高采烈地高举起手。

吕归尘和姬野却累得一左一右歪倒在船舷边。

岸上追赶的骏马在水边急停，远远看去竟然有五六十人，每个人都打着火把，手里提着家伙，只不过有人是提着铁刀，有人却是提着板凳腿。为首的是一些禁军装束的年轻人，剩下的都是市井装扮，个个都是怒不可遏的神色。幽隐上去狠狠的一脚，把一个水夫踢进水里，恶狠狠地看着船上，他身后书馆的伙计却都指着船上叫骂，别的水夫凑过来想围住他们，却被禁军的少年们拿刀逼住了。

“追啊追啊追啊！”羽然还不依不饶的，冲着岸上比鬼脸。

“丫头，你到底犯下了多大的事情，这么多的人追着你要你好看？都不像是善类呢。”船舱里的年轻人并没有出来，只是低低地笑语。

羽然往里面瞟了几眼，看不到人，只好冲着岸上一指，“一帮癞蛤蟆，是他们先找事的！”

她的话激怒了岸上的人，雷云正柯和彭连云一起大吼起来：“你说谁是癞蛤蟆？不想活了？”

羽然的手遥遥地指点着人群后面的方起召，“就是那一只……那一只，对了，癞蛤蟆想吃天鹅肉！”

她想起了这个新学会的东陆俗语来，不禁眉飞色舞。

所有人都回头去看方起召。他涨红了脸，像是一只发怒的公鸡，也不管丢脸不丢脸，暴跳着冲着船上大吼：“臭婊子，别以为自己是个什么东西！我家任何一个烧火的老太婆都比你好看，我家里的漂亮女人，我排着玩玩到我死也没个完！我不过是逗你开心，你说谁是癞蛤蟆？”

“哦，逗我开心啊！”羽然也不生气，冲着岸上比了一阵子鬼脸，眼珠子骨碌碌地一转，凑过去在姬野脸上轻轻蹭了一下。

“那我失望死啦！就不等方公子家大业大地来娶我了，我找别人去了！”

方起召死攥着拳头，简直恨不得一头栽进水里淹死，他一生之中从未受过这么大的羞辱，更不能容忍自己败给一个无家无业的“小妾生的杂种”。

羽然高兴起来，又觉得似乎跟姬野太过暧昧，转头看见吕归尘那张清秀得近乎女孩的脸就在身边，也把嘴唇凑过去蹭了一下，继续跟岸上的方起召比鬼脸。方起召终于受不了了，竟然一屁股坐在地上呜呜大哭起来，周围的人全愣了。

吕归尘呆呆地站在那里，茫然地摸着自己的脸，他知道羽然只是耍了一个小小的诡计，极快地靠近他耳朵边擦了一下，并不是亲吻，都不知道贴没贴上。可是这是他一生第一次跟一个女孩那么接近，虽然苏玛以前就睡在他的帐篷里，可是他并不觉得有什么不妥。而这一次，他能够感受到羽然的呼吸喷在他耳边的一丝一缕的感觉，他知道自己脸红了，身上却轻得像是可以飞起来，方起召坐下去哇哇大哭的时候，他却像是要高兴得喊出来。

“真是个祸水啊。”船舱里的人笑着说。

“谁是祸水？”羽然不高兴了。

“别气。要当祸水可不容易，长得绝美都不够，姿容冠绝颠倒终生，悲喜自有妍态，为祸少则几十年多则千百年，那才叫祸水，”船舱里的人笑着解释，“这是赞美，祸水也是百十年才出那么一个的，而且还不一定都能让你碰巧赶上。人一辈子只能活六十年，连个祸水都没有见过，岂不是亏了？也不枉我今天救你们。”

“真的？”羽然瞪大了眼睛。

“能算上祸水的，譬如蔷薇公主，为祸至今已经七百年了，说书的还在不停地说她，这流毒怕有千年也不尽了。你到底闯了什么祸事，弄得那么多人要追你们。”

羽然扁了扁嘴，“其实我们就是跟东宫那几个人有过节，其他那些，不过是因为我逃跑的时候把他们书馆的大棚子扯塌了而已……”

“不过……而已……”船舱里的人大笑，“好一个不过而已，那么我们做个交换。你唱歌儿给我听，也算谢我救你们一场，我就帮你赔了那个大棚子。”

“不是不唱就要被赶下去吧？”

“不赶，”船舱里的人还是笑，“但是船到池心会让你们下去游泳。”

“那就唱呗。不过，你可不知道那个棚子，很大的棚子，赔起来……”

“你别是扯塌了百里公爵的宫殿，别的都还好说。”

“你这么有钱啊？”

船舱里的人笑笑，反问：“你叫什么名字？”

“羽然，”羽然扯起身边的姬野，“这个是姬野……”

她又扯了扯吕归尘，“这个是……”

“阿苏勒。”姬野小声提醒她。

“对！阿苏勒，”羽然点头，“我们三个是朋友。”

“都是好名字。”

“那你叫什么？”

“我姓江。”

“姬野，你有种的就下来！不要缩在船上当乌龟！”幽隐冷冷的声音从岸上传来。

“乌龟在这里！乌龟在这里！”羽然高高举起吕归尘的手跟他对喊，“你想抢乌龟就上来！我们在这里有风有月，还不冷，想等到明年夏天来了再上岸呢！”

年轻人的笑声中，大船所有的帆全部升了起来，把巨大的阴影投在所有人身上。主帆上巨大的图案完全展现在姬野面前的时候，他战栗着仰视，那是一只圆形的徽章一样的图案，传说中可以翼展千里大风展翅翱翔在云中，纤细的云纹中，隐藏着难以觉察的雄霸。大船顺风猛然加速了，顺着水道越过了重重的波影，飞一样飘行在月色中。

从没有坐过大船的吕归尘简直惊呆了，冲到甲板最前面迎风眺望。

细如纤丝的歌声在行驶的风中忽地拔起，婉婉地转了几遍，顺着风流飞向天外。吕归尘回头看去，羽然靠在风帆的横桅上唱着这首他听不懂的歌，就像在书馆中羽然唱的最后一首。大风把她的裙裾和头发呼啦啦地吹起来，她轻轻踮着脚尖，像是随时会随着风飞走，吕归尘几乎想上去拉住她。可是他不敢，只是留在原地默默地听，水夫和船工以及候在船舱口的武士也都沉默着。吕归尘想到他所听说过的青州土地，青色的林地上秋天落下枯黄的叶子，其中有一片就在风里旋转、旋转、旋转……

永远不会真正飘落。

像是一种缥缈的感情。

他的脸又一次红了起来，风吹在红热的脸上，有种喝了酒一样轻飘飘的快乐。

“她在唱什么？”他问身边的姬野。

“她在唱，紫槐花开放的季节，让我说爱，爱飞翔的蒲公英都要走了，让我们唱歌，那些唱歌的松树都结籽了，让我们永远都在一起。让我们说爱，让我们唱歌，让我们永远都在一起。”姬野显然没有唱歌的天赋，只是难听地哼哼。

“这是……这是羽族的歌么？”吕归尘神往着，“原来羽族是这样唱歌的啊，你真了不起，还懂得羽族的文字。”

姬野抓了抓头，“我哪懂羽族的神使文？只是总听她这么唱……”歌声中隐约有一声低低的喟叹，和歌声一起飘散在风里。

“昨日青丝，冢间红骨；

月色晚来枯，吊唱相和无；

悲喜总无泪也，是人间白发，剑胆成灰；

琴木萧萧也，弦尽时秋风悲回，莫问从头；

英雄总无路，天下千年酒，不解此一愁！”

“这……这是什么街头巷尾的歪诗，也拿来充大雅之堂？”路先生恼怒起来，狠狠地把手里的试卷扔在地下踩了两脚，转头怒视写诗的尘少主。

他忽地愣了一下，发现窗边的孩子似乎根本就没有听见他说话，只是撑着头望着窗外，唇边带着一丝出神的笑容。

窗外的玉兰开了，大朵大朵的洁白如玉，吕归尘只想到那个孩子揭下面具的刹那，洒落的一瀑流金般的长发，像是夕阳下的铁线河一般，那么的温暖和让人怀念。

［历史］

历史上的胤末燮初，无休止的战争横贯了整整二十年，巨大的军费支出和民夫征调使得东陆大地始终弥漫着家破人亡的哭喊声。

而在商会巨额资金的支持下，西南的宛州是乱离之世的唯一乐土，失去家园不堪重负的流民大量地流亡宛州，他们在街头巷尾以零工、乞讨和偷窃为生，所以事实上所谓宛州在乱世时代的繁华胜景，也不过是一时的粉饰和画皮。以南淮城为例，越过飞檐交错的紫梁街，街背后的阴暗处污水散发着令人窒息的恶臭，流民们饥饿的目光聚集在破敝的屋檐下，他们有的就此饿死，有的怀里带着匕首，以端详猎物的眼神看着往来的人。

而奇怪的是，在燮朝成书的《燮河汉书·风物志》中犀利地揭露了当时宛州的真实生活，却把南淮写作了人间天堂，在以铁骨成名的燮朝史官中，这样的粉饰是绝无仅有的。野史稗闻中对于这件事的描述或者可供参考：

起稿于神武三年的《燮河汉书·风物志》的第一篇就是《南淮城志》，当时的燮羽烈王召来了史官，亲自描述了自己童年所见的南淮城。他说：“南淮是一座繁华又安静的城，生活富足安乐，不尚武力，民风柔弱。如果说比喻，就像织锦，虽然缺乏刚强，但是流光溢彩。春天时候各家的花圃都有五色的鲜花，街头有担花贩卖的人，但是孩子们总是钻进别人家的花圃里偷摘，把偷来的花再贩给街头担花的人，种花的家里都骂无赖，可是对着孩子也不便发作……”

他没有注意到这时阶下史官们已经开始交头接耳，帝王的眼里闪着憧憬的光，他继续说着：“夏来就是泛舟，湖上总是彩船相连，一眼望去数不过来，那时候不满十五岁的孩子都可以免费搭船，俗语叫作跳板子，到了近岸的时候帮着下去拖船靠岸即可。那时候就有少年借着跳板子的机会，把歌儿舞女褪下的衣服偷了典当，被发现了就当即跳船，俗语叫作水漂子。”

他的唇边浮现了笑容，目光凝在很远很远的地方，整个人的神气都变了，像是真的看回了二十年前的春夏秋冬，看到那些跳板子水漂子的无赖少年活泼泼的身影，听见他们的笑声。

“秋天是南淮最好的时候，十里霜红开了，有钱的人家漂船看花，一上午都看不尽凤凰池上的秋玫瑰，秋天南淮会起雾，雾气里面，秋玫瑰的颜色尤其艳丽。满城的桃枣也都熟了，果树的树枝一直伸到各户人家的墙外，拿着长杆直打过去，后面跟着一个人接，满筐都是果子，我们叫作打秋风的。到了冬季也不下雪，偶尔有霜……”

“大都护！”史官终于不能再记下去了，“史书是后世的镜鉴，请大都护三思！”

“三思？”羽烈王竟愣住了。

年纪最长的史官膝行而前，“书上有记录的，单只前朝喜皇帝九年一年，南淮城里就饿死流民不下九千人，城外的乱葬坑都填满了。又有笔记说南淮当时，买一个十六岁的女孩入青楼根本不需付钱，只需给粮五升，俗名称作父母粮，就报了十六年养育的恩情。宛州貌似繁华，其实是吃人恶虎，大都护也曾说乱世之酷，升斗之民最苦，是以有拔剑而起一统天下的志愿。可是这样写出来的南淮，无异于粉饰骷髅啊！”

“放肆！”羽烈王勃然大怒，“这是我亲眼所见的南淮，你们这些深养在学宫里的夫子，不过凭着几本来历不明的笔记，怎么能跟我说粉饰骷髅？”

“大都护即便要杀，臣子也是要说的！大都护难道以为天下人都是瞎子，只有大都护所见才是真的么？臣祖籍就是南淮，亲眼所见，灾年饿殍横死城郊，根本不容入城，难道也是假的么？”

“你！”羽烈王拔剑上前。

白色头发的年轻人挡在了史官的面前。

“西门闪开！”羽烈王怒喝。

钦天监的西门博士按下了羽烈王的剑。

“大都护，”西门博士说，“你所记的，都是假的！”

“西门你……”羽烈王的容色急变，“你也不信我么？”

“我信不信又如何呢？”西门博士的声音像是古潭深水一样没有一丝波纹，“南淮是不是那个南淮都无所谓，可和你偷花跳板打枣子的人，都已经不在了。”

羽烈王默默立在大殿中，佩剑锵然一声落地。少顷，他从史官手里抽过记录的纸卷，大步回了书房。

第二日内监去书房请羽烈王早朝，发现他趴在案上睡着了，胳膊下压的纸卷上是他亲笔写完的《南淮城志》，帝王在里面固执地说：“南淮

者，人间之胜境。无饥馑灾荒之属，里巷中常闻笑声，灯火彻夜夏不闭户，唯少年顽皮，是为一害……每春来之际，辄有窃花者、弹雀者、钓鱼者……”

十四

成帝元年八月十三日。

夜深寂寥，隔着水面，文庙的镇国钟轰然响起，钟声在微凉的夜里传出很远，凤凰池上水波潋滟，一轮月影破碎开来。

“文庙听钟”、“武庙看剑”是初到南淮的世家子弟一定要做的两件事，文庙里供奉着七百年前蔷薇皇帝赐予百里氏的巨大铜钟，而武庙里是百里氏祖先追随皇帝征战时的佩剑。只不过七百年过去，文庙之钟武庙之剑都再也没有昔日的沙场气息，战争始终没有再侵入繁华的南淮，夏夜的月下，一切都变得柔媚如水。

百里氏出名的文睿国主毕生钻研诗歌，最喜欢趁夜驱赶马车，停在凤凰池边的岳桥上听钟，眺望远方刺天的高塔影子，独自喃喃。他身为国主而有倾世之才，随笔就在桥上把想到的诗句写在纸上，再一张一张折成纸船，船里放上一截宫里点剩的蜡烛头，星火一点，借着桥下流水放向远方。下游远处夜夜都有一群人不合眼地候着，去捡那些纸船，运气好的时候水没有污掉墨迹，在文庙的集市上可售上千金铢。后来《文睿传灯歌》的集子，就是从文睿国主这些纸船上搜集起来的。

文睿国主七十岁上的时候，死在了岳桥上。内监们在远处看着老去的国主颤巍巍地放下一只纸船，坐在涨水的岸边濯洗双足，从此就再也没有站起来。下游的人拾到的最后一只纸船上写着 ：“水畔听钟七十年，便了却了此生。”

许多年后再来岳桥的人，听着文庙的钟声，多半都不是在想那古老的铜钟本是一座警钟，而是追思水畔听钟七十年后安然辞别的洒脱。

夜深人静，来往的车马稀疏，桥上默默地站了一个人。一身黑色大氅连着兜帽把他严严实实地裹在其中，只留一个高瘦的背影给人看。他扶着栏杆去看远处月光里文庙漆黑的影子，沉默得像块石头。

风扫着树叶，哗哗的一片，铺着地面从桥头滚了过来。眺望的人小退一步，脚下轻轻地踩碎一片枯叶。

“你迟了。”他海蓝色的眼睛里透着审视。

不知道什么时候，桥头月光照不到的阴影里也站了一个披黑氅的人，也是兜帽低低地垂下来，把半边脸都遮没了。

“为了苍云古齿剑的秘密，稍微等候一下还是值得的吧？苍溟之鹰。”对方的声音不知道从哪里飘来，幽幽地透着诡异，像是通过一个弯曲的铜管子说话。

“你知道我的身份，知道我为苍云古齿剑而来，你是谁？”翼天瞻掀去了兜帽，露出银色的白发和消瘦的面容。他的手也从大氅中探了出来，握着银色的长枪。

“不要误会，我是好意。苍溟之鹰的枪术在东陆或许已经被遗忘，我却知道你是曾经一人击杀十六名鹤雪叛离斯达克城邦的英雄，天武者的称号不虚。我现在都不敢走近你，是因为怕你的枪。”

翼天瞻的眉毛挑了挑，“我不喜欢这种鬼鬼祟祟的路子。是你给我写信说，你知道苍云古齿剑的所在么？”

“是，我想拿它卖一点钱，所以约你在这里见面。”

“卖钱？”翼天瞻冷笑，“那么卖给诸侯不是更好么？还很少听说富有的天驱吧？”

“别的天驱或许不富有，可是宗主阁下却不同。不说你曾经拥有整个斯达克城邦的财富，光是你掌握的青铜之门的秘密，就足以买下整个诸侯国吧？”

“你……怎么会知道这些？”翼天瞻的目光忽地变了，像是一只扑向食物的猎鹰，虽然罩着黑氅，但是可以清楚地看出他全身绷紧了一瞬，而后再舒展开。

他缓步地走向了桥头的人，长枪的枪尖有意无意地探在身前。

“因为我们有渊源。”

“什么渊源？”

“你这样逼迫我？是否没有诚意？”桥头的人还是站在阴影里不动。

“天驱武士不曾和鬼鬼祟祟的人有渊源。”

“什么是天驱？是太古铁皇们的后裔，或者只是一群追求荣誉的傻子？”

“露出你的脸来！”翼天瞻低喝，他已经走到桥头，距离对方不过一丈。

“为什么不自己来看？”

“好！”

翼天瞻笑笑，忽然抬手，银一样的枪锋就逼近了对方隐藏在兜帽下的脸，飘忽的攻击完全没有先兆。

对方丝毫没有动，翼天瞻也完全没有撤回攻击的打算。

就在枪锋刺进兜帽的同一个瞬间，翼天瞻忽然觉得手上的感觉不对——那绝不是刺中一个人的感觉。而另外一个感觉更加强烈，他觉得膝盖下一片冰凉！

他低头，看见银色的光弧在脚下浮现，像是一轮小月，而后忽地腾起。这时他已经来不及撤回长枪，要退避和躲闪也都没有余地。银光翻滚着，要剜下他的膝盖骨。

翼天瞻忽然弯腰。他用藏在黑氅里的右手握住了那团银光！几片粉碎的布料飘落，翼天瞻却牢牢地攥住了银光，那是一柄不过六七寸刀锋的短刺，刃口上泛着淬毒的绿痕。

这时长枪已经完全摧毁了站在阴影中的人。当他倒下碎裂，一身黑氅散开，翼天瞻才看清那只是一个木架而已，完全罩着黑氅，木架上顶着一只皮袋。翼天瞻刺向正脸的一枪划破了皮袋，皮袋里面有弧形的黑影一跳，忽地缘着枪杆卷了上来。

翼天瞻来不及管银刀，箭一样倒退出去。羽人速度的优势爆发出来，他单臂持枪，藏在黑氅里的右臂对着枪杆上的黑影猛一斩。黑影暴跳起来，像是粘上了他的手。它暴露在月光下，是一条漆黑的小蛇，被翼天瞻攥住了尾巴，翻身过去狠狠咬在翼天瞻罩着黑氅的手上。

翼天瞻脱手把它摔了出去，长枪跟进，把它钉死在地。

桥的四周忽然腾起了熊熊的烈火，早已安置在那里的火炬同时被人点燃，刺眼的火光照得翼天瞻也不由得举起黑氅遮挡。可是当他放下黑氅，一片通明，却只是他一个人，周围空空荡荡。

他一振长枪，静静地立住，不动也不看，“这种杀手的伎俩，想不到这么多年之后，竟然越来越精深了！”

“战场上野蛮的武术，到了天武者的手中也能够精美如艺术，真是难得。换了别的天驱武士，就算能逃过我的刀，也逃不过杯影的毒牙。”

“我早已有准备，我能活那么多年，经历过的不只是上阵拼杀。你现在不会想说你约我来还是想告诉我苍云古齿剑的事情吧？”

“我当然是想杀你！”

“天罗的杀手，在面对面的时候会是武士的对手么？你这么自负，还敢站在这里跟我说话，难道是还有没有使用的伎俩？你已经用了傀儡术、地藏术、翎刀和杯影，在天罗中能够精通三术的人已经是第一等的杀手，你能精通四术，口袋里还有别的东西要给我看么？”

“呵呵，”声音从四周飘来，“杀人之术也是一种艺术，一一地都看，可以让一个苍溟之鹰死上几百次。”

“你恨我，对不对？”翼天瞻笑了起来，“我听出来了，你虽然笑，可是声音里那股恨的味道，比你身上的花香和那条蛇的腥味都浓。”

一瞬的死寂。

翼天瞻忽然听见了背后的尖啸。他不必回头也没有空隙回头，他听说过天罗刺客用机括发出的蜂刺，这种细锐的铁刺十二支一射，在近距离下几乎是无可逃避的。他猛地闪向左边，蜂刺全部走空了，羽人的速度再次救了他的命。可是他的胳膊上像是被蚊子轻轻地咬了一口，而后疼痛蔓延开来。

他转头，看见上臂的一道血痕，黑氅已经被切开了口子，可是完全看不见对方的武器。他不再敢动了，他不知道周围究竟有多少的蜘蛛丝在等待他，他被困在网里了。

“蜘蛛丝！”

“为你所做的一切付出生命吧，”飘忽在周围的声音说，“我还有七匣蜂刺，巨鹰将在群蜂和蜘蛛的围攻中变成一堆毛羽，以赎回宗主会的自负！”

翼天瞻不敢动，他只能从黑氅下抽出手弩。他环顾四周，却捕捉不到敌人的影子。他深深吸气，手弩连续四箭，射向了设置在四周的火炬。

火炬全部熄灭的瞬间，比刚才更刺耳的蜂鸣声从四面八方涌来，沐浴在银色月光中的翼天瞻知道他被蜂刺包围了。他移动，会被蜘蛛丝切断，他不动，则会被蜂刺钉死。

他记得他的老师曾经对他解说蜘蛛丝的可怕：“那是完全隐藏在阴影中的杀人武器，你动腿，它就切掉你的腿，你动手，就切掉手。你要是全力扑闪，你的力量会让你自己全身都被切成碎块。除非……你能够看见蛛丝，沿着它捉出蜘蛛来。”

他整个人忽然蜷缩起来，他矮身坐了下去！

蜂刺从他的头顶飞射走空，他仰头看见那些黑影掠过，一丝一丝的银色割裂了星空！

他猛地跃起，右手抓向了那些隐约闪动的银丝。银丝没有切下他的手，他把整个蛛网抓在了手心里，而后用力一扯。黑暗中传来了女人低低的惊呼，翼天瞻拖着手中几乎看不见的蛛网疾走。桥面上一块木板裂开，藏在其中的“蜘蛛”被扯了出来，被他拖着在地上滚了几步。翼天瞻反身，大鹰一样扑击下去。他没有用长枪，却用那些丝缠绕了对手，而后猛地一抽！

月光下他和女人面对面地静止不动。

“当只剩下一个光源的时候，蜘蛛丝就会现形，这也是你在桥头四周点燃火炬的原因吧？可惜这个秘密并非只有天罗的杀手才知道。你是谁？”

对方没有回答，他看见的只是仇恨的眼睛。

“其实我并不期待你的答案。我知道是你，苍云古齿剑的守护者，其实我一直想知道你是个什么样的人。”

河洛们锻造的金属细丝已经勒破了她全身的黑甲。那件贴身的黑色皮甲是用削薄的犀牛皮内衬着鲨皮，用药水浸泡晒干数十次，可以抵御劈刺，可是只要翼天瞻再用一点力，她就会被自己的蛛网割成血人。

翼天瞻摘下了她的面纱，端详着那张漠然的美丽的脸。

“你赢了，杀了我。”

“你不要以为我会心软，”翼天瞻冷漠地笑笑，“我不是幽长吉，不会对你的美丽怜悯！”

“我知道你不会心软，”女人的声音幽幽的，“天武者、斯达克城邦主人、苍溟之鹰，你太伟大了，你从来都不会怜悯任何人，你只看重你的天驱，你的意志。来吧！杀了我，你们已经下令杀了我的丈夫，现在也杀了我吧，一切就都结束了。”

“愚蠢！”翼天瞻猛地抓住她的胸襟揪起她，“你真的明白什么是天驱么？你明白什么是苍云古齿剑存在的理由么？你为了你的丈夫来向我复仇？可是你曾经嫁给过他么？你根本不是他的妻子，也根本不知道幽长吉心里想的是什么！”

女人愣了一下。

“我知道！”她大吼起来。

“可笑！”翼天瞻指着黑氅里面的木架，“你根本就像那个傀儡，幽长吉手心里的傀儡！他不过是在走投无路的时候希望你为他守护这柄剑，他那个时候没有一个人可以依赖，而你是他唯一的帮手。而你为了什么？爱情？这个理由真的支撑你为他做那么多的事？”

女人说不出话来，只是瞪着他。

“我知道你不信。可是你为什么不想想我怎么会知道你的存在，又怎么会循着幽长吉当年走过的路线来找苍云古齿剑？因为这一切！”他加重了语气，“都是那个你称作丈夫的人，自己告诉我的！”

像是雷霆轰在女人的头顶，她美丽的眼睛忽然放大，里面一片空白。她忽然放声地大吼起来，吼声里带着异样的扭曲，“你撒谎！”

“撒谎么？”翼天瞻低低叹了口气，“你觉得幽长吉不会骗你？那么在他死之前你知道他已经成婚了么？你是否知道他还有一个在襁褓中的孩子？直到你发现了这一切，你还是相信幽长吉是真的爱你。幽长吉能够骗你一件事，也能骗你第二件，许多件。你是一个魅，对么？不懂太多人心的事，这里不是你该来的地方。”

“我不杀你，但是没有下一次了。剑，我是一定要拿走的！他留你守护这柄剑，也许只是要留一个人为我打开通往剑的门！”

月光下他看着女人空白的眼睛里忽然有淡淡的莹光，那样安静而幽深，像是一片悲痛的湖，让人茫然的只想走到湖边，而后投身进去。他的手抖了一下，放开女人，以自己的大氅盖住了她裸露出的身体，转身离去。走了很远他回头，月光洒落在桥上，黑衣的女人依旧静静地躺在那里，空白的眼睛对着夜空。

“该出现的都出现了，”他在心里说，“青铜的门就要打开……是通往天驱的胜利，还是通往灭亡呢？”

十五

八月十四。

有风塘。

“叔叔就在里面等你，”息辕笑笑，“不过你怕是得自己找他了。”

姬野茫然不明他笑里的意思，这是他第一次接到来有风塘息衍住处的命令，虽然名义上他是息衍的亲兵，可是只在校场见过将军寥寥的几次。他转过了一重隐藏在竹子里的月门，面前陡然开阔起来。院落里重重的古桐老树到这里一棵都不见，取而代之的是红紫色平铺开去的花海，中午的阳光洒落在每一片花瓣上，把花瓣都照得透明起来，花色明媚得迷人眼目。姬野做梦也想不到，在南淮城里寸土寸金的地方居然会有如此大的花园，这样大的一片土地在闹市中少说也值十万金铢了，偏偏又隐藏在有风塘小小的门庭后，谁也看不出来。

他看着偌大的花圃，里面没有半个人影。

“将军！”他对着茫茫的一片紫花大喊。

“呵呵，”花丛中的声音透着笑意，“你终于找到来这里的路了。”

高到腰间的花丛中忽然立起了一个人，他一身黑色的长衣，把袍角掖在腰间，衣上纷纷的都是淡紫和轻红的花瓣，一头散发以布条粗疏地勒在脑后。息衍细心地拨开了花走出花圃，姬野看见他脚下穿着一双露趾的麻鞋，满是泥水。

“将军你……”姬野对着这个样子的息衍还不适应。

“我在种花。你头一次来这里，我带你转转吧，”息衍比了个手势，“我最得意的东西就是这些花，你是我的亲兵，不可不知道。”

“将军得意的不是战功么？”

“战功又不能拿来吃拿来喝，哪里有看得见摸得着的东西好？”

息衍指着紫色的花丛，“这一片是紫琳秋，秋天才开的花里它是最容易活也开得最烈的，看着这些花瓣那么纤薄的样子，真难相信这是晋北山野里面随处可见的野花。”

“嗯……紫琳秋。”

“很香的，”息衍摘了一朵递给他，“不过它的香味散发不远，只有凑得很近你才能察觉。晋北养花的人说，蔷薇是名士之香，其香锐烈，远播千里，而紫琳秋是国士之香，不欲人知，自有风骨。说得有几分道理，不像我们下唐养花的商户，说夜来香才是国士之香，纵然开在深夜，也自有人闻香而来。”

“那夜来香是什么香？”姬野问。

“当然是暗娼之香，”息衍笑，“纵然开在深夜，也自有人闻香而来，说起来就入不得正品。”

姬野小心地把那瓣花凑在鼻尖，真的是一种凑得极近才能闻见的淡香，幽幽地萦绕在鼻端久不散去，就像那四瓣蝶翼般的淡紫色花瓣。

“而那一片就是十里霜红，”息衍又指着远处的红色花圃，“我们下唐闻名的秋玫瑰，天下只开在南淮城的花还真的只有这一种。再过一个半月下了霜，霜结在花瓣上红白两色，仿佛冰上燃火，才是少有的胜景……”

日影已经行过了天心，姬野跟着将军背后听他唠叨这些种花的东西，心里越来越没底。他最近和羽然、吕归尘两个在南淮城里面横行无忌，俨然比东宫的太岁还要太岁，他忽然被召到这里，本是担心将军要就此发难，却没有想到他是跟自己谈花。他口袋里还有从军营带的半个炊饼，于是拿出来边吃边听。

可直到他吃完了大饼，将军的谈兴似乎还没有收住。他的烟杆凌空遥指，“紫琳秋其实还是怕寒，所以若想种此一种花，最重要的就是要生火取暖。这么大的花圃，每十五步一个火炉，夜里烧着，北墙要高，挡住寒风，紫琳秋是可以一直开到初冬的……”

“姬野，你可是要睡着了么？”息衍忽地回头。

“将军我……”姬野赶快把嘴里嚼的炊饼咽了下去。

“你知道我为什么跟你说这些么？”

“不知道。”

“因为你在东宫的服役满期了，从下个月开始，你就要调到有风塘来，所以我预先告诉你我这个宅子里面有什么要注意的，免得你沾染了东宫的习气，把我这里的鲜花采的采卖的卖，等我出去一趟回来，你把我家都给清空了。”

“真的？！”姬野瞪大了眼睛，简直不敢相信，他几乎以为自己要在东宫待一辈子了。

“武殿青缨卫本就是我的亲兵，没有人跟你说么？”

“嗯！”姬野使劲点头，“那么武殿青缨卫该做什么？”

息衍仰头看天，摸着下巴沉思了许久，忽然扭头看着姬野，“你可会烧菜做饭么？”

姬野只能沉默地瞪着他。

“那你也该不会莳花种草才对。”

姬野摇头。

“其实我一直也在想，你又不会烧菜做饭，又不会莳花种草，你在我这里到底做什么呢？”息衍笑，“倒是个挠头的事情。”

“可是……可是我会上阵打仗。”

息衍摇头，“这些年下唐哪有什么仗可打？等到你这个天赋有用武之地，还要些日子。我让息辕把他三年来读的兵书先打一捆，让你带上。你从下个月起可以在家读书，一月回来考试一次，兵书没有读通就不准上阵。”

“一捆？！”姬野的脸色很难看。

“看完了一捆，再换一捆。”息衍笑，“这样好歹你不会勾搭蛮族世子，在城里做出些为了唱歌的女角和东宫游击将军开战，乃至扯塌人家棚子的大事来。去吧。”

姬野只能灰溜溜地走了。

“叔叔。”息辕随后进来。

“这么早就晚饭了么？”息衍看着西斜的太阳。

“不是……”息辕的神色有一丝紧张，“有客人。”

“有客？谁会知道我回来了？”息衍微微地皱眉。

他忽然煞住了，高瘦的老人没有等待通报，缓缓地踏进了后院的花圃，不动声色地站在门边。

“你下去吧，”息衍对着侄儿摆了摆手，而后转向老人，“翼先生为什么会急着来这里？”

“为了那柄剑。”

“我刚刚安插了更多的人手，目前还没有更加详实的消息。”

“不必了，我有！”翼天瞻走到桌边。他的指间捏着一只信封，递给了息衍。息衍隔着信封摸了摸，摸不到什么，却听见那个东西摩擦着纸面的嚓嚓的微声。他心里完全明白了，不再说什么，只是望着远处长长地舒了一口气。

翼天瞻瞥了他一眼，“你早就知道她的存在，是不是？”

“她死了么？”息衍低声问。

“还没有，我饶过了她这一次，但是如果你想她活得更长一些，”翼天瞻的声音冷涩如冰，“就去跟她谈谈。”

“三杯出尺剑，鼓罢惊潜龙；

青山融碧血，独啸水云中！”

先生的醒木在桌面一击，手指在长琴弦上扫过，他长身立起，也不回头一顾，径自掀开帘子走入台后。醒木声和琴声犹自然不绝，如同雷后清雨，袅袅然无穷无尽。

楼上楼下静了一刻，雷鸣般的掌声忽然响起，夹杂着叫好声和呼哨声。

“看我三尺剑，一鼓惊潜龙！好啊！”二楼垂着纱幕的雅座中，有人放声长啸。

有仆役捧着满盘的银毫散上台去，满地银光跳跃，在地板上叮叮当当响成一片，台下更加欢腾，人们纷纷站了起来。

在无边的欢闹中，织金的软鞋无声地踏上楼梯。女人低着头，沿着过道走到最里一间空着的雅座里坐下。一阵含着水气的花香在走道上飘过，引得雅座里的人们纷纷探出头来，最后只看见曳地的浅紫色裙裾消失在尽头。

这是一间小小的白纱笼成的阁子，可以坐三四个人，现在却只有她一个。

“你来迟了，错过了出彩的一段。”右手的纱幕后传来男子的声音。

“是么？第一次来这种地方，想不到这么热闹，这次为什么不在酒肆？”

“这是说演义，市井里的粗人喜欢的东西，英雄美人，生离死别，很热闹的。宫里的女官，穿衣用的是冰锦，香料用的是龙涎，大概没机会见到这种场面，不过来一次南淮不听一场演义，也算白来了。我怕你还没来得及见识，就没有机会了。”

女人的双手无声地滑进衣袖里，“将军的意思，我听不明白。”

“你见过苍溟之鹰了？”

“见过。”

“以蜘蛛丝想去杀苍溟之鹰，我劝你还是不要冒险。”

“嗯。是他让你传话给我么？”

“他要说的很简单，想必你也都知道，我来这里，只是想劝你离开。”

“离开？”

“幽长吉为什么选择你守护这柄剑，我不知道。不过，”息衍顿了一顿，“你不是一个天驱，甚至算不得一个武士。也许每一代都会有一个人留下来守护那柄剑，但是这个人不该是你。”

“那是谁呢？是你们么？你们这些杀了他的人。”

息衍沉默了一会儿，低声苦笑。

“为了什么呢？只是因为他救过你，所以你对他有情？”

“为什么……怎么说呢……我不过是回想起他的声音，所以那么多年，我那么想回北方的山里去，可是却踏不出南淮城。人心真是永远学不懂的东西，包括自己的心。将军只是想要那柄剑，何苦那么苦苦地探究呢？”

息衍沉默了很久，“如果你算是我的敌人，那么多年，你是唯一一个我看不透的敌人。"

"所以你至今都没有动手，是么？"

息衍叹了一口气，"你守不住的。你的蜘蛛丝杀不了苍溟之鹰，我也不是他的对手。你已经守护那柄剑十四年了，永远都没有完么？你一辈子就想这样？"

"一辈子……"女人轻轻地说。

她沉默了一会儿，"看着园子里的花开了，我常常会想，我就像园子里那些花，其实一生只开一度。我开花的时候，恰好和我丈夫在八松相遇，那也就是我的一生了。其实那柄剑，或者什么天驱的秘密，我都不在乎，我只是相信他一个人而已。"

"还没有厌倦这种腥风血雨的日子么？"

"将军在说笑了，掀起腥风血雨的，是将军这样的男人才对吧？"

息衍沉默片刻，"去年，我在秋叶城里买了一栋房子，就在清冶湖边。不是什么很大的房子，但是全是没有漆饰的松木建构，白绵纸糊的门窗。木质的地板架起在半尺高的骨架上，不受地气，冬夏都很干爽。还有一扇朝向湖面的大窗，推开来，外面就是枣子林，然后是一望无际的湖水。清冶湖你知道的，早晨的湖水是深碧的，中午太阳升起，则是淡蓝。有没有兴趣去住在那里？"

"只要我告诉你苍云古齿剑的所在，你就可以送我回北方，一生一世都不用回到这里，是不是？"

"我会为你办好新的行牒，晋北国对于天启的皇帝而言就像是化外之地，没有人会知道你的来历。你们生来不就是该像云一样在空中飘流么？无论天罗还是天驱，始终不该有任何的人拴住你的脚。"

女人笑了起来。她一笑，就像是晚来的春雨打落满树的花那样，点点滴滴都是春情，"将军为我买了房子，帮我离开这里，在晋北那种苦寒之地居住。不知道将来会不会有空，春暖花开的时候可意怜奴，来看我一下，少住几日呢？"

“大概不会。”

“以前倒是也有人说要带我离开这里远走高飞呢，难道将军是个薄情的人，要让我独自一人远走高飞么？”女人还是笑。

息衍也不生气，“园子里的那些花，一生只开一度，你刚才自己说的。”

女人不笑了，低下头，“就算我愿意，幽隐怎么办？”

“放弃吧，你难道不明白，那个孩子根本不像他的父亲，他没有他父亲的勇气。而他也不是你的孩子，他已经是百里景洪的了。在野心家的手中，绝不会有真正的天驱成长起来。”

女人冷冷地笑了，“真正的天驱又如何，是真正的天驱下了对我丈夫的格杀令，而百里景洪最后收留了他的儿子。”

“百里景洪为什么收留幽长吉的儿子，我也不清楚，不过据我所知的百里景洪，绝说不上什么宽仁慈和的君主，他每做一件事，必有所图。你是寄居在虎窝中求生。”

“虎窝……世上哪里不是虎窝？”

息衍沉默了一会儿，低低叹息，“走吧，忘掉一切，你本来就该是自由的。”

女人的身子微微一抖，也沉默起来。

许久，她低声说：“我会仔细想想，等我想好了告诉你。”

“剩下的时间不太多了，苍溟之鹰已经决定动手，我们把日期定在九月初四，那天夜里会有一辆黑色的油篷马车等在紫梁街东口的凰月坊口，我和苍溟之鹰都会在那里。”

“你们两个人怎么能闯东……”女人说到这里忽地煞住。

“东宫祖陵，是么？”息衍的声音从轻纱那边悠悠地传来，“其实无论是我或者苍溟之鹰，早就确认了那柄剑的位置，龙血骨结咒印只要还在，一般人就别想踏进咒印的剑圈。下唐还没有能够把它移走的秘道大师吧。”

“好吧。为什么是九月初四？初三是你的生日。”

“我还想生日的晚上好好地喝醉一次，人生在世，能过的生日不过百数，错过了可惜。”息衍笑笑，“我等你的消息。”

女人不再说话，起身走出了雅座。

她走到楼梯边，听见了背后的声音，“瞬卿。”

“将军还有什么事么？”她停下，并不回头。

“我只是忽然觉得我对你的背影那么熟悉。仔细回想，每次我们有约都是我去看你的背影，”息衍摇着头，笑了笑，“所以我想看一看你回头。”

女人低头看着自己的脚尖，许久许久，而后缓步地下楼，终于还是没有回头。

书馆内的喧嚣还在继续，一段《惊龙传》说到了最精彩的地方。帘子一掀，黑衣的客人走了出来。街上空荡荡的没有行人，伙计牵上了客人的黑马。客人翻身上马，黑马驮着他，慢慢地消失在小街的另一侧，他啜饮着罐中的米酒，低着头，似乎在想着什么。

风来，一树的花纷纷洒洒地落下来，落在女人的头发和裙裾上，像是染上了，再不落下。女人的手从衣袖中滑了出来，指间夹着银色的短刃，卷曲的刀头带着森冷的弧度。她凝视着刀锋的一线光，再看向小街的尽头，那个背影已经不在了。

“息衍，也轮到我看你的背影，”她轻轻说，“这样我们终于算是扯平了。”

十六

成帝元年，九月初三。

有风塘。

夏末秋初，桐树绿得发黑，黑压压的树荫笼罩着整座宅子，息衍坐在窗前，抽着烟杆，看着水草茂密的池塘。

息辕站在他身边，“叔叔，今天听莺舍的饭局可是朝中诸位大人凑的份子，下唐国三公九卿到了十位，叔叔真的不去了？”

“不去了，帮我回了吧，我今天要等一个人。”

息辕怔怔地看了叔父一阵子，只觉得今天的叔叔有些异样。武殿都指挥使息衍等过什么人？大概只有国主吧？

“息辕，我的花都谢了么？”

“没有，菊花就要开了，我今天早晨还去上肥浇水呢，今年的菊赏大会，我们的菊花一准还是第一。”

“哦，”息衍漫不经心地应了一声，“那一圃紫琳秋呢？”

“紫琳秋谢了啊，紫琳秋不比菊花，花期太短了。不如明年改种一圃芍药吧。”

“息辕，你说有没有比南淮城还要暖和的地方，终年种花都不谢，总是姹紫嫣红。”

息辕抓了抓头，茫然了许久，“比南淮还暖和……大概只有越州了吧？叔叔想去越州？我可听说那里蛇虫横行，还有瘴气，有巫民下蛊的。”

息衍瞥了他一眼，忽地笑了，“真是个傻孩子。”

东宫，西配殿后的小屋。

吕归尘轻轻敲了敲门，推开门，看见女人托着腮坐在窗口，窗台上摆着两盆紫色的花。

“苏婕妤，我是来还上次借的书，我都读完了。”他恭恭敬敬地说。

女人接过书去，轻轻摸了摸他的头，“都看完了？”

“读完了，路夫子夸我最近有进境了。”

“你本就很努力，”女人点了点头，“是个好孩子，我要是能有个孩子，就希望像你这样。”

吕归尘不好意思起来。

“婕妤是有什么不开心的事情么？”他小心地问，女人夸奖他的时候还带一点笑意，可是他觉得那一丝笑重重地压在心上，真是不舒服。

女人微微愣了一下，笑了，“没有什么不开心，只是想做一个决定，可是看着太阳就要落山了，还是想不明白。”

“决定？”

女人扭头看了看他，西斜的太阳在她的脸侧投出半透明的华丽侧影。

“孩子，你说……”女人迟疑着，“一个人一生，能喜欢多少人呢？你有没有喜欢的人，想为他们做很多的事情，不管多苦，都是开心的。”

吕归尘抓着头想了想，“有阿爸、阿妈、大合萨、苏玛、姬野、羽然……还有姆妈阿摩敕有……这些都是我喜欢的人。”

女人笑了，“太多啦。人心哪有那么大，只能喜欢区区的几个人而已，你有没有过那么一个人，喜欢得让你想要一生都跟她在一起？”

“有啊，”吕归尘点了点头，“我小时候想，要是我长大，就要娶诃伦帖姆妈……”

“姆妈？”女人愣了一下，“怎么会这么想？”

“因为巴莫鲁叔叔说诃伦帖姆妈将来嫁人了，就不能做我的姆妈了，她要去跟她的丈夫住在一起，养她自己的孩子，所以，”吕归尘看着自己的脚尖，不好意思地蹭着地面，“我想要是我娶了姆妈，姆妈就可以一生都跟我在一起了。”

女人又笑，吕归尘觉得从未在她脸上看过那么多笑。

“后来呢？”女人拉着他的手，“你什么时候明白过来的？”

“后来……后来姆妈死啦，”吕归尘的神色黯然下去，“永远都不能跟我在一起了……”

“可怜的孩子……”

吕归尘又笑了起来，“不过我还好了，我还有阿爸阿妈还有苏玛。后来阿爸派了英氏夫人做我的姆妈，英氏夫人对我也很好。”

女人愣了一下，“那……你还会想起诃伦帖姆妈么？她一个人死了，很孤独，很寂寞的啊。”

"我想啊，所以第一次我怎么都不愿意叫英氏姆妈。可是总是想总是想，诃伦帖姆妈也不会活过来。我现在想的已经少啦，虽然我有时候也怕……"吕归尘也爬上窗台看两盆紫花，"怕慢慢地我都把姆妈忘了。"

"你不会忘记的，"女人摇头，"有些事总也不会忘。"

"婕妤也是想起什么人了么？"

"是啊，"女人点头，"以前有一个人，我想只要我还有一天生命，就愿意跟着他去天涯海角。可是他死了。我总是梦见他，觉得他的声音还在我周围。现在我想离开，可是我害怕他的魂还留在这里，游荡啊游荡啊，找不到我，会很寂寞。"

她轻轻摇头，似乎想甩开什么，"很寂寞……很寂寞。"

"你可以回来看他啊，"吕归尘说，"我想过要是我回到草原上去，我要为诃伦帖姆妈起高高的大坟，我会每年春天都去看她，那时候爬地菊开了，金黄金黄的，一眼都看不到头。诃伦帖姆妈很喜欢的。"

"这样就可以了么？"

吕归尘低下头去，"大合萨对我说，不要总是悲伤，其实我将来也会变成他那样的老头，那时候就都忘了。虽然我不想忘，可是诃伦帖姆妈也对我说过，人总要活下去的啊。其实总会有很多事是开心的，我开始来南淮，以为我会是孤零零的一个人，现在我也有两个朋友了。"

"朋友……"女人低低地叹息，"真是傻孩子，要是世上的事情都像那么简单就好了。"

"婕妤为什么那么忧郁？"

"你也很忧郁啊，孩子。可是，在这里待一天就要开心一天，既然你有很好的朋友。"

姬野和羽然的样子一下子浮上心头，吕归尘使劲点了点头。

"要学会照顾自己，活着就是开心啊，"她淡淡地笑了，"你说得对，即便是能够看见早晨的阳光，不也是件很好的事么？"

她摸着吕归尘的头，用脸轻轻在他脸蛋上蹭了蹭。

吕归尘呆呆地站在那里，不知为什么，他觉得那淡淡的话里有着离别的意味。

“叔叔，门外有人投书。”息辕快步进来。

他疑惑地凑上去，看见的是一幅墨迹淋漓的山水，画的是一片如镜的大湖，湖边有一栋小屋，开窗对着湖边。正是潮湿的天气，墨色还没有干透，隐隐的有水光在画上泛起。息辕不懂画，只觉得那是一幅很干净很遥远的景色，简直不像是人间该有的景色。

画边有一行纤细的小楷：

“窗外雪覆山，

千秋出平湖。

林深无旧客，

坐看霜满路。”

息衍无声地笑了起来。

“叔叔，这个是……”

“这是晋北国的景色，画的是枣林中的一间小屋，窗外对着的是清冶湖。”

“叔叔去过？”息辕诧异地看着叔叔。

“去过，”息衍笑笑，“是个很安静的地方 对了，诸位大人那边的席推掉没有？”

“正要出门去各位大人那边解释。”

“别推了，醇酒美人红烛夜宴，又是生日，我去赴宴。”

“叔叔不是要等人么？”

息衍笑着摇头，“怎么都是个傻小子，人已经来了，在这幅画里。”

息衍大步地出门而去，息辕使劲地看着那幅画，想要看出什么究竟来，才隐约觉得，窗边的墨迹是一个倚窗看湖的人影。

姬野坐在一根挑出的长枝上，借着树枝的弹力起伏。他带了一壶水，洒在他的枪刺上，拿了块磨石打磨虎牙的枪锋。

“姬野你别晃，我们都会掉下去的！”比他更高的树枝上，羽然青色的裙裾垂下来几乎扫到他的头发，羽然用赤着的脚在他头上踩了踩。

吕归尘和羽然并坐，紧紧扶着自己屁股下的那根树枝，有些紧张。他一贯地怕高，只是拗不过羽然，被拉上来陪她远眺。

姬野做势要去抓羽然的脚。

羽然一下子就收了起来，蹲在树枝上低头对他吐舌头，“摸别人的脚，脸皮比城墙都厚！你又在磨枪，干什么去？”

“我马上要离开东宫了，将军今天下午下令说，所有禁军明夜都可以休息，准备后天的演武。演武我就去不了了，幽隐给我留了一个字条，说要跟我最后比一场，就在明天晚上。”

“你真的要跟死人脸试手？谁赢得了谁又怎么样？反正你马上不在东宫待了，而且没准死人脸会找一群人埋伏你吧？”

“没事的，我们找了个开阔的地方，不行还可以跑，”吕归尘说，“我也去帮姬野看着。”

“唉，好啊好啊，”羽然扭头抓着吕归尘的胳膊摇了摇，“正好，阿苏勒，我想到太子住的地方去看看。”

“啊？”吕归尘犹疑起来，“那是东宫啊，禁卫森严的，进出可不容易。”

“那才说正好啊，明晚不是没人当值么？”

“可是守卫宫门、煜少主宫室和祖陵的禁军总不会撤的。”

“我要去宫里！我就要去宫里！”羽然瞪大眼睛，抓着他使劲地摇晃。

吕归尘一下子失神，脚下忽地失去平衡，倒栽着掉了下去。

姬野吃了一惊，急忙张开胳膊接他，还没有接住，羽然已经从上面捞住了他的领子。借着这股劲，吕归尘惊险地翻身抓住了树枝。再爬上来的时候他气喘吁吁，脸上一点人色也没有。

“羽然你不要闹了！”姬野也出了一身冷汗。

“哦。”羽然闷闷地应了一声，在吕归尘脑袋上拍了拍，以示安慰。

“羽然，羽然？没事的，你别生气。”吕归尘觉得羽然忽然沉默起来了，只是坐在树枝上眺望，他心里反而不安起来。

“我只是忽然想起我阿爸。”羽然摇摇头。

“想你阿爸了？”

“我不想，因为我从来都没有见过他。听说他已经死了，他从最高的树上跳了下去，摔死了。”羽然踮起脚来眺望着远方，斜阳下她的肌肤和眉宇都是透明的白和金色，小脸上淡淡的没有一点表情。

吕归尘需要抬头才能看见她的脸。风静静地从她脸上拂过，他忽然觉得原来羽然也并非总是那么快乐的。

“好！我带你去宫里。”吕归尘说。

“一边去！”姬野翻了翻白眼，“你根本就是个路痴，对于宫里的路径还没有我熟呢，我带你们偷偷进去！”

十七

九月四日，夜半，凰月坊。

四望无人，细微的风溜着地面，从整个凰月大街上横扫过去，黑篷的马车静静地停在坊门下，车轮下积了些风扫来的落叶。已近秋天，入夜后风里有一丝轻微的凉意。拉车的黑马是雄壮的夜北挽马，它们的长鬃和马尾都修剪扎束整齐，披着厚实的黑色马衣。长时间的等候没有降低它们的警觉，它们抽动着鼻翼，缓慢地转头观察着周围，巨大的马蹄偶尔在地上敲得叮叮作响。

黑马们低嘶起来，叮叮声变得急促了。

一只手从车帘后伸出来，在马臀上轻轻地拍了拍，安抚了这些警惕的军马。黑色的人影从坊门后闪现，他的步伐轻捷，一跃登上车轼，消失在车帘后。

“翼先生。”等待在车里的人招呼客人。

来人摘下遮住面容的兜帽，露出如银的长发和须眉，缓缓地坐下，“息将军。”

息衍少见的没有穿长衣，他的全身笼罩在乌黑的犀牛革甲里，要害处护以薄韧的钢片，沉重的佩剑没有拴在腰间，而是牢牢地捆在背后，看起来像是一个流浪的无名武士。他坐在垫子上抽着烟杆，抬头露出了一个淡淡的笑容。

“我们等她来？”翼天瞻的神情冷峻。

“我们还有时间。”

“你有十足的把握？”

沉默了一会儿，息衍稳稳地点头。翼天瞻直视息衍的眼睛。他灰蓝色的眸子里带着一股异常锋锐的神色，息衍没有避开，始终和他对视。

翼天瞻伸出了手，“我可以抽一管烟么？”

息衍愣了一下，笑了，“我以为羽人是不抽烟的。”

翼天瞻没有理睬他诧异的眼神，自己拾起装烟草的皮口袋，从后腰上抽出了烟杆。那是一根原色的乌木杆，因为摸挲得太多而油润起来。他熟练地塞上烟草，就着息衍递过来的烟杆点燃。息衍注意到他的右手完全被罩在长袍的袖子里，像是抱着婴儿那样，紧紧地蜷缩护在胸前。

翼天瞻深深地吸了一口烟，吹了出去，烟凝成细细的一线，离开很远才飘散开来。他的手终于安静下来，随意地搭在膝盖上。

“一般的羽人是不抽烟的，因为青州不产烟草，他们固执地拒绝一切青州以外的东西，即使是东陆的树林和风。可是我不同，否则我也不会是斯达克城邦的叛徒，一个七十六岁的叛徒，是不是太老了一些？”他笑了笑。

息衍忽然想起他是很少笑的。

“叛徒？为什么？”

“因为我是一个天驱，还因为我杀了自己的亲弟弟。”

老人的眼睛里藏了太多的东西，息衍读不出来。他低下头轻轻地吐出一口青烟，烟腾了起来，模糊了一切。两个男人沉默着抽烟，很快车棚里就满是呛人的烟味了。息衍随手掀开车窗上的帘子，让烟雾散去。一片明净的光辉在他眼前一晃，他看见了平滑如镜的凤凰池，一艘仿佛无人的船飘行般在池上经过，池水反射月光，远处矗立着文庙的高塔。

钟声远远地传来，空洞低扬，不知是因为钟声的激荡还是有风来了，池水无声地皱褶起来，一轮水月忽地就破碎了。

息衍沉默了一会儿，轻轻地感叹："这片凤凰池，真是南淮城里的明珠了。我如果有一天离开这里，除了我那圃花，只不过会怀念池上的钟声，喝醉了酒，每每到这里就会醒来，对着水里的月色，觉得我这一生做错的事情实在太多。"

"包括那个女人么？"

息衍猛地抬头，烟杆一震，燃烧的烟草细末飞了出来，在空气中一亮而灭。

翼天瞻低着头笑笑，"我还不是一个快要腐烂的老家伙吧？我年轻的时候可是斯达克城邦最受欢迎的男子，那时候我一箭可以射落一百五十步以外人头顶上的苹果，从没有错过，女孩们争着做我的靶子。只有一次……我的箭误伤了其中一个的额头……"

"她很美吧？后来呢？"

"后来我成为苍溟之鹰，她成为我弟弟的妻子，斯达克城邦的女主人。"

"为了这个？"

"很复杂，其实也是很多年以前的事情了，"翼天瞻忽地笑出声来，在窗边敲了敲烟杆，"天驱的两宗主在一辆马车里说着不相关的风月，传出去会为人耻笑的吧？再说说今晚的布置。"

"这辆车有鸿胪寺的徽记，可以直入西门，我在守卫中安插了一些可靠的心腹，他们在祖陵入口左近巡视，进入陵墓不是问题。唯一担心的是惊动巡逻的紫柳营战士，祖陵只有一个不大的入口，如果我们被堵在里面要强行杀出，不要说是两宗主，只怕是七宗主都在，也是难如登天的。我们必须有一个向导，进入地宫、取剑，立刻离开。翼先生准备好了么？”

“这也许是我们唯一的机会，我会尽全力。”翼天瞻缓缓掀起了覆盖右臂的长袖。

“这是……”息衍吃了一惊。

他见过羽族的使者，他们都是以木片或是层层漆制黏合的麻布做成轻甲，羽人的身体轻盈，往往难以负荷沉重的金属铠甲。而翼天瞻的整个右臂却笼罩在一具狰狞的兽面甲中，这是一种息衍从未见过的铠甲，灵巧地覆盖了全部肢体，带有可以活动的关节。它的拳套和关联处都探出了锋利的长刺，像是异兽的獠牙。

翼天瞻张开手掌，尝试着用力握拳，关节处没有发出一丝声音，“这是我先祖的盔甲，前朝东陆皇帝赠予的礼物。只是臂甲，用河洛的玫瑰金和濯银熔合，反复锻造而成。就像苍云古齿剑一样，它本身就是一件咒印之器，铸造时秘道大师的力量随着玫瑰的印纹永远被封印在铠甲上，不但比普通的武器更耐冲击和穿刺，还有很多不可思议的地方。”

他转头看着不解的息衍，“想去握苍云古齿剑的剑柄，怎能没有被它吸噬掉魂魄的觉悟呢？我自信自己的定力可以接近那柄剑，但是要想去握住剑柄带它出来，我完全没有把握。失去了主人的苍云古齿剑，就像没有束缚的恶龙那样，那些被它杀死而吸噬的灵魂，已经失去了意识，只剩下烙印在灵魂最深处的怨恨。它已经从天驱的圣物，堕落成了一件至邪的兵器，我希望这副臂甲可以帮我对抗它怨恨的力量。”

息衍的手在臂甲上掠过，“它是暖的。”

“不错，而且它所受的伤害可以自己缓慢地修复。我父亲穿着它，还是难以躲过鹤雪的神箭，被整个地洞穿了。可是其后的十五年，我亲眼看着它一点一点地长了回去，现在连痕迹都找不出来了。”

息衍深吸了一口气，点了点头，“多亏还有这样的准备，我没有估计到接近苍云古齿剑那么艰难。”

“你能够这么说，是你没有亲眼看见幽长吉继承那柄剑时候的仪式。千万不要把苍云古齿剑看作一块金属，它是活的，它愤怒的时候，整柄剑像是被熔化了那样流淌，它碰到的一切东西都会被绞碎，它触到的金属也会和它熔合。就像……”

翼天瞻的面孔抽搐了一下，“就像千万个冤魂在地狱里一齐苏醒……要把它接触到的一切都吞噬掉！”

他的声音低沉有力，息衍却感觉到了一种难以抗拒的压力。那是恐惧，他很难相信翼天瞻这样的人居然会有恐惧。

“它终归只是一柄剑，难道没有克制的办法？”

“魂印之器借助了魂魄的力量，就像蛊术是借助了游离死魂的怨恨。只要你的毅力可以守住你的灵魂，它无法侵入你，也就失败了。这时候它反而会臣服于你，接受你为它的主人，但是握住剑柄的人，他的心里没有阴影，他是纯净的，仿佛水晶，你心底任何不可告人的事情都会成为那些死魂的突破口，从而把你的身体都吞噬掉！”翼天瞻忽地盯着息衍笑笑，“有没有心去尝试一下？也许你会一跃而成为主宰天驱未来的大宗主。”

息衍愣了一下。一会儿，他失笑起来，“我可以试试，可是我没有自信……”

“一个玩笑而已，我知道你在想什么，”翼天瞻重新盖住了铠甲，“一个人活得越久，往往就越不坚定。我们生下来的时候心都如同水晶，可是渐渐地，它变成了黑色的，再也看不透，无论你是天驱，或者辰月。你有后悔的事，息衍，你在战场上杀过很多的人，其中有该死的，也有不该死的。到了最后，什么是善，什么是恶，什么是对，什么是错，都模糊在一起了，再也分不开来。你说的，这一生做错的事情实在太多，又怎么能留住年轻时的坚持？”

“这一生做错的事情实在太多……”息衍默默地抽着烟。

“那么在幽长吉继承那柄剑的时候，他还是个坚定的天驱武士吧？”他吐出一口青烟，“比现在的我们都坚定。”

十八

月下满池的荷花都已经谢了，枯蓬压着荷梗垂下去，显得有几分萧条。一片杂草萋萋的空地上面倒插着姬野的虎牙，三个孩子晃着腿坐在水边。

“死人脸跟你约的是什么时候？怎么还不来？”羽然等得不耐烦了。

“时候已经过了，他再不来我们就走，本来说好一对一，大家最后比一次的，他总也不服我。”

“死人脸最近是不是怪怪的，看他那个样子，像是快要饿死了。”

“不知道，不过他的力气真大。”姬野摸着胳膊肘，“上次在校场跟他试手，把胳膊震伤了，在南淮城里还真的只有他是我的对手。”

“这真是个鬼地方！”羽然看着荒凉的池塘。

“别那么大声！”姬野把她的头压下去，“鬼知道有没有人还在巡逻。这是花澜苑，这池子水跟凤凰池是连着的，夏天很好看，现在荷花谢了呗。你等我一会儿，我去岸边帮你摘个莲蓬吃，每到降霜前一个月，莲蓬最好。”

“你吃过很多啊？”

“这个池子一半的莲蓬是我吃的，”姬野耸耸肩，“反正也没别人采。”

“吃货！每次还来分我们的枣子，有莲蓬也不知道带出来给我们尝尝！”羽然去抓他的耳朵，被姬野闪开了。

“哪那么容易带出去啊？等我下次换件大号的皮甲，也许能在胸甲里面藏几个。”

“才不要！沾了你的汗味，没法吃了。那你跟阿苏勒分好了。”

“我吃过的啊。”吕归尘在一旁说。

“你也吃过？”

“刚才姬野不是说他吃了一半么？”吕归尘小声说，“另一半是我吃的……”

“唉！无聊死了，我们不必这么鬼鬼祟祟的吧，这半天也没看一个人路过，”羽然终于忍不住从桥下的阴影里探出了脑袋，“这个真的是东宫啊？”

“东宫就是这个样子的啊，”吕归尘苦着脸，“你以为东宫是什么样子的？”

“我听你们说，当然以为它是满地金纱，宫殿里面都是云雾，到处都是香味，而且漂亮宫女成群结队的地方！要是早说这个地方这么偏僻，不如去凤凰池那边钓虾！”

“煜少主的宫里跟你说的有点像，不过外面可就不一样了。我听路夫子说，这里本来是百里国主家的祖业，先祖读书的草庐和陵墓都在这里，所以才把东宫修在这块地方，让储君守护祖产。好些地方都有典故，不能轻易修缮的。”吕归尘说。

“那我要去煜少主的寝宫看！”

“这个……”吕归尘为难起来。

“没事没事，一会儿我去武库里面偷两件禁军的甲胄，等到煜少主睡着了，我们从你园子墙上那个缺口偷看，没事的，”姬野挥了挥手，“我先去摘两个莲蓬，你们先别出来！”

他一猫腰闪了出去，警觉地左右看看，轻轻提着步子上了拱桥。他知道桥对面浅水滩里面摘莲蓬最容易。

上到桥顶，他忽地愣住了。

他看见了幽隐。幽隐就站在桥的对面，一身的白衣，头顶束着白色的带子，宽大的衣服被风吹着，像是套在一根竹竿上。静悄悄的，幽隐没有发出一丝声音，只是直直地看着姬野。姬野在心里悄悄哆嗦了一下，不知道为什么，他觉得身上有点黏黏的冷汗。

“幽隐你迟了！”他大声说。

幽隐没有回答，转身走了。

“幽隐你干什么？”姬野本想追上去，但是他心里一股很不舒服的感觉令他煞住了脚步。

幽隐回了头，他嘴边带着阴阴的笑，举起了右手，“北辰之神，穹隆之帝；其熠其煌，无始无终！”

姬野像是被雷轰中了，他看见了幽隐拇指上的扳指，他也明白这枚扳指代表着什么。只是他从未想过天驱的标志会落在这样一个人手里。

“我知道你也有，”幽隐低低的声音飘来，“我看见过你把它挂在链子上，我们必定是要决战一场的，你跟我来。”

他又转身离去。

闻声的羽然和吕归尘跟了上来，看见姬野正立在桥心发呆。姬野忽地转身去草地上拔了虎牙，紧紧跟上了前面幽隐的背影。羽然和吕归尘也只能跟在他的后面。幽隐走得并不快，没到转弯的地方，他甚至会留下来等他们一会儿，只是始终保持着距离。三个人跟着他走，才发现其实东宫的地形仿佛巨大的蜘蛛网，有许多长廊的出入口都已经废弃不用很久了，可是这时候幽隐毫不费力地找到了这些通道，把他们带往一个未知的所在。吕归尘渐渐也开始迷路了，他一般只是在俩枫园周围出入。

幽隐停在了没有点灯的宫殿门前，这里几乎是旧宫的中心了，寂寥得连蛙声都没有。幽隐驻足，回头冷冷地看了他们三个人一眼，眼睛在月下似乎反射着白光。他推开大门，径直走了进去，姬野三个彼此看了看，跟了上去。经过大殿门前的时候吕归尘打了个哆嗦，指着高处的匾额：“湄……湄澜宫！”

姬野随着他的指点看去，果真是“湄澜宫”三个字。他心里有种极其不祥的预感，觉得有什么事情不对。

“你认识刚才的道路么？”他问吕归尘。

“不认识。”

“湄澜宫你是来过的……我也来过……”姬野觉得头皮发麻，“可是这个路，怎么不对呢？”

“东宫里面有几个湄澜宫啊？”羽然凑了上来。

“只有一个。”

羽然默默地抬头看着天空，一轮圆月高悬在天心。

她喃喃地说：“真像是个纸糊的月亮……”

“我们还是不要跟着他进去，幽隐这个样子，好像有什么不对。”

“不好找退路……这是‘安’，”羽然低声说，“是幻术的结界，这周围是被人下了很重的幻术，以前听说河洛有这样的本事。今天的月亮本来不该是满月的。我们刚才走过的和看见的其实也都是假的，我们只是在宫里面绕圈子……死人脸把我们诓进来了。”

吕归尘急忙回身去推背后的门，才惊讶地发现那扇门根本推不开，似乎是他们走进来之后，有一个飘忽的影子就悄悄锁上了门。

“东宫真是个闹鬼的地方！”姬野握紧了虎牙。

“我们跟过去看看，”羽然大着胆子，“‘安’也没有多么可怕，只是我们分辨不出来而已，他也许真的安排了人埋伏我们，早说这个人最没有信用的！”

三个人背靠背地蹭着走进了这个全然不同了的湄澜宫，吕归尘首先抬头，已经没有百里煜挂在椽子间的金纱。他揉了揉眼睛想看清楚些，可是没用，一切都是那么真实，羽然说的“安”似乎根本就不存在。

“他要叫我们跟他下去。”姬野在宫殿最深处发现了些什么。

羽然和吕归尘跟过去，看见砖石地面上忽然洞开了方形的入口，细长的甬道深深地通向下面，两侧点着蜡烛，像是招魂的灯笼。

女人把打散的头发绾起在头顶，用一个银箍卡住了发根。她在铜镜里端详自己的脸，沉静而茫然。她以水洗去了胭脂和粉妆，只剩下一张干干净净的脸，螺髻高耸的发式改成了束起的直发，衬得她的脸有些小，看起来显得更加年轻了，一如十四年前在八松的时候。她轻轻摸着自己的脸，不知道是幻觉抑或是时光的回溯，这么多年来她一直觉得自己在心里其实已经很老了，就要被南淮城的尘埃掩埋了。可是如今恢复了旧日的装容，才惊诧于自己依旧保有的青春。

她站起身，把桌子上的银刀掖进了黑色束身甲的腰带中。雍容贵丽的宫装大裙被抛在了角落，她这件贴紧全身不留一丝缝隙的软甲把身形勾勒出来，带着一丝妖娆，却又矫捷如猎豹。她猛地推开了门，大口地呼吸着月夜下的空气。

空气流入，像是冰凉的水从喉咙中泛起，把全部的尘埃都洗去了。

她站在门槛上了，还差最后一步就可以离开。她环顾自己寄身十几年的这间屋子，就像一个蜗牛的壳。周围如此的安静，静到黑暗里像是有人在说话。

“猫儿，往前走，不要回头……”

“猫儿，不要看我！我这里是没有路的！”

“猫儿，回到山里去，忘掉一切，你本来就该是自由的！”

她站在那道门槛上，猛然回头！“猫儿……”

眼前一切景象慢慢地都模糊了，像是那个男人的魂魄还在周围轻轻地游荡。有无数次她都觉得在最深的夜里，曾经有人站在床边安静地看着她，她伸手去抓，手里空空如也。她害怕那种椎心的寂寞，那么她离开了，那个男人的魂是否也会对着空无一人的床铺，一再地去挽，手中始终空空如也。

她想要退回这间小屋里再次把一切都锁在外面。

“走吧，忘掉一切，你本来就该是自由的。”另外一个声音在耳边说，那个人黑衣的身影站在高空皓月之下，懒散的笑容里有温暖的味道。

她的泪水终于流了下来。

她咬牙，一跃而出，张开双臂，仰望星空！

终于自由了！

十九

“羽然，你不怕么？”吕归尘举高蜡烛，照亮了甬道顶，他不必伸直手臂就可以摸到那些镌刻在石头里的花纹。他在甬道侧面的石壁上敲了敲，声音证明了那是坚实的厚壁。

“不会有事的，‘安’是一种很难用来进攻的秘术，因为除非施术的人自己，否则任何人走在它里面都会被幻象迷惑，死人脸也不例外。”

“你说他到底想要什么花样。”

“就是不知道才好玩啊。”

“就知道玩，这里越走越窄，是不是死路啊？”姬野高出吕归尘半个头，更觉得甬道的窄矮。羽然兴奋之余又战战兢兢的，从后面抓住了他的腰带，让他觉得自己像是一头拖车的驴。

“是墓道吧？看这个样子，我们好像是走进祖陵下面来了，不过我们走的不是神道的入口，是备用的侧道，”吕归尘看着手上铁锈一样的青灰色粉末，茫然不解地摇了摇头，“这些壁画是什么？”

“什么壁画！不懂了吧？”羽然在他的手指上沾了一些粉末，捻了捻凑到鼻尖，“这是秘术的咒符，是用大青树的木灰混合了青釉粉，用热蜡浇上去的。这是镇守墓道用的。”

吕归尘很佩服，“羽然你知道的真多！”

“这是羽族的咒符啊！”羽然有些得意，“我当然知道的。”

“羽然你不要老是拉我的腰带，你说那些花纹是干什么的？”姬野在最前面的黑暗中摸索，拿长枪挑着什么。

“驱退不灭的魂魄，免得出现跳尸什么的。”羽然弯曲着膝盖在甬道里小蹦了几下，鼓着嘴翻着白眼，她蹦着蹦着往吕归尘那里去了，忽地吐出了舌头。

“羽然你在干什么？”吕归尘好奇地看她。

“跳尸啊？”羽然去掐他的脖子，“我是说跳尸，阿苏勒怕不怕？”

“哦，”吕归尘忽地笑了，“我还以为是兔子……”

羽然愣了一下，手上忽然加了力气，吕归尘痛得喊了起来。

“别闹了，没准真的把死人给吵醒了。”姬野侧身让出了看向前方的路，“看看这个。”

周围一片死寂。

“啊！”羽然尖叫了一声，真的像兔子一样蹦了起来，脑袋猛地撞到了甬道顶。

“你干什么？”姬野的脸涨得通红，大声地吼。

“死人啊！死人啊！”羽然一手按着头顶，一手指着前方，“你们没看见么？”

“我当然看见了，可是你把我的腰带扯下来了啊！”姬野愤懑地双手拢在腰间。

羽然愣了一下，呆呆地看着自己手中的黑带。

确实是一具尸体，他半倚着甬道壁坐在地上，全身呈现着斑驳的灰黄色。不知为什么他并没有腐烂，在这个不时有滴水的甬道里，他只是干瘪了下去，全身的肌肉和皮肤都干缩着贴紧在骨头上，连眼珠也只是脱水了，瞳孔扩散开来，最后的视线像是凝在无尽的远处。

“别瞎喊，给外面人听到了，我们就完了，”姬野不耐烦地抓回腰带自己系上，“不就是跳尸么？就算真的跳起来也没什么大不了的，活的都不怕，还怕死的么？也许是死在这里的工匠，据说当初修这个祖穴的时候死了很多的工匠，光是搬运石料时累死的就有上千人呢。”

羽然定了定神，“那……那我们怎么办？”

“往回走，快一点，我走在最后面，”姬野推了推羽然的肩膀，“你走在最前面。”

羽然往他身上缩了缩，“我不要，我要走在中间！”

姬野把她的身子扳过去，双手从后面搭在她肩膀上，“跳尸都是这么吃人的，他们跟在你后面，把手搭在你身上，你以为后面有人喊你，一回头，他就把你的脖子咬断，一点声音都发不出来，最后一个人就没有了。然后再去吃倒数第二个。”

羽然“啊”地惨叫了一声，抓住姬野的头发，拳头胡乱地砸了上去。姬野一手按住脑袋，任她打了一会儿。而后羽然抓过吕归尘手里的蜡烛，掉头飞快地奔向了甬道的另一侧。

吕归尘待在原地看着这一切，虽然惊惧，还是不由得笑了起来，“姬野你又逗羽然，你说的那个是狼吃人的办法，跳尸也跟狼一样么？”

姬野却没有一丝嬉笑的神色，他拍了拍吕归尘的肩膀，脸上透着冷峻，“跟上羽然，大家都别落下。我可不知道跳尸怎么吃人，我也不怕那些恶心人的东西，不过这里还是不要久待了。你看见刚才那个死尸身上的衣服了么？”

“衣服？”吕归尘愣了一下。

“别跟羽然说，那是禁军金吾卫的军服，那个人不是工匠，”姬野回头瞥了一眼那具尸体，“这里没理由死禁军的高官的，而且，他肩上有一道伤，几乎被人劈裂了！”

脚步声开始有回音了，姬野已经摸不到身边的甬道壁。

他把蜡烛从羽然手里接了过去，他的手上套着手甲，这样滚烫的蜡油不会烫到羽然的手。蜡烛已经燃得很短了，火苗微微地飘着，他们似乎已经摸出很远的一段距离，这时周围反而变得什么都看不见了。像是走在一个巨大的空间里，走了很久都没有碰到什么阻碍，蜡烛的微光只能照见脚下的青砖地面，此外所有的光芒都被黑暗吞噬了。

姬野忽地趺趺撞撞地跪倒在地，最后一点火苗熄灭了，三个人彻底被黑暗笼罩了。

“姬野你笨死了！”羽然赶紧跑了几步，紧紧抓住了姬野的领巾。

“没事，”姬野蹲在那里，在周围悄悄地摸索着，“我绊在石头上了，脚扭了一下。”

“完了，快找火快找火！”羽然说。

“找不到的，好像是滚出去了！”姬野说。

“哎哟！”黑暗里的吕归尘惨叫了一声，“羽然你干什么掐我？”

“谁叫你把手放在这里的？我不是掐你我是掐姬野！”羽然气愤地嚷着，“他的脚扭了他为什么摸到我腿上来了？”

黑暗里又是啪的一声，是一记响亮的耳光，羽然气哼哼地站起来：“这次打的是姬野了吧？”

“就算是吧。”吕归尘叹了口气，摸了摸自己发热的脸。

“大家都握住我的枪，一起走，千万不要走散了，”姬野似乎是在地上踢了一脚，他的声音在黑暗里听着还是很镇静，“这里其实也不大，我们只是看不见，绕了弯而已。羽然你换到中间来，阿苏勒走最后，我在前面。”

“换来换去的……”羽然嘟哝着，可是她害怕了，老老实实地抓住枪柄换到了中间去。

换手的时候，姬野在吕归尘手腕上捏了一把，吕归尘不说话，一手握着枪柄，一手握住胸前的青鲨。剧烈的恐惧捏紧了他的心，他手心里都是冷汗，轻轻在前面羽然的肩膀上按了按。女孩子温暖的体温暖着他的手，让他稍微镇静起来。

“羽然别怕。”吕归尘轻轻地说。

本来要生气的羽然把话吞回了肚子里。什么也看不见的时候，吕归尘的声音萦绕在她耳边，带着罕有的郑重，让她心里的紧张松懈了下来。

又不知走了多久。

“还是没有路！我们还是别在死人的地方转圈子了！”羽然完全失去了耐心。

“有办法破解‘安’么？”吕归尘问。

羽然丧气起来，“我只是学过它是怎么回事，但是不会用，更别说解开了。”

“羽然别闹，”姬野的声音从前面传来，“我们要找到路了，我摸到一面墙。”

“端敬王……王太妃陵寝，”吕归尘贴上去摸索石壁，低声喊了起来，“我知道，我知道这是哪里啦！”

“你摸到什么了？”姬野和羽然同声问。

“这里有字的，端敬是国主亲祖母的谥号，她是哀帝六年才去世的，百里国主亲自为她修建的陵寝，所以称为王太妃。路先生说过祖陵的格局，她的墓葬在地宫里是中心靠东一点的位置，这里就该是端敬王太妃墓的配殿了。我们真的是在祖陵里面！”

羽然重重地哼了一声，“阿苏勒你脑子坏掉了！我才不管这个老女人是唐公的祖母还是干妈呢，我现在是要出去！我们被幽隐骗进来，现在人影也没有，蜡烛也没了，我可没兴趣看老女人的坟！他不是要拉我们给老女人陪葬吧？”

“他跟端敬王太妃有那么亲么？”姬野说。

“到了配殿，就该离出口不远了。我们沿着这面墙往前探探，就该找到神道，沿着神道一直走，就是我们进来的地方了。”吕归尘耐心地给她解释。

“大禁？阿苏勒，大禁是什么意思？”姬野也摸索着。

“是说非亲族不得进入……”

“你们两个脑子都坏了！本姑娘现在就要找神道，要出去，才不管一个死掉的老太婆的大禁不大禁。”羽然恼火起来，提起脚在石壁上狠狠地踹了一脚。

光明暴溅出来的一刻，像是洪水一样。三个人不约而同地闭上了眼睛，只能听见耳边“呀”的一声低响，淡淡的油香气息弥漫在周围，姬野用枪挡在了羽然的身前，吕归尘紧紧握住了配在胸口的青鲨。

随之而来的是寂静，吕归尘感觉到一只手轻轻颤着摸过来，他反手去握住，是一只柔软而娇小的手掌，和他交叉相握。

“羽然别怕。”他轻轻地说着，尝试着睁开眼睛。

眼前的一切让他忍不住深深地吸了一口气。

面前的石壁分为两扇洞开了，灯火的光明像是利剑，照亮了他们的眼睛，也照亮了石壁后宏伟的建筑。那几乎是一个广场，平整的方砖铺成地面，向着四面八方延伸出数百步的距离，对面就是宏伟的大殿。它雄伟而寂静，制式和宏大华贵的紫辰殿完全相同，只是它完全没有粉饰，只有粗大的楠木柱梁和手工精湛的门窗以木材的原色显示着庄严。一张数十丈长宽的巨大布匹挂在大殿的正面，被石门打开而透进的风掀起，仿佛海浪那样震荡着，它原本应该是白色的，可是经历过多年之后泛起岁月的淡黄，上面又满是深褐的印记，凌乱地分布着，看不清是什么图案。

“阴殿”，吕归尘想起了路夫子说过的，这是下唐百里氏陵墓的阴殿，供奉给无数死去的祖先。

光源是广场正中的油灯。吕归尘不知道这些灯已经燃烧了多少年，静静地照亮这片死者的殿堂。每一盏灯都只有豆大的火苗，而盛着灯油的，却是两个人才能合抱的巨大瓷缸，上百个这样的瓷缸聚在一起，星星点点的光才亮得足以照花人的眼睛。

“这些灯……还燃着？”

姬野点点头，“书上说过，是万年灯，一缸清油里面混一升鲛人身上炼出来的鲛油，一根灯芯，可以点上几千年都不灭。”

“姬野、阿苏勒，你们看见什么了？”羽然一手握着姬野，一手握着吕归尘，只是不敢睁眼。

吕归尘略略回头，看见那双熟悉的黑瞳。姬野的目光平静而警惕，默默地看着前方，而后冲吕归尘摇了摇头，目光微微闪向自己的身后。吕归尘顺着他的目光看去，哆嗦了一下，点了点头。

石门外面的地面上，横七竖八的都是尸体，或许五十具，或许一百具，甚至更多，他不知道。已经干透的血迹泼洒在砖石地上，几乎无处不是红黑的斑点。那些尸体像他们在甬道中遇见的一样干瘪，他们分明是死去很久了，可是却不腐烂，保留着临死的惨状，多数尸首都从顶门被劈了开来，偏差了少许地从肩膀斩下。吕归尘不敢相信是什么人拥有这样可怕的刀法，能把人从正中劈成两片。

他想起在另一片黑暗中的老人，想起在草原上自己对着那头狼王挥出的一刀。

他已经猜到了这一幕，姬野踩到的那个死人，他也踩到了。他明白姬野要扔掉蜡烛的原因，这样羽然才不会惊慌失措地奔逃，而姬野要走在最前面，是因为只有这样他每次踩到尸体才能绕开。吕归尘的心里对这个朋友忽地充满了敬意，姬野那对黑瞳中的坚定让他不那么恐惧了。他紧张地舔了舔嘴唇，冲着姬野点了点头。

“羽然，我们往前走，”姬野的声音低低的，他推着羽然的肩背，“不要回头！”

“干什么？”羽然不甘心地扭着，姬野双手按住了她的面颊不让她扭头。

“往前走。”

“阿苏勒你怎么了？”羽然瞥见一旁的吕归尘，他正看着自己的背后，浑身不住地抖着。

“快……快走！”吕归尘攥着刀柄的力度像是想把它拗断。

“你……”

三个人都不说话的时候，羽然听见了背后传来的声音。低低的像是一只破布口袋里漏出的风，又像是人极度疲惫时候的喘息，随即她听见了脚步声，可是重得奇怪，像是走路的人穿了铁鞋那样。她能感觉到姬野的手上也冷了，恐惧像是铺天盖地的大网罩住了她。她几步蹿进了那些万年灯的光明里才敢回头。

她忍不住地惊叫起来。

她看见了满地的尸体。可是这还不是最令她恐惧的，最可怖的是那些灰黄色的干尸缓缓地坐了起来，他们已经干枯的眼睛也在缓慢地转动，最后转向了有光的方向。他们一一地站了起来，向着这边挪动了，脚步极慢又极沉重。一具尸体的右臂连着一半的肩膀被砍下来，只剩下少许皮肉连在身上，他的右手上还握着铁刀，走起来那柄铁刀就拖在地上叮叮当当地响着。

"跳尸……真的是跳尸！"羽然擦了擦眼睛，以为自己看见的是地狱。

"把门关上！"姬野一把扯开她，扑上去使劲地推门。

吕归尘也帮着他上去推门，可是刚才触手洞开的石门这时候却像是开玩笑一样死死地涩住了，根本纹丝不动。两个人都是满脸的冷汗，眼看着那些行尸缓缓地逼上来了，已经能够看清他们干枯的眼珠嵌在同样干瘪的眼眶里，仿佛一只只脱水的黑枣一样。

"都跟我来！"羽然喊了一声。

两个男孩迟疑了一下，明白了羽然的意思。三个人一起奔向最近的那盏万年灯，三个人的力量勉勉强强可以把上百斤的油缸托起来，挪动到门边。灯芯上的火苗沾到了油面，整缸油烈烈地燃烧起来。姬野一枪敲碎了油缸的边沿，燃烧的灯油汩汩地在门口流成一摊，最后他飞起一脚，把整只破缸也踢了出去。

为首的行尸已经到了门前，被灯油泼上的行尸愣了一下，仿佛意识到了疼痛，退了几步，撞上了后面的行尸，滚倒了一片。火焰蔓延起来，把周围的行尸都点着了。

"快点！快点找关门的办法！"姬野喊着。

"我明白了，是榫子卡住了！"吕归尘吹去门枢上的灰尘，露出了精致的卡榫。他扳过卡榫，涩住的门在姬野和羽然的推动下像是上了油一样的轻快，迅速地闭合。

三个人还没有来得及欢呼，一条燃着火的胳膊从门缝里探了进来，正搭在羽然的肩膀上。

门无法闭合！更多的行尸忽然明白了他们的处境，留下的那道门缝中，孩子们看见更多的行尸越过了火焰，扑向了石门，他们的动作忽然变得迅疾如风。

“啊！”羽然的尖叫声中，姬野双手拢在她肩膀上，带她飞退出去。

吕归尘拔出了胸前的青鲨，上步一刀，斩落了那截干枯的胳膊。姬野跟上来飞起一脚，终于把石门踢合上了，吕归尘用尽全力把粗大的门闩推过去封住了门。三个人都疲惫地靠在门后喘着粗气。

“这里怎么真的有跳尸？”羽然脸色煞白地大喊。

“我……我怎么知道？我只知道刚才我摔倒是那个尸体把我的脚腕捏住了！”姬野忍了很久的汗忽然全部流了出来，浑身像是泡在水里。他也不是不怕。

“那、那……那摸我腿的人……”羽然结结巴巴地。

“不是人,是行尸！快走！找别的路！不知道这门能不能挡住他们！”

石门外传来了沉重的敲击声，不知道多少只手在轰击石门，石门也震颤起来，簌簌地落着灰尘，不知道何时会崩溃。

“进大殿里面去！”姬野指着前面的阴殿，“看看有没有别的出口！”

“那个东西后面有什么？”羽然指着那张巨大的布幔。

“是裹尸布……”

“怎么会有这么大的裹尸布？裹什么尸体要那么大的裹尸布啊？”

“这个东西也叫阴幡，说书的先生说过的，不是裹王太妃的裹尸布，是裹那些修完了墓葬后殉死的工匠。挖一个大坑，把这块大布垫在里面，杀死一个人，就扔进去，这些尸体的血印留在上面，就变成了阴幡。阴幡挂在阴殿的前面，这些死魂就可以护卫王太妃的棺椁了。”

“这是王太妃？这是妖婆吧？”羽然喊。

“不管她是妖婆不是妖婆，我们现在都得进去看看，还有什么别的出路没有，回头去拼那些行尸，肯定是一条死路！”

“鬼知道那个王太妃是不是比外面那些行尸厉害几百倍啊！”

“还好，还好，”吕归尘按住羽然的肩膀，竭力让自己安静下来，“我听说端敬王太妃死的时候已经七十六岁了，老得都走不动路了，就算是行尸，也不会是多厉害的行尸。”

羽然呆呆地看着他，好一会儿才苦笑起来，“阿苏勒，这个时候还能说出这个笑话来，你的胆子才是我们三个里面最大的！”

三个人都听见一阵巨大的风声从头顶而下，他们不约而同地抬头，看见那张巨大的裹尸布忽然娓娓落下了，整个阴殿的真面目暴露在他们眼前。阴殿没有门，他们可以直接看进去，看见里面的一切。

“这是……这是……”

这是三个人毕生都难以忘记的一幕。

两行万年灯的照耀下，地面是血红色的，像是地狱屠场。尸体有的匍匐，有的蜷缩，还保留着死时的情景，让人可以清楚地想象到他们的死是何等的痛苦。他们的血早已干涸，在地面上留下了肆意泼洒的红色，有如淋漓在纸面的墨。和那些行尸完全不同，没有人能看出他们是被什么武器杀死的，他们的伤痕有的仿佛是被凿子凿穿了胸口，有的却像是被什么东西把身体的一部分咬去了，有的则像是融化了。

所有的尸体都没能进入大殿中央的圈子。

在大殿的中央，诡异地空出了一片地面是没有血色的。像是有人以圆规设置了这个直径丈余的限制，不允许那些尸体进入。只在圆圈的正中央，一具骷髅以帝王般的姿态昂然地骑在他那匹已经化为枯骨的马背上。纵然死去，这个人和他的马依然带着和其他尸体不同的威严，马骨的后腿折断了，前腿却笔直地撑住地面，而尸体胸口的肋骨纠结起来，紧紧地缠绕着一柄苍青色的巨剑，剑柄顶着他的下颌。

就是这柄剑撑住了他，让他虽死也是高高地昂着头！

“是他的剑！是那柄剑把所有人都杀了……”吕归尘指着那柄帝王般的古剑，“只有这柄剑才能砍出那样的伤痕！”

“这是端敬王太妃么？”羽然哆嗦着。

“不……不像……”吕归尘说。

“管不得那么多了，”姬野在两个人的肩膀上推了一把，“先进去！不知道这些尸体会不会活过来。”

他挥舞长枪把那些油缸都打碎了。清油泼水一样溅得满地都是，阴殿外一片地面变成了火海。

“就算他们打破门，也能再顶一阵子。”姬野回头望着震动的石门。

“那我们自己也回不来了！”羽然说。

“反正回来也是死，这边肯定没路了。”姬野率先登着阴殿前刻有巨大金色菊的台阶冲了进去。

“快走！”羽然推了吕归尘一把。

吕归尘忽地惊醒过来。

“阿苏勒你发什么呆啊？现在不是发呆的时候！”

“我……”吕归尘的脸色有些奇怪，“我怎么听见有另外一个人的声音……”

羽然和阿苏勒躲避着火苗冲进大殿的时候，姬野正拄着长枪，半跪在那个圆圈外端详那具尸体。

羽然畏惧地用脚尖挑了挑一具死尸，而后忽地跳开，担心他猛地坐起来抓住自己。死尸还是静悄悄的，她大着胆子上去，拿衣袖垫着推了尸体一把，却没能把他翻过身来。她惊异地检视了尸体，发现竟然他的整块胸口诡异地和地面的青砖融合在了一起。

吕归尘却靠近去看骑着马骨的骷髅。地砖上残留了他临终以巨大的古剑留下的字迹。

“锵锵兮铁甲。”吕归尘轻声念了出来。

“姬野姬野，别看了！”羽然上去推姬野的肩膀，“别看了，快点找路啊！”

姬野没有起身，而是粗暴地把羽然推了出去，他的身体在微微地颤抖，声音也嘶哑，“不要……羽然离我远一点！不要靠过来！这里……有点不对。”

吕归尘也发现了姬野的异状。大殿里有低沉的虎吼声，来自姬野手上乌金色猛虎啸牙枪，它不安地剧烈震颤着，白银镶嵌的虎眼上流动着活物一样的光芒。而一起震颤的是那柄苍青色的剑，似乎两件武器都要挣脱主人的控制，剑身敲打着骷髅的肋骨。

“什么人？”吕归尘忽然转身大吼。

羽然顺着他的目光看过去，看见了陈列在帷幕后的巨大棺椁，而棺椁前站着一个人。光从他背后照过来，远远的看不清他的面目，只听见他嘶哑地笑了笑。

“你们终于来这里了。”

“幽隐！”羽然从那个扭曲变异的声音中辨认出了对方，她跳起来指着那个人影，“是你引诱我们进来的！”

“我带你们一起来看我们家的光荣。”

“光荣？”

“我要继承的光荣。”

“什么乱七八糟的！死人脸，你可不要吓人！外面那些行尸进来，连你也没路逃。”

“所有敌人，都会被杀死！我带你们来，是要用你们的血去唤醒我们家族的荣耀。”幽隐动了，一步一步走下台阶。

姬野忽然起身，撞倒了吕归尘，在大吼中全力迎上。

火花四溅，虎牙格住了长刀，巨大的金属震鸣声令人觉得像是牙齿里咬着沙子。姬野被巨大的力量推动着退后，刀锋几乎贴在了他的鼻子上，他膝盖着地，艰难地顶住了对方可怖的力量。

吕归尘倒在一边，浑身都是冷汗。幽隐忽然拔刀扑向姬野，根本没有任何征兆。

“幽隐你？”

姬野抬头，看清了对手的脸，心里彻寒，忽然涌起的恐惧令他的双臂在瞬间几乎完全失去力量。他不能确信那是不是幽隐，确实是那张熟悉而讨厌的脸，可是他在幽隐的眼眶里看不到黑白的区别，瞳孔像是融进了眼白里，灰蒙蒙的一片。他的脸不知怎么的变形了，像是面部完全失去了控制，森然的白牙也从唇边暴露出来。

“呵……呵……呵……”幽隐的呼吸粗重而漫长，像是极度的疲惫，可是枪上传来的力量却一波一波地增大着，他没有穿戴护膝，膝盖顶着地砖似乎要裂开似的。

“呵……呵……呵……”幽隐还在重复着这个困兽般的声音。

姬野咬紧牙关抬起头，他再次看清幽隐的脸，忽然明白了那声音的意思。幽隐竟然是在笑，笑声憋在喉咙深处，随着喘息一阵一阵。

“姬野！”吕归尘全身绷紧，握着青鲨的刀柄，却不知该怎么做。

“扎……扎他的背后！”姬野的双臂渐渐开始颤抖。

吕归尘不再犹豫。他深深吸了一口气，压下了心底的恐惧，大吼着冲了上去，青鲨对准了幽隐的右肩扎了下去。刀锋轻易地破开了皮肉，温热的血溅了他满手，随后他感觉刀锋触及了硬物。那是幽隐的肩胛骨，他明白过来，心里一颤，手上的力道小了下去。

姬野感觉到虎牙上的压力忽地减轻了，就在同一时刻，吕归尘看见那双不分黑白的眼睛慢慢地转过来对着自己，幽隐的脸上没有痛苦的神色，喉咙里依旧是低沉的“呵呵”声。

那是死人的眼睛！吕归尘几乎要喊出来。瞳孔开始扩散了，只有死人的眼睛才是这样的。在铁线河战后的河滩上，河水是红的，他看见无数双这样的眼睛静静地面对天空。

短暂的失神令他失去了退避的机会。幽隐的手臂仿佛一根铁棍，挥过来重重地击打在他的侧脸，一口鲜甜的血喷出去，他翻滚着倒地。半边脸完全地麻木了，他不知道是不是一侧的整排牙齿都掉了下来。

幽隐转过了崩口的刀，踏上一步。

“不要过来！”吕归尘对着扑来的羽然大吼。

幽隐再踏一步，高举战刀。可是他这一步没有踩实，背后传来猛虎的咆哮声，吕归尘在这个间隙里扑了出去，带着羽然从幽隐的身旁滚开了。

“这个人……这个人疯了……”姬野的呼吸变得沉重而急促。

“我们快离开这里！”

“如果外面那几十个行尸让我们出去的话……”姬野紧紧地抿嘴，全身的姿势缓缓下沉。乌金色的枪锋落在了地上，他右手握在虎牙的枪尾，左手沿着枪杆缓缓地推了出去。长枪变成了他怀抱中的巨箭，这个熟悉的姿势令吕归尘的头皮发麻，在演武场中关于这一枪的记忆跳了出来，像是一道闪电。

极烈之枪。

姬野努力地让自己不要去想外面的几十具行尸，也不要想膝盖上的疼痛。他脑海里浮起的是翼天瞻划下的枪圆，无数的圆互相地嵌套、交错，当他发出那记攒刺的时候，他需要一举穿破所有的圆。时间会近乎停止，当他爆发力量的瞬间，他将再也没有思考和更改的机会。

疯狂中的幽隐似乎意识到了这边的危险，他提着刀转身，喘息声变得越发沉重而急促。那双分不出黑白的眼睛缓缓地转动着，打量着姬野的动作。

阴殿中的寂静带着死亡的气息，吕归尘张开胳膊挡在羽然的身前。他不知道结果会是什么，他们之中唯有姬野可以挡住幽隐。可是这时候的幽隐完全不像平时，他的行动迟缓，力量却像是一只烈鬃熊。背后被青鲨刺出的伤口缓缓地滴血，他却像是完全没有察觉，双眼只是直直地盯着姬野的枪锋。

血滴落在地上，渐渐地汇成了一小洼。幽隐的背后在滴血，姬野的膝盖也在滴血，方才他膝盖下的方砖已经碎了，锋利的碎砖刺了进去。

羽然从吕归尘的肩上探出头来，看看这边，又看看那边。她的目光落在地上的血洼里，忽然呆住了，那两洼鲜血缓缓地流动着，它们像是血色的蠕虫，一滴一滴地向着猩红的血圈里面汇集。一旦触及那些干枯的血迹，新血就立刻冒起了气泡，像是在火热的金属表面上蒸发着，瞬间它就干了，和血圈融合在一起，不再留下痕迹。

“是……是龙血咒印！”她喊了出来。

惊呼声打破了危险的平衡，虎牙的枪锋一沉，姬野的攒刺发了出去。比吕归尘所曾见过的更见犀利和迅速，像是戈壁上卷着飞石的风。幽隐在攻势中明显地迟钝了许多，他的力量巨大，可是速度上始终吃了亏，他尝试着向左右侧身，可是姬野的攻势仿佛是一面推倒的巨墙，在他的枪锋前根本没有留下空隙。

只是些微的迟疑，幽隐失去了对攻的机会，姬野的枪尖到了。两个人接触的瞬间无论是吕归尘还是羽然都看不清楚，只有一声震耳的刺鸣。幽隐的整个身体被长枪推动，他呜呜地低吼着，连续地退后，直到后背狠狠地撞在立柱上。

两人合抱的立柱都被震动了，顶上簌簌地落下灰来。虎牙的枪尖陷入了幽隐的肩胛，却没有洞穿。幽隐在最后的一刻选择把战刀偏侧过来，格挡在肩上，黑铁锻造的刀身以枪刺处为中心完全地裂开了，半截碎刀已经散落。幽隐不持刀的手颤抖着抓住枪杆，血不断地从肩头的伤口涌出来。短瞬间的发力令姬野有一种全身被抽干的痛楚，他一时间竟然没法再有一丝力气再次发劲，只能深深地喘息。

吕归尘和羽然不约而同地松了一口气。

“别管这个疯子了！我们赶快走！”羽然冲着姬野大喊，她紧张地回头看外面，已经是熊熊的大火。上万斤的清油同时被点燃，瓷缸在烈焰中裂开，油泼得满地都是，大殿前方一片火海。

可是姬野却没有动。他面颊上的肌肉绷紧，牙齿紧紧地咬合在一起，努力要抽回枪杆。可是枪杆只是颤动，它被紧紧地攥在幽隐的一只手中，不能进也不能退。姬野的脸色变了，他的双手不能胜过幽隐的单手力量，而本来应该重伤得失去知觉的幽隐正在缓缓地抬起头来。

“你，胜不了我的，姬野，”幽隐的声音完全不像人声，“这里、这里是我的地方，是我父亲的地方。我们家的荣耀！你看见了么？没有人能够活着踏出这个圈子！”

他笑了，咧开了嘴，像是要扑上去撕咬猎物的野兽。他的身体猛地一震，后背离开了柱子。没有明显的动作，可是力量逆转了态势，姬野不能控制自己的脚步，一步接一步地倒退出去。枪杆上传来的力量大得惊人，幽隐的身体半倾着，一步接一步地推进，沿路洒下的血星星点点。

“姬野！把枪放了！把枪放了！离开那里！离开那里！”羽然的声音撕裂而带着哭腔，“不要走进去！”

“进去！”姬野觉得一种冰凉的战栗从后脑迅速地扩散到全身。

他意识到有什么东西不对，猛地扭头。他看见了干涸的血圈，自己的最后一步，就在血圈的边沿。他的脚已经抬起了，落向血圈中。他不知道那个诡异森严的血圈意味着什么，可是从羽然的声音里，他听出了极大的恐惧。

放弃虎牙？

这个念头在他心里闪电般地一闪，已经迟了。他的脚落在地面上，眼前的一切忽然都变了。他觉得眼皮很沉重，像是要睡去。周身不再有力量的感觉，空虚，轻飘。他觉得自己能同时看清前后左右，他不知道自己站在哪里，只觉得头顶的天空很低，格外的黑。似乎是在下着雨，湿润的，黏黏的。

“这是哪里……这是哪里……”他在心里问自己，在胸腔里空洞洞的似乎有着回音。

这是哪里？这是哪里？他焦急起来，他感觉到被遗忘的东西在最黑暗的角落里轻声地呼唤他，这是一个陷阱，他知道他要被吞噬了。缓缓地，记忆最深处的那个魔鬼一样的东西要从眼前升起来了，他想要逃跑，可是他分不清方向。

周围都是人么？

他觉得有什么东西围绕着他，藏在幽暗里的呼吸声、高大的影子们围绕着他，像是一圈围死他的墙壁。他们想干什么？他们的眼睛里是否带着血一样的颜色，他们是否都提着杀人的刀、冰冷的蘸水的鞭子？

鞭子？为什么是鞭子？像是一根记忆的绳，一直连在最深处的井里。

井？井里有什么？井里有什么？

井里有人……

吕归尘和羽然的眼里，是地狱般的一幕。

随着姬野被推了进去，那个干涸的血圈恢复了鲜红。它开始流动了，更多的血从砖缝里汩汩地涌了上来，带着微微的热气，仿佛是从人身体里刚刚流出来的。姬野的靴底和血接触了，靴底立刻就被染红了。可不仅仅是染红，血在缓缓地沿着靴子往上爬，逆着往上流淌。

进入大殿的一刻，吕归尘头脑里那种刺痛又闪现了，有一个人的声音在耳边说话似的。

“姬野！姬野快逃啊！”他不顾一切地大吼。

已经迟了，姬野像是根本就听不见他在说什么。从他踏进那个圈子的一刻开始，他和幽隐就脱开了，幽隐的脚步变得轻捷，他推开了陷入肩胛的枪尖，无声地绕过了姬野，走向了他身后。姬野提着虎牙，默默地站在那里，他的身体像是僵住了，只有眼角在微微地跳动和抽搐。

吕归尘掐了一下自己的手指，想要冲上去拉回姬野，却被羽然死死地扯住手臂。

“不要去！”羽然大声喊着，“谁去都没用的！那是龙血咒印！”

“龙血咒印？”

“血咒被激活了，”羽然的脸上已经没有人色，话语碎成了片断，“枫山……枫山龙夜吟……龙血之座，苏醒了，苏醒了……谁都会被吞掉的！”

“你说什么啊？”吕归尘用力地摇着羽然，却发现女孩的身体轻而无力，像是一片枯叶。

幽隐站在了那具骷髅的面前，他缓缓地伸出手，伸向了骷髅中的剑柄。他脸上有着疯狂的喜悦，却又有一种敬畏，像是一个食人的野兽，却在神圣的墓碑前跪下。他的手一直在抖，脸上也露出细微的痛苦神色。吕归尘不知发生了什么事，只是感觉到要去接触那柄剑，远远比被姬野刺中的痛楚还要大。

环流的血侵入血圈的中心了，血已经爬到了姬野的喉间，姬野完全是个血人了。他像是陷入可怕的梦魇里了，缓慢地扭着脖子，他的眼皮在剧烈地跳动，却无法醒过来。血漫过了他的喉头，沁入了他的头发，他的衣甲在崩裂，衣甲下的皮肤在干缩，而后迅速又被新漫过来的血覆盖。

幽隐忽然野兽般地嘶叫起来，他的手即将触到剑柄了。可是这时候他手上的颜色已经变了，涨红如血，皮肤下的血液像是妖兽那样在翻腾，他的手掌大得像是有常人两个那么大。血终于从毛孔中渗透出去，他的手和剑柄之间连着无数细细的血丝，血丝落到剑柄上，立刻消失在了金属的裂纹中，不留下一点痕迹。

骷髅开始颤动了，连着它胯下的马骨。吕归尘捂住耳朵，却挡不住那声音，声音像是附在他耳骨深处，是马嘶，是低语声，是无数人的嘶吼。

幽隐全力收回了手。他高举起手指上一枚青灰色的指套。

“北辰之神，穹隆之帝；其熠其煌，无始无终！”他咆哮起来。

骷髅的颤动停止了，那一瞬间一切都安静下去。幽隐的手伸进了骷髅纠缠的肋骨里，握住了剑柄，指套的青光一闪而灭。骷髅锁住的胸骨全部打开，封印被解除了，幽隐拔出了那柄巨剑，剑锋落地。

流动的血向着剑锋汇集过去，被金属完全地吸噬了。幽隐满是血的手也忽然干瘪下去，他的整条手臂都变成青灰色，像是血也随之被吸净了。可是他已经再没有痛楚，他的神色变得无比欢愉，像是得到了彻底的解脱。

“我得到了……我……得到了！”幽隐狂喜的吼声在大殿里回荡。

难以想象他是如何做到的，他双手握住剑柄，带着巨剑飞腾起来，向着姬野的背心斩落！

“姬野……”吕归尘被彻头彻尾的无力感包围了。

有人在喊我么？

喊我！喊我！再大一点声！让我醒过来！

姬野在捕捉那个细微的声音，它从这些黑色的影子之外来，可是一瞬就消逝了。

他们举起了刀，刀落了下来，就在自己的背后，无处可逃。

还有人喊我么？再喊我一次，再喊我一次……

“姬野！”羽然的哭声贯穿了整个大殿。

鞭子。

井。

井里有人……

是那个女人的脸……空白的眼睛……那么柔软的头发。

井口落下雨来，抬头看，白色的天空。摸着她的脸，唱着熟悉的歌。再不醒来……

再不醒来！

死了？

死了，永远不再醒来。

心底最深处的恐惧带着无比的畅快在一瞬间全部洞开，吞噬人心的妖魔带着长幡从黑暗中升了起来。再没有恐惧，也没有怯懦，姬野忽然发现自己想笑，可是满脸都是泪水。

包围他全身的血瞬间炸开，化成了一场飞向四面八方的血雨。姬野在绝不可能的瞬间挣脱了束缚，转身迎向了幽隐手中的巨剑。他没有用枪,而是挥拳砸在剑的侧面。身在半空的幽隐无处着力,斜斜地飞了出去。

虎牙跟着刺出，姬野也变了，仿佛猛虎，再无畏惧。

二十

远处传来了隐隐约约的人声。

息衍猛地掀开车帘，远处隔着湖水，东宫方向满是人声。隐约就是祖陵所在的地方，不知道有多少人在呼叫奔走，完全是一片混乱。

“到底怎么回事？”翼天瞻猛地一扯他的衣领，神色透着狰狞，“你跟那个女人的约定到底是什么？是你诱我等在这里，她带着苍云古齿剑离开么？”

“你可以不相信我！”息衍推开了他的手，“但是我是一个天驱武士，我奉行天驱的准则！她是不可能带走那柄剑的！她是一个魅女，难道你不明白么？”

“魅女？”翼天瞻恍然。

“一个普通的女人，怎么可能十四年过去了都看不出衰老的痕迹？她是个魅，比起任何人都更加畏惧那柄剑。龙血骨结咒印被激发后，她想走近那柄剑周围一里的地方都会觉得艰难，如果她接触那柄剑，一瞬间就会被剑里寄宿的龙魂吞噬吸干！所以她许多年一直没有想过要带着剑离开。”

“那……我们怎么办？”

“硬闯！不知道出了什么事，也没有任何办法。”息衍猛地扯直了马车的缰绳，黑色的挽马长嘶着奔驰起来。

滚滚的烟从墓道里涌了出来，束手无策的骁骑们只能往里面一桶一桶地灌水。

“怎么回事？”息衍拨开人群。

“将军！”骁骑营的一名统领惊慌地跪下，“祖陵里面忽然有浓烟出来，像是里面起火了！”

“要毁掉一切的痕迹！”翼天瞻按在息衍的肩上，凑近了低声说。

“都留在这里，”息衍深深吸了口气，“拿两条手巾来，要湿了水的！我进去看看，如果一刻时间我还不出来，就启开祖陵里的水闸，以湖水灌墓。”

“我们跟将军一起下去！”

“不必了，”息衍摆了摆手，指着自己身后的翼天瞻，“我和这位禁军都统领下去，只需要探明起火的状况，再多的人也没有用，你们总不能把水也带进去。”

他不再说什么，接过湿手巾蒙在脸上，抄了火把踏入了穴口。翼天瞻无声地跟在他后面。

外面灼烧的热风滚滚地扑进来，大殿里的帷幕也被引燃了。吕归尘压着羽然闪避在立柱后，看着血圈中的两个人对攻。

一场势均力敌的死战，双方挥舞武器也全没有了技巧，只有速度和力量的拼杀。两个人左右挥舞着武器，虎牙和巨剑溅起了耀眼的火花。暴烈的力量完全不像是人类应该具有的，无休无止地从他们体内逼发出来。两个人的皮肤都裂开了，是被他们自己的力量撕裂的。

“姬野！姬野！”吕归尘看着头顶开始燃烧的大梁，大声地呼喊。

没有任何回答，姬野只是机械地挥舞着虎牙逼近幽隐。

“没有用的，他听不见……”羽然摇头，“他陷进龙血咒印里了，跟幽隐是一样的。这是最暴戾的血印，他们最后全都会被血印……吞噬掉！”

地面已经被武器彻底地破坏了，无处不是碎石。吕归尘看不清两个人的动作，只有石青色的剑光和乌金色的枪影在倏忽闪灭，带着鲜血的激溅，每一滴血都在空气中瞬间地蒸腾掉，血雾被巨剑吸附过去，渗入了剑身，剑色渐渐变得血红，红得发亮，像是妖魔的瞳孔。

“破圆。”

“要打破的最后一个圆在你心里。”

“枪的光芒会割裂天空。”

姬野听见翼天瞻的声音，却听不见虎牙和巨剑的撞击。眼前的一切像是别人的死战，伤痛完全没有感觉，只有胸膛里蓬勃欲出的那种痛楚，像是蛹在挣扎着破茧，蛇在痛苦地蜕皮。

“你为了什么？为了钱？为了地位？或者为了荣誉？那样你根本不配戴天驱的扳指！”翼天瞻的声音变成了咆哮，震得他耳朵聋了，他什么也听不见，只有那些苍白的画面在眼前闪……再闪。

最后一个圆……女人的脸……空白的眼睛……死亡……那些人……

他想腾出手来擦去眼睛上的血，可是没有办法，血流下来，让视野里的一切变得鲜红。

冷……雨还在下……为什么总是下雨……为什么要围着我……可恨的人……

可恨的人！

脑海被电光穿透了，最后一个圆刺破，在一瞬间他看见翼天瞻划下的所有的圆都分崩离析。真干净啊，空荡荡的什么都没有，这是我想要的……

“杀了那些人！”这个声音在他胸腔里共振。

为了……仇恨！

幽隐跃起在空中，姬野忽然下蹲。

时间在一瞬间停顿，枪的位置，手臂的位置，心所在的地方……都已经完美。姬野斜冲而起，虎牙在半空中划出流星般的光痕，圆在空中被突破。

极烈之枪·焚河。

长枪终于在巨剑落下之前贯穿了幽隐的肩膀，幽隐和姬野同时落地。幽隐软软地摔倒，他的整条右臂都被虎牙撕去了，却没有血喷出来，只是露出半截雪白的骨茬。

姬野高举长枪过顶，他的脸上写满了杀戮。这时候他和幽隐一样，完全没有区别。他踏上一步，踩上了一块碎石，忽地滑了一步。只是一个微小的瞬间，幽隐却跳了起来。谁都不敢相信一个断了胳膊的人却能有如此快的回手。他单臂举起了巨剑，对着姬野的头顶劈斩下去。

虎牙的枪杆格住剑锋，嚓的一声，枪杆断成了两截！姬野被巨大的力量推着，整个人飞离了地面，飞出血圈。

“姬野！姬野！”吕归尘冲上去扶住他。

“我……我怎么回事？我……”姬野像是从梦里醒来，眼神恢复了平时的样子，“我的头……我的头要裂开了……”

脚步声缓缓地逼近，燃烧的帷幕坠落下来，幽隐的身影在烈火中飘忽不定。

吕归尘拼尽了力气想带着姬野退后，可是他抱不动姬野。他只能眼睁睁地看着幽隐的逼近。他觉得自己就要死了，全身的血都凉了下去。他想起苏玛和父亲，想起自己的爷爷，他想着那些他要保护的人，可是最后他还是谁都保护不了，包括这个新的朋友。

他觉得旁边有一个温暖的身子侧过来并肩和他在一起。他侧头看见羽然，羽然不停地抖着，一手握住他的手，一手握住姬野的。

“走啊！”吕归尘对她喊。

“反正要死，”羽然摇头，“一起死，我不怕。”

吕归尘推了推她，推不开，羽然固执地挡在那里。于是他不再劝，又遮在羽然的前面，闭上了眼睛。

幽隐的整个面孔怪异地扭曲着，谁也说不清那是什么神情，狂笑或者大哭，像是几个人在他身体里不断地争夺着，要占据他的脸。可是他依然举起了重剑，他似乎还有最后的犹豫，盯着剑下三个必死的人。

“放下剑，”一个轻柔的声音，“不要怕，你害怕，它就吞噬你。”

吕归尘几乎不敢相信他所听见的，他猛地睁眼，看见一个人站在他们和幽隐之间。是苏婕妤，这个总是带着神秘的女人一身贴身刚劲的黑色护甲，缓步上前挡在了他们的面前，在凶兽一样的幽隐面前，她丝毫没有畏惧。热风卷起了她束起的长发，她缓缓地走近了幽隐，轻盈得像是随时会被风卷起。羽然也惊诧莫名，她闻见淡淡的花香。

“救……救……救我啊……”幽隐的喉咙里发出低低的声音，不仔细听根本无法辨认。

吕归尘茫然地看着幽隐，忽然发现他脸上竟然满是泪水。

泪水和急欲杀戮的狰狞混在一起，令他的面孔显得无比诡异。

幽隐的手臂已经不能称为手臂了，仅仅是一根包着皮肤的枯骨，而他手中的剑越发的鲜红。而可怕的吞噬还在继续，皮肤下暴突的血管把一注一注的鲜血输到剑柄中，而幽隐的肩膀也塌了下去，已经被吸干了。

“龙血咒印是最强的血咒印，它吸取人的魂魄，也让人的力量增强。但是它就像是贪婪的野兽一样，你越是用它的力量，就被吸噬得越快，直到变成骷髅，”羽然颤抖着，“外面那些行尸也是这样的。”

“救我……”幽隐对着女人举起了剑。

他忽地举剑过顶，扑向了阻拦他的女人。

女人跃起，闪过了幽隐的攻势。她掠过幽隐的头顶，落在他的背后，一手搭在了幽隐持剑的肩膀上。

“你累了，休息一下。”女人的声音依旧轻柔。

她的手沿着幽隐仅剩下枯骨的手臂滑向了剑，以折花的优美轻轻地握住了剑柄。不可思议的，幽隐狂暴的力量被她完全地制约在手里，根本没有一丝挣扎的余地。一切都安静下来，向剑柄输送血液的血管也停止了搏动。

剑在女人的手里，安静得像是个孩子。

幽隐踉踉跄跄地向前走了两步，栽倒在地下。

“如果还能走，就快走吧，”女人转头看着吕归尘他们，“你们本不该来这里的。”

“那个男孩，”她指着姬野，“从现在开始，你的一生都会和恐惧在一起，你战胜它，或者被它战胜。拿起猛虎之枪本来就是一个错误，更不该走近龙魂的剑。”

她蹲下，轻轻地抚摩着幽隐的头发，“其实真的没有人强迫你要继承你的父亲，何必再去走那条没有尽头的路呢？我答应了他却没有保护好你……对不起……”

幽隐蜷成一团，“我……我怕啊……”

“不要怕，”女人温柔地笑，“要好好地活下去。其实每个人活下去……都需要很多的……”

她的脸忽然抽搐了一下，“很多的……”

她的整个手臂忽然间干瘪下去，速度远远超过了幽隐被吸噬的时候。她的黑衣绷紧在身上带着极强的弹性，可是忽然全部炸裂了，光洁如玉的手臂塌陷下去，血肉在一瞬间全部都空了，皮肤皱缩起来贴着骨头。而后连枯骨也开裂和崩溃。一节一节地向着肩膀断裂，一股鲜血从肩头的血洞里迸溅出来，她倒在了地上。

“勇气。”她侧过头看着幽隐。

燃烧的门梁坠落下来，重重地砸在门口。

孩子们目瞪口呆，姬野第一个反应过来。他挣扎着站了起来，拖住吕归尘和羽然的手，“快走！这里就要塌了！”

“大殿的背后，有一条甬道，”女人低低地说，“始终沿着最左边的道路走。”

姬野愣了一下，用力点头，率先冲向了门口。

吕归尘留了一步，看着那个女人。他觉得自己是救不了那个女人的，也觉得已经用不着救她。他见过这个女人区区的几面，可是隐约能感觉到她是在等待这样一个结局。

“帮我……帮我带他走好么？”女人望着吕归尘，“其实他只是……一个孩子，他太想继承他父亲了，即使明知道要付出太高的代价。”

她的目光还是清澈如同吕归尘第一次见到她的时候。吕归尘点了点头，他上去把幽隐架在了肩膀上，拖着他走向门口。

“阿苏勒快一点啊！”羽然在门口大喊，“快啊。”

姬野已经奔出了大殿，回头看了一眼，咬咬牙又跑了回来。

吕归尘忽然感觉到剧烈的疼痛从腰侧传来，痛得把他整个人都贯穿了。他猛地低头，看见幽隐干枯成骨头的手正插在他的腰间。幽隐又恢复成了凶兽般的神情，露出满是血的牙齿！

“姬野……”他向着奔近的姬野伸出手。

“剑……剑，是我的！谁也不能抢去。”幽隐的手嵌在吕归尘的腰间，拖着吕归尘摇晃着走向巨剑。他拔剑了，狰狞的凶器到了他手上，血红色变得越发的凄厉。

“幽隐！不要再管剑了！走啊！”女人大喊。

“剑是我的，是我的！”幽隐的舌头舔着牙齿，“我已经得到力量了！”

“幽隐！那是死魂的剑啊！不要跟你父亲一样，不要啊！”女人的神色悲戚而丧乱。

幽隐愣了一下，他停在那里，姬野手里还握着半截断枪，可是他不敢逼上。幽隐的神色变化着，时而茫然，时而狠毒。

“我不要死……我不要死……救我啊！救我啊！”他哭喊起来。

他的脸痉挛了几下，又浮起疯狂的笑意，“我已经得到力量了，我可以继承幽氏了。我是最伟大的武士，没有人能蔑视我！”

“不要吃掉我……不要吃掉我……”他忽然又开始哀求。

他手中的剑已经不能被称为剑了。整柄剑像是融化了，流动着森严诡秘的铁青色光芒，铁水沸腾一样地变形，像是有什么东西要从里面凶狠地扑出来，立刻又有别的什么把它们捉了回去。它们在铁水中互相搏杀、撕咬、吞噬。铁水忽地炸开了，铁流穿透了幽隐干枯的手臂，一道道地缠着他的手臂往上蔓延。剑在吞噬他的身体，要和他融为一体！姬野明白了那些尸体的伤痕为什么如此的古怪，他们并非被劈死，而是接近这柄剑的时候，被铁水吞噬撕碎了。

幽隐一剑劈向吕归尘的头顶。

姬野手中的断枪在最后一瞬狠狠地刺进了幽隐的胸口，两股无法言喻的吼叫声在大殿中翻滚着，虎牙的枪刺变成一团完全没有光的墨黑，而铁水侵入距离枪刺一寸的地方，疯狂地盘旋着，不断地撕裂幽隐的胸口，却无法逼近。

铁水忽然离开枪刺，对着幽隐反扑过去，把他整个地包裹了！这团扭曲变化的青色铁水变成了一个巨大的水泡，围着幽隐波动了一瞬，忽地一收，青色里泛起了血红。

它炸了开来，裂成碎片，只留下碎裂的白骨。

铁水溅上了姬野的身体，碎片汇聚而来。姬野手中的断枪落下去扎在地砖上，越来越多的碎片渐渐开始汇聚成剑形，姬野的手握住了剑柄。那柄波动的剑就要成形了，吕归尘按住腰间的伤口，看着他的朋友。

“走！带着羽然走！快啊！”姬野对他摇头。

“姬野……”

“快走！摸了这个东西……我也会跟幽隐一样的。”姬野的手已经泛起了死灰。

“不会的！”吕归尘上前一步，用力抓住了剑柄，把姬野狠狠地推了出去。

“阿苏勒……”他最后听见姬野和羽然的声音，尾音渐渐地缥缈远去。

不，是他渐渐远离了所有人。就在他的脚下，黑暗的门洞开了，他无声地陷了进去，封闭了一切的光与影、天空和大地，只是他一个人站在极深极静的地方，捧着火红的巨大金属。

“哈哈哈哈，呵呵呵呵，嘿嘿，嘿嘿……”

有很多的声音在黑暗里笑着，带着一点狂喜、一点唏嘘。

“又有人来了，又有人来了。”

他惊恐地环顾周围，无数苍白的影子。他们围绕着自己，大笑。

“明明已经猜到最后的结果，可是我们还是一代又一代地拔起剑。为什么呢……为什么呢……为什么呢……”有一个声音在人群外说。

吕归尘想了起来，进入大殿之前，就是这个声音回荡在他耳边。

“来了！来了！快走！快走！”大笑的影子们仿佛惊恐起来。

吕归尘猛一转身，周围已经不再有人，影子消失了，那个说话的人也不在。

“只是畏惧这样地活着啊，畏惧那些满是血的画面，也畏惧苟且着哭泣着死去。”那个声音还在，仿佛从黑色的天空里投下来。

“你在哪里？”吕归尘大喊。

“回头看我。”

他猛地转身，看见身后血色的脚印绵延向着远方。他抬头，看见了那个人，手中捧着火红的古老巨剑。他融在黑暗里，面目吕归尘看不清楚，只能看见一双眼睛。

“握住它。”那个人递过了剑，他的声音帝王般不可抗拒。

吕归尘颤抖着伸出手，接住了剑。可怕的灼热忽然灌进了他的身体里，像是要把他的血脉撑得爆炸。他用尽全身力量咆哮起来，一瞬间，生命又回到了他的身体里，他血气充盈，他声威如龙。剑自己也吼叫起来，不是金属的震鸣，而像是巨大的太古巨龙立在吕归尘的身后。

吕归尘踏前七步，重重地把巨剑插进地板的石隙中，拄剑前望，仿佛君临整个世界。

两股声音汇聚为强大的声浪，在封闭的墓室中滚动着传播出去，像是狂烈的风，裹着石屑，把火焰也压得倒卷回去。姬野和羽然完全无法抵挡，立刻就被震晕过去。

息衍挥剑劈下最后一名僵尸的头颅，猛地抬脚踢开了石门，扑面而来的就是龙吼般的声音，劲风里的石片划伤了他的脸颊。

“这是……这是……”他不敢相信自己的眼睛。

隔着火焰，他看见阴殿正中站着纤弱的身影，拄着神圣的剑。

“这就是最后能够继承天驱的人么？”翼天瞻垂下了银枪。他沉默了一刻，跪下了，握紧手亮出指上苍青色的扳指，“北辰之神的光辉照在我们彼此的双肩，我们因尊严而自豪，因勇敢而荣耀。铁甲依然在。”

“这就是最后能够继承天驱的人么？”女人也轻轻地说。

吕归尘仰天倒了下去。

女人支撑起身子，看见洞开的石门那边，是息衍的身影。两个人隔着清油燃烧的熊熊火焰对视了一刻，女人站了起来，以还能活动的一臂把三个孩子一一地推着，推出了大殿，燃烧的椽子不断地落下来，她像是站在末日的火雨中。

隐隐的轰鸣声传来，息衍的神色变了，“他们开始灌湖了！”

“怎么办？”翼天瞻紧张起来。

“水会不断地涨高，沿着向上的甬道，我们可能浮出去！”

息衍转过去看着女人，他只要穿过那片火海就能把她拉出来，他不怕火焰，也不怕崩塌的大殿，可是他觉得女人离他很远，远得一辈子都无法触到她的手。

“对不起，我……终于没能走到头。”女人轻声说，她不知道息衍是否听见了她的话。

她转过去走向那具骷髅，站在他的身边，嘴唇轻轻地动着，不知道在说些什么。骷髅轻轻颤动起来，他的全部肋骨依次地打开，就像幽隐拔剑的时候一样。女人骗腿坐在骨马的背后，疲惫地靠上去，肋骨又一一地闭合，整个骨架和她融在一起了，彼此不再分开。那匹骨马还是静静地趴在地上，可不知怎么的，让人觉得它就要站起来，带着它的主人和这个女人，甩着马尾，慢慢地走向天涯。

息衍明白了。

“悲喜总无泪也，是人间白发，剑胆成灰。”七百年前，胤始帝对着蔷薇公主的鬼魂唱的这句诗忽然浮现在他的脑海里。原来每到回首时，总是已经花落水凉，尘埃落寂，虽然有如此多的悔悟，却终究只是看着她花叶一样渐渐地枯萎了。

燃烧的大梁终于坠落了，隔断了一切的视线。侧面的石壁裂开了，水声有如雷鸣，像是接天的水墙塌了下来，卷着白沫压向他的头顶。

回旋激荡的水把他整个地卷了起来，他奋力地扑过去抱住了姬野和羽然。水整个漫起来推着他向外去，火熄灭前的最后一瞬，他看见在水中奋力扑救吕归尘的翼天瞻，他以斗篷裹起古剑，把剑和吕归尘都抱在左臂里，而他的右手紧紧地攥住了指套，水洗去了上面的尘埃，他亲吻在那只经过数百年依旧展翅的铁色苍鹰上。

翼天瞻把指套套在了孩子的拇指上，帮他握紧了拳。

二十一

姬野用力地睁开眼睛，只睁开了一道细缝，眼皮重得像是粘在一起。

“你醒了？”有人轻声说。

姬野循着声音的方向扭过头去，说话的人背着手站在窗口，阳光明媚，姬野只能看见一个依稀的背影。强烈的阳光让他不由得举手去遮住眼睛。

那个人缓步走到了他的床边，“你已经睡了一日一夜。”

“你……你是谁？”姬野的眼睛适应了光亮，他看清楚了对方的容貌。

那是一个清秀的年轻人，大约二十出头，轻衣绵甲，颀长挺拔。他身上带着一股浓重的酒味，对面一熏，姬野好像都要醉了，可是年轻人的一双眼睛还是清明透亮的。姬野看见他手中握着一个扁扁的白铜罐子，想必盛的就是烈酒。

“我叫谢圭，”年轻人微微一笑，“你不认识我，也不用记住我。只是有人托我把你带到这里来，所幸你们都没有事，终于不辱使命。”

“跟我在一起的那些人……哦……”姬野用力地撑起身子，身上的伤口像是裂开了，剧烈地疼痛起来。

谢圭没有阻拦他，伸手指了指。就在旁边不远处的竹床上，羽然蜷缩在洁白的被褥里，她的额头被素绢包扎起来，姬野熟悉的那一绺倔强的头发，还是从里面钻了出来，轻轻地弯成一弧。

姬野如释重负地躺了回去。

“是个漂亮的女孩儿。”谢圭微微用力，在姬野的胸口一按，姬野痛得叫出了声来。

谢圭只是笑，“不过你如果这样硬撑，也许就永远见不到她了。你是受伤最重的一个人，我们几乎以为你活不下来了。你另外一个朋友没有什么事，只是昏迷了过去，不过他的身份特殊，已经被送回东宫了。”

“阿苏勒也没有事，”姬野望着屋顶，长长地舒了一口气，“那就好了。”

“有件事我得预先提醒你，这次东宫起火，毁掉了百里氏的祖陵。现在满城宵禁，廷尉府的人挨家挨户地大搜，不知道还要持续多久。你无须对我隐瞒你们在里面看到的一切，我也不想问，不过我们之外如果另有人知道了这件事，”谢圭凝视着姬野的眼睛，“也许会引起天翻地覆的变动。你能保守秘密么？”

姬野点了点头，“我什么都不会说。”

“那就好，”谢圭仰头就着白铜罐子喝了一口，又笑了，他的笑和年龄有些不相称，懒洋洋的，“你的眼睛真是有神，我还有件东西要给你看。”

他从旁边捧出了青色丝绢缠绕的长形包袱，姬野看着丝绢面上纹绣的花纹，觉得极其的眼熟。他忽然想了起来，那是墓室甬道顶上的花纹，秘术的符咒，压制着不安的死魂。他隐约知道包袱里是什么了，惊悚地扭头避开。

“别害怕，它已经被驯服了，否则我也不敢碰它。直到它的新主人死去，龙血骨结咒印才会再次被激发。但是现在这柄剑我必须带走，等到你们需要的时候，会有人把它还给你们。”

谢圭解开了包袱，真的是那柄剑。这是姬野第一次这么仔细地看它，这块巨大的金属在谢圭手中安静得像是石头，它通身都是云片般的花纹，花纹又像是龟裂的石隙，隐在石青色的金属下，并没有锋利的刃口，细看时可以发现它的刃是由极其细微的锯齿组成的。

姬野的呼吸有些急促。他依旧不安，这柄剑也让他感觉像是在沉睡，那些呼吼着的变形的鬼魅并未散去。

谢圭的手指在剑身上轻轻地扫过，“不曾想到我一生中还有机会亲手接触这柄剑……”

“没有别的事我要出去买些东西，”谢圭收起了剑，带着一丝狡黠的笑意，“你喜不喜欢零食？要不要吃点桂花糖什么的？”

“不，我弟弟才吃那些东西。”

谢圭一笑，捧着剑起身离去，在身后关上了门。

屋外是暖洋洋的日光。

这是一栋简单的茅顶小屋，建在山腰，放眼出去是满眼的林木，山谷里的云雾正缓缓地升了上来，渐渐地把山腰一带都淹没了。

“将军。”谢圭停在墙角处。

有人从墙后伸出手，谢圭把剑捧了过去。

“那两个孩子都没事了吧？”墙背后的人问。

“姬野已经醒来，女孩子没什么事。真是拼命的孩子，如果总是这样，真的不知道能活多久。”

“他一只脚已经踏上战场了，战场上不拼命，就能活得下去么？”墙后的人声音淡然，听不出什么感情，“这件事做完，就把这里烧了，你也尽快离开这里。我为你准备了一份去帝都的荐书，那里会有我们的人接应你。”

“是要和辰月开战了么？”

“还不到时候。辰月不踏进这片战场，我们也不会踏进去，不过这也是迟早的事情，派你去帝都，是早做准备。”

“是！”

谢圭静了一刻，“我有一句话，只是想说说。我听说为了保护这柄剑的秘密，过去的十四年里，为它而死的天驱不下两百人。今天它终于暴露在阳光下，这是天驱复兴的关键，而我们的敌人还藏在暗处。为了保住圣物的秘密，难道不应该牺牲这个孩子么？”

墙后的声音沉默了一会儿，“算是我的私心吧，每次看他的眼睛，就像对着镜子。”

二十二

“阿苏勒！”羽然挥着两只拳头在瀑布的顶上蹦着，“我要跳了！我要跳了！”

翠寒潭像是一块翡翠，十几丈高的瀑布落进去，打起了白色的水沫，激起的声音像是连续不断的轰雷。吕归尘踩着水，冻得直打哆嗦。他听不清羽然说什么，只是对着瓦蓝天空下的人影使劲点头。

羽然真的跃出了高崖，像是被风吹了起来。她倒翻了一圈，抖开的长发在空中像是墨笔一挥而成的金弧，而后挺直了身体直插入水，轻盈盈的没有溅起什么水花。吕归尘急忙游了过去，只有咕嘟咕嘟的水沫直涌上来，却没有羽然的影子。

“羽然！羽然！”他有些惊慌，四顾着大喊，他的声音被雷一样的水声吞没了。

“啊！”他的脸色忽然变了。

羽然的脑袋从不远处的水里冒了出来。她甩开湿漉漉的头发，兴高采烈地举起了手中的东西，吐出舌头双手在耳边打开摆出大角鹿的模样，满脸都是狡黠的笑。

“那是我的裤子！”吕归尘涨红了脸。

羽然不理他，单手划着水游向了岸边，一手还高举吕归尘的裤子，在她头顶像是一面旗帜。岸上叼着草叶枕着胳膊看天的少年跳了起来，一把抢下羽然手里的裤子抛进了水里。

“干什么？干什么？我好不容易才……”羽然在水边的石滩上蹦着，水从头发和湿透的里衣流下来，滑过她光洁的双腿。

吕归尘在水里套上了裤子，狼狈地爬上了岸，气喘吁吁地坐在姬野旁边，姬野也不听羽然的嚷嚷，依旧是枕着胳膊躺在草上。

“姬野来不来跳？”羽然转着眼睛，抓起草末洒在姬野的脸上。

“我不怕的！”姬野揭开上衣露出肌肉结实的小腹，“我把腰带打了两个结子！”

“哼！算你狡猾就是了！我还要再去跳，我还要再去跳。”羽然蹦了起来，转头往一旁的山坡上跑去，那里有一道石阶，可以登上翠寒潭瀑布的高处。

“我跟你去……”吕归尘站了起来。

“别管她，没事的，”姬野懒洋洋地嚼着草根翻了个身，“她是羽人，比你轻，而且她游泳也比你好。你再跟去，顶多就是再被她扒掉裤子而已。”

吕归尘坐了回去，呆呆地看着羽然的背影。羽然的亵衣是纯白的，湿了水紧紧地沾在身上，透出肌肤的颜色。随着奔跑，她柔软的腰和修长赤裸的腿像是在跳舞，湿了水的金发一起一落。吕归尘的脸有点红，转过头看见姬野也跟他看着同一个方向。

“我刚认识她的时候她……”姬野想说什么，却又闭了嘴。

两个男孩相对着龇牙笑笑，一起躺下来看天。

“对了，一直想跟你说……”隔了一会儿，吕归尘轻轻地说，“谢谢你救我。”

“别想了，”姬野睁开眼睛，“我也不是救你一个人，我如果不跟幽隐拼，大家谁都逃不出来。”

“为什么要救我呢？”

“为什么？”姬野迟疑着。

“你当时已经到门口了……我以为你不会回来了……”

姬野坐了起来，看着他朋友的眼睛，明白了他说这话的认真。这种认真让他手足无措，他不安地抓着脑袋，手里忽地一痛。

“没什么了，”姬野缩了缩手，以袖子遮住掌心两道灼烧般的伤痕，“你说的啊，我们是朋友，我的朋友很少的……”

他觉得自己的言辞真是笨拙，只能避开吕归尘的目光去看天空的云彩，“不救你，我就没有朋友了。”

“我是你的朋友吧？”

姬野愣了一下，“是啊，我们说过的！”

吕归尘忽然站了起来，虽然只是穿着里衣，他还是郑重地整了整自己的腰带，从一旁的衣服堆里抽出了那柄青鲨皮的短刀，他昂首走到姬野面前，紧紧握着刀柄。忽然间姬野觉得他的朋友长高了，变得魁梧起来，站在天空下，就像他想象中的那些蛮族汉子。

“这是我表哥龙格真煌的佩刀青鲨，可是他和我阿爸像是兄弟那样。阿爸说当年表哥把佩刀赠给阿爸，说从此以后有谁欺负阿爸，也就是他龙格真煌的敌人。我把这柄刀送给你，以后有谁敢踩你的脸，也就是我阿苏勒·帕苏尔的敌人，盘鞑天神在上，这个誓言只要我不死，就都有效。”

吕归尘把青鲨塞在姬野的手里，没有给他拒绝的机会。他胸口里有一股滚热的血，想象蛮族传说中的英雄们那样，手里有一张弓，对着远方射出一箭，表示他和姬野征服远方土地的远大志向。他四周转了转，只找到了一根枯枝，于是他把枯枝握在掌心，郑重祈祷，希望天空上的盘鞑天神可以听见。

姬野看着他的朋友助跑了几步，用力掷出了枯枝。枯枝落进不远处的潭水里，悠悠地转着圈子。他不懂那个仪式的意思，可是他能感觉到那个仪式的力量，庄严得就像翼天瞻和他在月下试手，喊出“铁甲依然在”的古老誓言。

他犹豫了很久，从软甲的缝里抠出了那枚铁青色的指套。

“我没有什么可以送给你的。这是我们家世代传下来的，我也不知道是不是值钱，但是是我最喜欢的东西了。每次戴着它，我都觉得我不是一个人，有很多很多人跟我站在一起……”他终于伸出手把它递到吕归尘的面前，“我送给你，我姬野是你的朋友，以后你什么人也不必怕。”

吕归尘呆呆地看着那枚指套，忽地蹦了起来，“我这里有一枚一样的！”

他从腰带的缝隙里也抠出了一枚，“我醒来的时候这枚指套就在我的手上，那个时候，我记得幽隐戴着它。”

姬野诧异地抓了过去，在手里翻来覆去地比较着。确实是一模一样的指套，甚至可以肯定它们出于同一炉铁水、同一个工匠的手。唯一的区别是内圈的铭文：

“北辰之神，穹隆之帝，其熠其煌，无始无终。”

“北辰之神，苍青之君，广兮长空，以翱以翔。”

“是天驱的指套，”姬野肯定地说，“只有天驱才有这样的指套。”

“什么是天驱？”

姬野愣了一下，“我不是很清楚。那我们换吧，我拿你的，你拿我的。将来我们有一个人遇到危险，就用这个指套上的鹰徽蘸着朱砂盖在信上，收到信的人就要去救援。”

“好！”吕归尘兴奋地把苍青之君的指套套上了拇指。

“喂喂，你们一个人有一个东西了，不准贪心！这个给我了！”羽然从背后闪了出来，一把夺走了姬野手里的指套。

“我……”姬野不舍得，手伸到半空，也不知道怎么说好。

“干什么？干什么？”羽然愤愤地瞪着他。

姬野只好把手缩了回去。

宽阔的指套在羽然纤细笔直的中指上晃悠着。

“这么粗？”羽然皱了皱眉。

“是戴在拇指上拉弓用的。”吕归尘演示给她看。

“你们蛮族才这么射箭，”羽然扁了扁嘴，“戴在拇指上难看死了，我们都是用皮子绑在手上。”

“那……”姬野犹豫了，“还是给我吧。”

“我偏不！”羽然高高举着指套，“我戴不了，还可以买一根链子串起来挂在脖子上，还可以用来扎在头发上，还可以套着来打人！”

姬野懊丧地摇了摇头。

“哼！小气鬼！我逗你的！爷爷也有一个，我才不稀罕！”羽然偷偷瞥了姬野一眼，昂起头，气哼哼地把那枚指套扔了出去。

远处，息衍看着那枚指套在半空里划过一丝青灰色的弧线，翩然像是大雁划过天边的轨迹。两个孩子跟在下面追着追着，一起滑进了碧色的潭水里，他们身后气鼓鼓的女孩以那样稚气的眼睛看着他们的背影。

“这就是星野之鹰的归宿么？”息衍靠在山石上，下意识地去摸腰间的火镰和烟杆，他觉得有些疲惫，什么都不想再问再管，“也许这个世间的征战，也不过就是神祇掌中抛来抛去的游戏吧？”

青烟袅袅地腾起，远处的孩子们离去了，声音还遥遥地送了过来。

“可惜那柄剑没有拿出来。”

“羽然你怎么想那柄剑了？”

“这么大的剑，又是个古物，可以拿出来卖钱吧？”

“羽然你要钱有用么？我还有一些的，那柄剑的主人应该是一位英雄吧，把英雄的武器卖了换钱……哎哟……”

“阿苏勒怎么那么笨！你口袋里才多少钱，那柄剑应该能卖很多很多钱吧？”

“可是羽然你要很多很多钱干吗？”

“笨！可以买花买蝴蝶买风筝买炒栗子买胡香豆！就算实在花不掉，本姑娘还可以包了紫梁街上最高的阁子往下撒钱啊……”

二十三

秋深，院子里的石墁地上又铺了一层落叶。夕阳透过一层薄云照了下来，光色有些黯淡。

后院的鱼池边，翼天瞻和息衍并肩而立，息衍把手中最后一粒鱼食远远地抛进池子中央，鱼儿打着水花一口衔去了，只余下一圈一圈的涟漪荡开。

息衍拍了拍手，“这次祖陵出事，太傅下野，贬了鸿胪寺卿为平民，家产没收。禁军裁撤了十二个都尉，当晚值守的军校处死了三十六人。城中的搜索还没结束，没事不要走动。”

“百里景洪知道这次起火不是偶然吧？”

“虽说入口被塌方的大石封住了，但是藏着苍云古齿剑的地方出事，苏婕妤和幽隐同一夜失踪，国主不是傻子。这次城中大搜了一个月，就是在找你，”息衍背着双手望向池心，“准备什么时候离开？”

翼天瞻摇了摇头，“本想我一生的最后一件事就是为天驱取回这柄剑，现在找到了剑，却不知道该去哪里了。”

“这算得到手么？”息衍笑笑。

“我把指套套在那个孩子的手上时，就已经放弃了。我知道我拿不起那柄剑的，你大概也不行吧。”

“天驱的宗主们都不行，剑却接受了蛮族的世子，真是嘲弄。”

“他被剑侵蚀了，真难想象，这么小的孩子能够支撑到最后。”

息衍点了点头，“北陆浩瀚，是英雄横行的地方。我曾经到过北陆，看见过蛮族铁骑横过草原的情景，觉得天地都要倒悬过来。”

“很抱歉。一直以来都不敢完全相信你，所以没有告诉你那柄剑的秘密。”翼天瞻忽然说。

“秘密？”息衍似乎也并不惊讶。

“你难道没有怀疑过，为什么百里景洪身为帝朝的公爵，却觊觎天驱的圣物么？即使他得到苍云古齿剑，也不能以它号令天驱的武士们为他征战。”

“怀疑过。国主虽然不是乱世的虎狼之君，但是绝不是坐在深宫中妄想的愚人。”

“百里景洪，”翼天瞻冷冷地笑，“他想要的苍云古齿剑，并非是作为天驱的圣物，他也不在意魂印之器的力量。他要的其实是一枚钥匙，这枚钥匙可以开启古老的天驱武库。”

息衍猛地转过头，“武库？”

“其实这个秘密，历代的七宗主都是知道的，虽然谁也没有见过那个武库的所在。不过现在真正相信的人，已经不多了。据说可以追溯到大晁的时代，天驱的一位大宗主和河洛定盟，他在最危难的关头率领武士团的精锐，把被帝朝剿杀的河洛流民们带到了越州。所以伟大的火山河洛们全体愿意追随他，按照他的意志，打造适合人类使用的武器。整个打造历时近两百年，无数的精良武备，其中不乏魂印武器和带有秘术咒印的铠甲，战场上战死的英魂被最强大的秘道家收集在法戒器中，又灌注在武器里。最后为了收藏这些装备，河洛们凿穿了整座大山，以它为武库，又在周围设下了强大的障碍和咒术去保护它。当需要的时候，手持苍云古齿剑的大宗主可以打开这个武库，他立刻就能拥有九州大地上最强大的武备。”

息衍沉默了一会儿，“是这样？想要打开它么？我可以猜到，那是你最大的心愿。”

“如果是四十年前，我一定会这么做。但是现在，”翼天瞻沉吟着，“我也不知道这个武库被打开的结果是什么，也许是更多的战争，死更多的人。息将军，我不像你，我已经老了。我知道你私下里在做的那些事，有不少天驱的后裔追随你。但是我只是害怕强大的力量被错误的人使用，那样不如让它被永远地埋葬！”

息衍低头笑了笑，“始终是为了维护一个平安的时代，苍溟之鹰真的是最忠诚的天驱武士。”

“将军能否安排机会让我见见那个蛮族的孩子。我不希望掌握了苍云古齿剑的人最后堕落在战争中。”

息衍点了点头，“这件事我也想了很久。那么，由我代你收他为学生吧。如果我们不能驯服那柄剑，至少我们可以教会它的主人如何用它。”

“再好不过。”翼天瞻转头要离去。

“我还想问个事情。”息衍忽然说。

“你说。”

“一直以来，你都说幽长吉是天驱的叛逆。可是身为天驱的大宗主，幽长吉为什么会叛变？我所知的天驱历史上，就没有叛逆的大宗主。”

翼天瞻深深吸了一口气，“作为七宗主之一，你是应该知道这些事的。我没有直接告诉你，因为不知道怎么说。叛逆只是一种说法，幽长吉并没有背离天驱这个组织，他是违反了天驱的意志，想要推翻白氏皇族的统治，建立自己的国家。”

“建立自己的国家？”

“他厌倦了。十四年前，对于天驱是最黑暗的时候，诸国诛杀天驱武士的行动到了极点。那时候如果你的三代直系亲族中有一人是天驱，你就会被罚到夜北苦寒的地方，用双手和簸箕去挖冻土，永远都不能回乡。至于将军这样的，大概逃不过剥皮灌顶的死法了。”翼天瞻的声音幽幽的，带着丝丝的冷意，“幽长吉是七宗主中最年轻的，他一直都在为此奔走，在晋北国，有大概三四百人支持他的做法。他们在酒肆里密谋，希望能够找到合适的人，把天驱的意志转达给皇帝。”

“那么其余七宗主的想法呢？”

“天驱的传统，是不会和权主合作的。那样会让天驱沦为野心家手中的武器，所以七宗主的其余几人都竭力地劝阻他。那时候我不在晋北，不知道具体的细节，只知道双方最后崩溃了。支持幽长吉的三四百人全部死在帝都廷尉的手里，失去了一切支持的幽长吉把希望转嫁在诸侯们的身上。他拜访了晋北国的国主雷千叶，随后的七个月，连远在越州和宛州的诸侯也开始私下响应他的号召。这时候我被其余的宗主急召到晋北，我们意识到事情已经超出了我们的掌握！”

“幽长吉提出了推翻白氏重新建国？”

“是！我们没有太多时间考虑，必须将他作为叛逆尽快地内部处罚。六个人都在讨伐幽长吉的信上用指套盖下了鹰徽，包括我和你的老师。天驱的规则，持有六枚宗主指套的人，都要遵从持有星野之鹰指套的大宗主。但是如果这六个人以六枚宗主指套反对大宗主，大宗主就被弹劾。那封信同时也是格杀令，从那封信发出的时候开始，幽长吉就成了天驱的敌人！”

“原来是为了野心。”

翼天瞻沉默了很久，“不，我必须承认，幽长吉不是为了他自己的野心。他只是为了拯救天驱，因为他不再相信我们的忍耐和牺牲会换来结果。他跟我最后一次谈话，说只有绝对的权力可以击溃乱世的野心家，因为如果敌人不择手段，你的仁慈就只是一种懦弱。”

“因为如果敌人不择手段，你的仁慈就只是一种懦弱……”息衍低声说。

“觉得有道理？”

息衍点了点头。

翼天瞻长长地叹了一口气，“可是那终究不过是轮回的霸权而已，即使是你，息衍，当你坐在太清宫的帝王之位上，你也会被权力所腐蚀。就算你能保证你不被人心的贪欲吞没，你又能保证继承你权力的人，他也能继承你的理想和意志么？”

“我不知道。”

“我也不知道。我已经老了，我不怕死在诸侯的绞架上，但是我怕失去我的心。那样我对不起曾经和我并肩战斗的天驱武士们，我不会忘记是他们牺牲了自己，让我把天驱的火种流传下去！”翼天瞻的声音有如斩铁，“幽长吉曾经是我最看好的人，但是最终布置追杀的人，是我。”

“是你最看好的人……”息衍望着天空里流动的云影，“这些天我常常会想，他到底是一个什么样的人呢？一个人，会有那么强的意志，即使到了最后，没了希望，被堵死了所有活下去的路，连朋友和亲人也都背弃，整个世界只有一个魅女还相信他，他也还能拔剑死战……”

翼天瞻从腰带里抽出了一封信笺，递到息衍的面前，“看看这个。”

息衍疑惑地打开信封。

“我能够循着幽长吉的路线来到下唐，自然知道幽长吉最后的去向。是他自己告诉我的，最后他托一个朋友把影月之刀送到青都我的手里。影月之刀的刀柄是空的，里面藏着这封信，那份诸侯的名单。”

“拥护幽长吉对抗皇帝的诸侯们？！”息衍的脸色微微变了。

“你看看名单中第一个名字。”

“百里……景洪！”

“十六年前，哀帝以杀兄即位，诸侯私下里都不尊为正统。哀帝为了镇服诸侯，强行扩充羽林天军，横征暴敛，对诸侯的盘剥和压迫直逼风炎皇帝北伐的时候。那时候诸侯都有另立新帝的想法，只是缺乏一个挺身一呼的人。而幽长吉在此时出现了，他不但是天驱的统领，而且是世家的后代，幽氏至今在云中一郡还有很大的势力，是仅次于云中叶氏的大贵族。另外很少有人知道的是，幽长吉的妻子，复姓百里。”

“百里！”

“你猜对了。幽隐的母亲，是百里景洪的亲侄女，所以率先支持幽长吉的，就是百里景洪，而幽长吉一路南下，最终就是要找百里景洪寻求支持。但是幽长吉没有料到他会被天驱的宗主会驱逐，更没有料到帝都的百里氏家主百里长青的反应远远超过他的。在他还做着联盟诸侯的大梦时，帝都的使者早已带着百里长青的亲笔信快马赶到了诸侯的都城，分别和诸侯谈判。这就是有名的‘君臣三约’，皇帝和诸侯达成了默契，诸侯拥护皇帝的正统，皇帝仅维持两万人的羽林天军，同时把税赋降低到开国的程度。诸侯达到了目的，而帝都的廷尉正在南淮等着他的到来。”

“是……百里景洪出卖了他！”

翼天瞻无声地笑，“还能是谁呢？拥护皇帝的正是百里家主家的主人百里长青，而分家的百里景洪难道会站在一个落魄的武士一边么？”

息衍把信笺递了回去，“为了这柄剑，这一路血腥满地，那么多涉死的努力，死了那么多的人，只是为了一个疯子对于新时代的痴想么？”

翼天瞻把信收了起来，“幽长吉之所以有起事的心思，是仗恃着他左右手的一对刀剑，左手的影月里藏有诸侯的名册，右手的苍云古齿剑是开启天驱武库的关键。他以为只要有了这两者，大可以陈兵天启城下，建立属于他自己的国家。但是他的愚蠢在于，无论是诸侯手中的强兵，还是天驱的武器，都并不属于他。他只是诸侯掌中的一个傀儡，诸侯要靠他去打开天驱的武库，可怜这样的一个傀儡，却以为他是一切的主人。”

两个人静了下来，云影慢慢地移了过来，鱼儿都沉了下去。息衍低头看着水面，静静地不动，谁也不知道他在看什么。

“你很喜欢看鱼？”隔了许久，翼天瞻问。

“我只是想幽长吉是不是就像这个池子里的鱼，以为自己游在大海里，其实只是有人挖给他的池塘。可是他还梦想着在这片‘海’里掀起浪花。”

“你在想我们是不是也一样游在别人挖的池塘里？”

“其实我是在想……她到死都不知道她真正应该仇恨的人就在她的面前。”

两个人再也没有说话，静静地站在那里，叼着烟杆看鱼。阳光投下的篱笆的影子渐渐地东移，又渐渐地长了，渐渐地日光晦暗下去，周围的一切都变得灰蒙蒙的。烟丝燃尽了，两个人叼着冷却的烟杆继续看鱼。

风吹皱了水面，细密的雨丝洒了下来，溅起的水花在水面上跳跃，无数的涟漪最后混在了一起。两个人遮着头跑回了屋檐下，雨一时就大了起来，豆大的水点噼里啪啦地打在屋顶和院子中的石墁地上，石缝里很快就有了细而急的水流。

“下雨了，翼先生有没有琴？”息衍忽地转头问翼天瞻。

“没有东陆的长琴，倒是有一张隔年的旧箜篌，我一路上带着。”

“箜篌正好，长琴古雅，哪里是我这种人能抚弄的？”

翼天瞻回屋取了一张老旧的箜篌出来，没有漆绘，古雅朴素，上面漆的桐油面，已经磨得发砂了。息衍试着拂弦，微微点头，“难怪翼先生一路都不抛下这张箜篌，确实是张好琴。”

“不知道将军也喜欢弹琴，还剩最后一点樟茶，煮了听将军弹琴。可惜我不喝酒，不能用酒助将军的杀伐之气。”

“只会几个乡间的小调，哪有什么杀伐之气？”息衍笑了笑。

翼天瞻取了樟茶的木盒和茶具出来，屋里已经漆黑一片。

息衍并没有弹琴，他席地坐在门前，对着瓢泼的大雨，怀抱着那张竖箜篌。

翼天瞻忽然觉得自己根本走不出去，也不能打破这一刻的宁静。以羽人如鹰的眼睛，他也只看见雨幕外一个黑色的剪影。他脸侧的线条那么清晰干净，没有悲喜，低垂的眼看着箜篌。

息衍一振袍袖，曼声长吟：

“庙堂既高，箫鼓老也，

烛泪堆红，几人歌吹？”

起势极高，苍然得像是神巫的歌声，一时间连外面的雨声也被他压住。

烟杆在弦上一跳，声音却是哑的。琴弦有些湿，只是噗的一声。息衍的烟杆停在那里，久久不动。

“既已没有人听了，又为什么有人要弹？”

他轻轻地笑了笑，抛下箜篌，起身走进了大雨，再不回顾。

［历史］

成帝元年，东陆平安，没有战事。

那一年北辰升入了中州的星野，光芒如剑，有流星雨溅落，毁伤了几处地方的农田。钦天监不安，把星图呈在了太清宫皇帝座前。稍隔几日，又有下唐东宫地下的祖陵起火，把营建数百年之久的数十座正殿配殿烧成了灰烬。皇帝新即位，以为是不祥之兆，特赦天下的囚徒，又免贫困地方共十二城的税赋，亲自登雷眼山太苍峰祭天，上《罪己祈文》，入冬才返回天启。

帝都史官所不曾记录的，是下唐国武殿都指挥息衍自请为蛮族世子吕归尘的老师，开始教习行兵布阵的学术。

在南淮城多雨的秋天里，老人揭开丝锦，端详着古老的巨剑。

剑里那些不能解脱的魂魄还在咆哮，真正的腥风血雨，已经在东陆的天空上卷起了墨黑的阵云。

图书在版编目(CIP)数据

九州缥缈录.2,苍云古齿:典藏版/江南著.--北京:人民文学出版社,2024(2024.11重印)
ISBN 978-7-02-018321-0

Ⅰ.①九… Ⅱ.①江… Ⅲ.①长篇小说-中国-当代 Ⅳ.①I247.5

中国国家版本馆 CIP 数据核字(2023)第 196430 号

责任编辑 **徐子茼 秦雪莹**
责任印制 **宋佳月**

出版发行 **人民文学出版社**
社　　址 **北京市朝内大街 166 号**
邮政编码 **100705**

印　　刷 **北京盛通印刷股份有限公司**
经　　销 **全国新华书店等**

字　　数 237 千字
开　　本 890 毫米×1290 毫米 1/32
印　　张 8.875 插页 1
印　　数 6001—16000
版　　次 2015 年 11 月北京第 1 版
印　　次 2024 年 11 月第 2 次印刷

书　　号 978-7-02-018321-0
定　　价 49.00 元

如有印装质量问题,请与本社图书销售中心调换。电话:010-65233595